批评的尖尖角

张勐 ◎ 著

浙江大学出版社 · 杭州
ZHEJIANG UNIVERSITY PRESS

图书在版编目（CIP）数据

批评的尖尖角 / 张劢著. — 杭州 ： 浙江大学出版社，2023.9
ISBN 978-7-308-23945-5

Ⅰ．①批… Ⅱ．①张… Ⅲ.①中国文学－当代文学－文学评论－研究 Ⅳ.①I206.7

中国国家版本馆CIP数据核字(2023)第111512号

批评的尖尖角

张劢　著

责任编辑	周烨楠
责任校对	韦丽娟
责任印制	范洪法
装帧设计	春天书装
出版发行	浙江大学出版社
	（杭州市天目山路148号　邮政编码　310007）
	（网址：http://www.zjupress.com）
排　　版	杭州林智广告有限公司
印　　刷	杭州宏雅印刷有限公司
开　　本	880mm×1230mm　1/32
印　　张	9.75
字　　数	231千
版 印 次	2023年9月第1版　2023年9月第1次印刷
书　　号	ISBN 978-7-308-23945-5
定　　价	88.00元

为《批评的尖尖角》而序

——给张勐的一封信

陈思和

张勐：

　　你好。答应给你的论文集作序之事，差不多已经十个月过去了，真是抱歉。其间的原因已经向你解释过。这个暑假，人们用于休息、出国、旅游等安排的时间，我差不多都用在为别人的书稿作序之上——在为你写序之前，我已经完成了好几篇序言，其中一本书是关于匡互生与立达学园的著作，还有一本是一位抗癌女教师身后留下的遗稿。这些书稿通过各种渠道传送到我的手里，我之所以答应了写序的要求，有的是碍于朋友情面和嘱托，有的作者我并不熟悉，甚至未曾谋面，只是觉得凡有求于我者总有各自的难处，能帮一下，也是顺水推舟的事情。但是这样一来，为你的书作序的计划就不断推迟了。还好你总是体谅我，宽慰我，但我心里是有数的，确实也不是我故意委屈自己的学生，以为熟悉的人就可以随意怠慢，而是我在读了你的来信后就有了这样的念头：想积累一点时间，静下心来好好思考一下，借着写序的由头，对于像你这样经历过来的高校青年教师目前的生态和处境，谈一些自己的想法。

为什么要借给你的回信来谈这个问题？因为你是高校青年教师中的佼佼者，入职十年就顺利评上了正高职称，以后没有什么"非升即走"之类的紧箍咒威胁。其次，你是一个有自觉心的青年学者，在学术道路上的探索，能够不断开拓新的领域，而且都有心为之，并努力统为一体。譬如你在信中所说，因为虑及当代文学讨论知识分子叙事的困难，你尝试着把研究目光转移到近代社会小说，但这并不妨碍你的专业日臻精深。我读了你收录在论文集中第一辑的几篇文章，分别讨论清末民初社会小说的思想蕴藉、叙事类型、结构模式等等，一点也不感到生涩。你是在阅读了大量文本的基础上进行归类和解读，材料丰富，论据也有说服力，看得出你不仅下了功夫，更重要的是你能娴熟掌握的研究方法，已经超越了研究对象的类型局限。你研究当代文学所具有的学术眼光，同样也能够用来研究近代文学领域的相关题材。正如你所说的，在"研究范围稍加拓展后再回到现当代文学研究领域，愿视野、境界能因此一新"，这个愿望是肯定能够达到的。

看到你们这一代青年学者的成长，我由衷感到欣慰，同时也由衷感到你们的不易。大约是我自己年纪大了，越来越怀念我所成长的那个时代环境，也就是上世纪八十年代。那个时候，百废待兴，思想解放，师道有尊严，学术有章法，探索为上，标准甚明。恩师提携和业内好评，都是自然而然的结果；有些荣誉性的奖励制度，也是学界的普遍公意。一切都围绕真正的学术推进而运行。尤其是人文学科，探索人类思想难解之题，本来就是题中之义，学术争鸣也是必要途径。我们年轻的时候，就是在探索与争鸣中披荆斩棘，崭露头角，有时也不免会受到一些打压、委屈，但因为有了知识分子内在的价值标准，这些外部压力也就成了风过耳，不值一提。至于随后获得的荣誉性的头衔、身份甚至光环，都不过是依附在学术成就之上的世俗认知，如过于强调，那也就俗了。其有或其无，都与真正的学术价值没有直接关系。我想，人之所以能够做到荣辱不惊，是因为他怀有高于荣辱的价值取向。在我学习成长的年代，贾植芳先生给了我很多教诲，但他也不怎么讲大道理，只是对世俗名利淡然置之而已。所以，如古人所说：宠辱易不惊，恋本难为思。重要的是后面一句，对事物本质的深深怀恋，才能导致对外部世俗标准的"不惊"。可是眼下我所担忧的是，作为知识分子传承的本质（也就是知识分子在自己岗位上所创造的价值）越来越被人淡忘，缺了核心的专业价值取向，很多专业的认知标准都被有意消解、模糊，甚至边缘化，而外在（即非专业）的人为的标准就显得越来越重要：发表论文只认刊物级别而不看内容深度，人事制度只认所谓"帽子"（头衔、奖励、学历等外在标准）。——这很可笑，在权力与金钱结为同盟的社会风气之下，除了思想学术的本质无法交易以外，人际关系和钱权交易几乎可以战无不胜、攻无不克，所谓"帽子"只能说明一些外在的标准，然而真正的思想学术的本质是无法依靠外在的标准识辨的，说到底，还是需要有学术良知的专家和明确的专业标准来完成。这是人文学科评估工作中最难以解决的问题。

我为什么要对着你说这些题外的话？就是因为你已经从高校"内卷"的荆棘丛中走出一条属于自己的小道，从此可以比较主动地选择自己的治学道路和人生道路。你是一个有主见的青年学者，记得当时你选择当代文学中的知识分子叙事为博士学位论文的研究题目，我曾为你担心过，就是担心社会言论空间不大，万一有失分寸，就会带来麻烦。但你依然从容地走进去，又从容地走出来，博士论文不但顺利通过答辩，还顺利出版。你说你的博论出版后多有反响，那是好事，我为你高兴。以我猜想，很可能就是目前平庸风气笼罩学术领域，狗苟蝇营中却有了一部严肃、让人耳目一新的学术论著，填补了一个文学史上的空白。从这个意义上说，做一个合格的学者，绝不能被一时的风气所左右，"坚持"是学者从事研究必须具备的第一素质：不要被一时的罡风吹得东倒西歪，找不着北。

不断地开拓和创新，是学者从事研究必须具备的又一个重要素质。现在你这部论文集也即将出版，我看了一下书稿，内容丰富，时间跨度也不短，我想应该能够反映你学术成长的每一步脚印，不管脚印是深的还是浅的，都蕴含了你的年轻的生命信息。这里有你在学习阶段发表的一系列文章，也有走上工作岗位以后的探索。我注意到你从2015年以后，连续申请到四个省部级和国家社科基金科研项目，分别是"中国当代小说中的知识分子叙事研究""五十至七十年代小说中的知识者叙事""'80后'文学创作与批评研究"以及"清末民初社会小说研究"。大约第一、二个项目对应了你的博士论文，第三、第四个项目分别对应了这本论文集其他三辑的部分内容（其中第二辑包括你在学习阶段发表的论文，以及走上工作岗位后的部分学术研究论文）。总而观之，第一辑清末民初社会小说的研究相对集中，质量较高，论述也较谨严。但当代文学尤其是"80后"文学创作的研究，更应该成为你努力的方向。在复旦大学现当代文学专业领域学习、研究的学生都能知道，复旦的学者很少以近代、现代、当代等学科概念来自我限制的，一般都能够兼通百年文学史，也就是说，能够既对近代、现代文学史做整体的理论研究，又关注当下文学，介入当代文学批评。这样一个"整体观"的规模，可以使研究者在一个相对宽广的学术空间里自由驰骋，也可以比较自觉地意识到，本学科的时间下限尚未界定，学科内涵将会随着时间的推移而不断地丰富变化、推陈出新，任何学术定论都不是最后的定论，任何文学史的角落都不是研究死角，一切都有变化的可能。只有不断探索和创新，不断研究社会生活与文学的关系，不断提出和研究新的问题新的现象，才能够使我们这个学科焕发出青春的活力。

　　按照文学整体观的理解，从清末民初的社会小说到当下"80后"文学创作，都是你研究的专业范围。如果你以后习惯了多视点地选择研究对象，又能够把所有这些研究对象都自觉视为一个整体性的局部，那么，你在自己的专业领域里就能获得真正的学术自由了。虽然你现在是可能迫于环境而"有意由当代、现代文学遁入近代文学"去，但只要你坚持下去，坚持用整体观的思维方法来指导自己的深度研究，你很快就会发现，从十九世纪末到今天的新世纪头二十年，整体性的文学结构决定了文学内部的每一部分都是相通的，晚清的问题也是当下的问题。所以，也无所谓"遁入"，无处不是思想的现场，无处不是学术的尖端。我还比较欣赏你的治学态度，虽说是不得已而"遁"，但你还是学得认真，做得扎实。这说明你对于清末民初社会小说的研究仍然充满了研究的热情。这是很可贵的。我不太赞同有些青年朋友为了申报项目或者发表论文而自轻的态度，他们常常会说："我先敷衍着做自己也不喜欢的课题，只是为了发表或通过，等以后解决了职称，没有顾忌了，再回过来做自己喜欢的研究。"我要回答这一类想法的是：等到你们一切都获得了的时候，你们已经没有精力和热情去做自己喜欢的研究了。那是一定的。——这也是我曾经研究、现在也将继续要研究下去的文学史上的"潜在写作"。"潜在写作"不是一个理论问题，它是文学史上的知识分子理想的坚持和实践的问题。

还有些零零碎碎的话想说，譬如，在近代、现代和当代文学史的"整体观"范畴里，还有世界性因素的作用。因为中国现代文学是一种正如王德威教授所说的在"世界中"的文学现象，中国现代文学是在世界文学的影响下发轫和发展起来的，这个课题也是中国文学"整体观"的题中之义。我欣喜地在你的论文集中读到了像《论"五四"作家对霍普特曼〈沉钟〉的创造性误读——以鲁迅、沉钟社为中心》《〈大师和玛格丽特〉与中国当代先锋叙述的转型》等中外文学关系比较的研究论文，写得非常漂亮，这一类研究你还刚刚开始，还在陆续发表你的成果，论文集里只收了两篇，但很亮眼。我觉得这本论文集已经奠定了你目前在学术上的研究思路和结构框架，我感到很亲切，从你身上看到我自己年轻时发奋努力的影子。希望你坚持下去，不断开拓和创新，不断发表你的新的研究成果，成为一个意志力强大的学者和知识分子。我很期待。顺致

暑祺。

2023 年 8 月 16 日

目　录

批评的批评

近代文学研究

清末民初社会小说的思想蕴藉

　　清末民初小说的文类及蕴涵繁富驳杂，所以从彼时诸多小说文类中选取"社会小说"予以审视，不仅因着社会小说在这一时期作品中所占比重最大，更缘于其与社会的微妙联系。较之政治小说、历史小说负载之"大"，俨然"大说"，社会小说最"小说"①，而偏能小中见大，折射清末民初的社会形态与精神。

　　多年以来，史家却每每罔顾史实，不从细读文本入手，而仅仅凭着"社会小说"这一字面便望文生义，牵强附会。例如以下这一多为研究界称引的定义——"在我国古代通俗小说的分类中，只有讲史、神怪、言情、公案、武侠五大类，没有社会一词。到

---

① "大说"一词典出黄子平。在思辨小说与"大说"之异同时，黄子平称："小说，从古时候起，就身份谦卑，处于话语秩序的边缘。然而，虽身为'小'说，却也与'大说'同为一'说'。所以，渐渐的，也有些落魄文人，要小说承担'经夫妇、成孝敬、厚人伦、美教化、移风俗'的重要使命；更有甚者，则是要'补正史之遗'。待到梁启超辈出来，简直就是颠覆中心/边缘之正统秩序，将小说抬到'文学之最上乘'的吓人的高度，借此来'新一国之民'乃至'新一国之政治'。"参阅黄子平《边缘阅读》，辽宁教育出版社2000年版，第55至56页。

了近代，尤其是现代，振兴中华、改造社会、进行社会革命，成了全民族的最高目标，文学家以反映社会问题、揭露社会沉疴为己任，于是社会小说就成了通俗小说的大项。"①将清末民初社会小说的功能、旨向界定为"改造社会"、实现社会理想，忽视了这其实是彼时政治小说的题中之义。至于社会小说，虽与社会关系密切，然其恪守"小说"本分，主观上并无"振兴中华""改良社会"这些标榜，而是自甘卑下，关注社会"细碎"，珍重"世俗"，铺写世态，于不经意间揭示社会内涵。

有鉴于清末民初长篇小说研究多有收获，而彼一时段短篇小说的研究则相对显得薄弱，笔者对社会小说之开掘，将择取短篇这一体裁。短篇小说并非长篇小说篇幅上的浓缩或精简，它在结构剪裁、题材拓展尤其是思想蕴藉上，皆有着自己独特的方式，所谓一叶知秋，小中见大。而所以将侧重点置于"蕴藉"，是在强调勿轻忽短篇那若隐若显、含而不露处之蕴涵——较之长篇小说的长于展现历史事件，短篇小说更长于掇拾历史巨变之余的琐碎印痕，更善于敏感新人物、新生活观念萌发时的微妙预兆，捕捉行将日薄西山的旧道德伦理返照出的缕缕回光、残晖。倘若说既有清末民初社会小说研究一味删枝去叶，局限于"四大小说"（《官场现形记》《孽海花》《二十年目睹之怪现状》《老残游记》）的视野，难免将文学史脉络化繁为简；那么，辅之以短篇小说探析，阐微烛隐，或将有助于还原彼时杂花生树、群莺乱飞般的创作态势，发现其所显现的活力及复杂面向。

---

① 刘炳泽、王春桂《中国通俗小说概论》，台北汉威出版社1987年版，第1页。

一、以"自由女"为表征的新道德与旧道德的论辩交响

清末民初正值新旧社会转型、过渡时期，作为连接古典文学与现代文学的桥梁，社会小说所载之"道"中，每每暗蕴着新旧道德的冲突交融，此消彼长。

如果说，彼时的男性作者大抵还是旧文人，尚陷于维新与守旧的矛盾、纠结中，那么，其笔下的女性人物却已出落为新女性（或称"自由女"）了。多有作品刻画自由女，甚至以此命题，诸如张春帆的《自由女》，笑梅的《自由女乎？醍醐儿乎？》，以及无名氏的《自由女请禁婚嫁陋俗禀稿》。在那乍暖还寒的时节，"自由女"形象恰似"红杏出墙"，标新立异，折射出旧文人对其所表征的现代文明既惊艳迷乱，又不无焦虑乃至恐惧的幽微心理。

时论但指责自由女"误读自由"，如称："在中国今日半开化之时代，亦有一种女子，曾为学生，自命开通，喜尚文明，百粤之人目之曰'自由女'。此种自由女出没社会，颇喜与男子为恋爱之交与，间亦为一种文明结婚"，"亦未尝无些许之阅历与知识，但其用情，每不真挚，不过撷拾一二恋爱自由之名词"①；却鲜见反省自身所持"半开化"之标尺对"自由女"形象可能造成的曲解。一时作家纷纷作小说"警世"，攻讦"自由之说行，重婚不为羞；平等之说行，伦常可泯灭"②；直斥"自由毒"，"男也无行女也荡，自由毕竟误终身"③……在此背景下，有小说家为"自由女"正名，

① 何海鸣《求幸福斋随笔》，上海民权出版部1917年版，第216至217页。
② 定夷《廿年苦节记·弁言》，《小说新报》第2卷第1期，1916年1月。
③ 李定夷《自由毒》，《定夷丛刊》二集，上海国华书局1915年版，第10页。

便胜似空谷足音，渡人走出迷津。作者如是说：所谓"自由女"，不仅意指新女性勉力"开风气之先"，"从交际自由而入婚姻自由"之行为，更标明其"别求意想中之自由天地"，憧憬"从家庭自由而入社会自由"之自主自为精神①。

依常情而言，描写自由恋爱、自由婚姻，理应将男女双方的互动关系作为叙述焦点；然而作者却大都遵循"女人先来引诱他"的模式叙事，对男方轻描淡写，抑或忽略不提。除却男性人物犹未彻底摆脱转型期思想的暧昧，其叛逆姿态反不如女性鲜明这一因素外，更主要的原因则是缘于曾经的男尊女卑历史境遇。以此衡量，较之男性的争取自由，彼时兴女学、倡女权的新潮实质上使女性获得了更大程度的身心解放，故尤令保守的作者触目惊心。如是便为笔者经由对自由女的聚焦以一窥新旧道德冲突提供了一个绝佳的观察点。

姚民哀的《新旧道德》讲述固守旧道德立场的父亲命女儿与恩人之子阿戆完婚，孰料执教鞭于海上的女儿凌霄已与缝工李某自由恋爱，迎亲前一日，彼"自由女"犹在上海某旅社与李裁缝叙同命鸳鸯，新婚之夜竟不许阿戆同衾枕，最终还是弃包办郎君而去。文章一改旧小说之平铺直叙，起笔突兀，开头即借老父亲之口洋洋数千言进行道德训诫："汝非智识开通之女学生乎？何以文不掩行"，"苟思及若翁救父之恩，则汝夫任何愚呆，亦当逆来顺受"；结尾又称"凌霄之丑声，从此洋溢"，"凌霄坦然不以为介，安寓沪上，一方面从事教育，俨然为人师，一方则赁屋某里，

---

① 指严《不知情》，《礼拜六》第14期，1914年9月。

与李裁缝相依若夫妇然。"①言辞中透露的"安寓沪上"四字，应是蓄意为之，盖指上海这座最早受西洋文明浸润的城市，自是凌霄心之所属的地方，而作者又何尝不是有意将此忤逆之女放逐到上海这一"魔都"。至此，新女性想象与都市想象俨然已合而为一：新女性借助于都市赢得心灵空间与眼界的阔大，都市则借助于自由女形象"赋魅"。

有意思的是，此类小说中，叙事者总是男性，且大都选择"严父""硕儒"形象作为作者的自我肖像、道德化身。然而，身份如此显要的叙事者每每半途失控，其笔下被叙述的"自由女"却转而成了"故事的绝对的'主体'"②，借由她自由不羁的个性与言行，方能推动着叙事的衍生、发展。如是，19世纪俄罗斯作家所建构的以"父与子"对立为表征的新旧文化碰撞模式，在吾土吾邦却衍化为一种"父与女"冲突的范型。而鉴于作者半新不旧的道德意识势有偏侧，故体现在文本中，或独尊礼教，攻其一端，剔新如仇；或化身为二——"父与女"，以己之矛，陷己之盾。

这一典型范式在《新旧道德》中自不例外。作者对凌霄厌恶之极，或许出于录下"口供"的意图，并未全然剥夺她的话语权，未料凌霄在其婚礼上的宣言因此生出振聋发聩的效果："侬幼禀庭训，长遇贤师，习见常闻，皆系欧美文明礼节。奈我乡风气未开，强侬为此极野蛮之婚礼，心殊憾也。现在既已成婚，当听侬实践

---

① 民哀《新旧道德》，《小说新报》第5卷第5期，1919年5月。
② 李欧梵《上海摩登——一种新都市文化在中国》，北京大学出版社2001年版，第217页。

所得之时化，以被此邦，毋再干涉侬之自由权也。"①——置于旧道德立场，此一说法无疑不循礼仪、有伤风化，而换个视角，却放大了新道德的话语强音。那铿锵有力的词锋，助成了文本内部一次新道德理念的胜利，或可视作训诫叙事的颠覆。

无独有偶，包天笑的《一缕麻》也写一位"本邃旧学，又益以新知"的女士违心嫁给一痴呆儿的故事②。女主人公起初厌弃包办夫君的痴呆相，却最终感动于此君不畏传染疫疠，昼夜看护自己，乃至为爱殉身的至诚，甘愿为他守寡。叙事者称女士本为新道德孕育之"安琪儿"，虽因难拂守旧老父之心而允婚，仍坚执婚后"我当任我自由之天"③。如此"自由女"，偏无法摆脱旧道德的魔障，因着礼教根深蒂固，稍有契机即可借"尸"还魂，更缘于作者的主观倾向使然。小说在痴郎的"痴呆"性情上做足功夫，至文末方令读者顿悟，原来欲扬先抑，此君实为百年难遇的痴情种子。从中不难窥见作者为捍卫固有道德而煞费苦心，以致在"痴呆"与"痴情"二词上偷换概念，强立痴公子为旧道德的肉身化丰碑，并让新道德之"安琪儿"为其束麻一缕，哭之拜之。仿佛哭别的不是一个人，而是一个时代，一种怅然伤逝的传统。女回天无力，唯有长斋礼佛，心似金石冰雪。有研究者因此推论女之"'守节'已成为她表达对死去丈夫爱情的一种方式"④，对此笔者不能苟同。笔者认为：与其牵强地称其在为爱情守节，不如说

---

① 民哀《新旧道德》，《小说新报》第5卷第5期，1919年5月。

② 包天笑《一缕麻》，《小说时报》第2期，1909年10月。

③ 包天笑《一缕麻》，《小说时报》第2期，1909年10月。

④ 袁进《中国文学的近代变革》，广西师范大学出版社2006年版，第357页。

她是传统礼教、古典人格的守灵人。经此仪式化的悼亡招魂，文中林林总总的欧美新知、新学、新道德，径自散发出反讽意味，尽成彰显旧道德、反衬旧伦理的修辞。

民初作家于新旧道德交锋中的偏袒立场自不待言，更有甚者，不惜将新道德妖魔化，以卫护旧道德的道貌岸然。笑梅的《自由女乎？龌龊儿乎？》述说曾有婚约的两家人，女方突然悔婚，极力诋毁男方品格，且"殊倜傥无羞缩态"，声称："婚姻自由，父母亦无禁止权。必欲余与龌龊儿结婚姻，余愿以颈血溅地。"① 值得注意的是，此处新小说家崇尚的"写实"（或谓"实写"）原则，多少为作品留存了些许情节的真实、细节的真实，如"不自由，毋宁死"情节之决绝；又如描写女言毕破门而出，步履"矫健如风"，透露出几分古典小说中鲜见的女性健美体态与现代性节律。多年后茅盾犹以活力四溢、矫健如风的现代女性形象传递其对生机勃勃的都市气息的感受，似是有原型可寻。然而，尽管不乏情节的真实、细节的真实，却终因作者观念之伪，篇末乃图穷匕见：那貌似大义凛然的"自由女"原来与表兄有染，"养汉子，匿私男，乃自由耳……"② 作者有意让"婚姻自由"的口号，出于荡妇淫娃之口使之变味。

同样笔涉离婚，水心的《二十世纪之新审判》生发出了若干寓言品性。小说叙述"恒倾欧化，于'男女平权'、'自由结婚'诸学说，尤心领而神会"之某女③，因早先定亲的男方家道中落，

---

① 笑梅《自由女乎？龌龊儿乎？》，《礼拜六》第48期，1915年5月。
② 笑梅《自由女乎？龌龊儿乎？》，《礼拜六》第48期，1915年5月。
③ 水心《二十世纪之新审判》，《说林》第4集，1914年3月。

便借着自由恋爱名头悔婚，闹到法院，遂成就了一场"二十世纪之新审判"。文中，作者既称"法院"为"文明新衙署"，自是视其为"新政制"的象征，偏又令其审判堪称"新道德"化身的自由女——"自由结婚，本欧西风化，吾国人民程度尚低，为女子者，实未可效法文明结婚例，自由择婿也。"①——耐人寻味的是，审判员的道德滞后性却借伸张道义的意图得以美化，而少女弃婚约的新道德意向，则被其功利市侩的动机斫伤。反观之，恰恰显露了作者缘其先在立场，蓄意给新道德佛头着粪的心理，让人在移情的作用下，不自觉地"厌"屋及乌。至于"吾国人民程度尚低"一类托词②，于今老调犹闻，读来更令人哭笑皆非。

笔者并不讳言，上述"自由女"只是感染了"新风输入"，而远未达臻现代女性的境界；也无意掩饰，在汲取域外文明的内核时，她们每每饥不择食，未及扬弃。守旧势力的强大，迫使她们的反叛言行身不由己地扭曲、夸张，以致在卫道者眼中尤显"穷形极相"；古典女性人格的浑成，更将其贸然楔入的新文化异质反衬得如此兀然不群。

然而，退一步而言，即便在守旧者不无歪曲的笔下，也至多罗织什么自由女婚礼上"狮吼河东"，婚前"女奔濮上""暗结珠胎"一类逾矩，并未确证其有纵情声色抑或钱色交易之秽行。而前者虽有违"改良礼教"，却并未逾越"自由女"更其宽容的内涵。

假作真时真亦假，士人不退思所持"发乎情止乎礼义"的改

---

① 水心《二十世纪之新审判》，《说林》第4集，1914年3月。
② 水心《二十世纪之新审判》，《说林》第4集，1914年3月。

良礼教的局限，自审"女必贞而后自由"之类半新不旧的自由观念的"伪"，却百般讥弹自由女之"伪"，斥其"假自由之名"。讨"伪"声中，挞伐者的文化立场显然多有迷失，因为他们不能容忍的与其说是自由女品格之伪，不如说缘其身上已初露峥嵘的自由不羁精神之"真"。

曾几何时，那些"出于旧学界而输入新学说者"一度好称自由，而今"自由女"方"窥头于牖"，便陡然失其魂魄，适见出叶公好龙式的自欺欺人。

置之彼时历史大背景，不难领悟此中缘由：民初作家大都陷于"提倡新政制，保守旧道德"的深刻矛盾中[①]，即便口称自由，骨子里却认为西方所长只在于先进的社会政体，而其道德则如洪水猛兽，失之酷烈，不及中国传统道德那般丰赡怡人、健康自足。持此理念者，应不在少数，著名作家吴趼人即是一例。他一味强调小说为"德育"的工具，应"借小说之趣味之情感，为德育之一助"；鼓吹"小说家之伟功"就在于"陈说忠孝节义"[②]，即便流于"陈腐常谈"，也在所不惜。

时近"五四"，已有新思潮开始在观念上反对"文以载道"，然仅仅是摈弃旧文人所依傍的固有道统，实质上并不曾偏离文学作为"道"之承载工具的价值本位。据此便不难理解，"社会言情小说"何以应运而生，实乃作者应对"言情小说"立意轻薄之指责，故悉心将其"轨于正道"而后安，借此换取合法化（或谓"合礼化"）叙事的权力。

---

① 包天笑《钏影楼回忆录》，香港大华出版社1972年版，第391页。
② 黄霖、韩同文选注《中国历代小说论著选》下，江西人民出版社1985年版，第233页。

二、儿女私情与爱国豪情的互渗互释

民初，有识者提出"社会言情小说"这一概念，称"言情不能不言社会，是言情亦可谓为社会"①；或将所言之"情"的定义拓展为"下之极于男女恋爱之私，上之极于家国存亡之大"②，道出彼时作家载道意识萦绕于怀，即便是"言情"作者亦挥之不去感时忧国、现实关怀的意绪。诸如俞牖云、周瘦鹃，仍时或从香闺花丛中向外一瞥，"以觇社会上之种种情状"。

牖云的小说《五分钟》，适可于"花影重重"后，见出五四运动之社会背景：爱国学子，鼓激风潮，抵制日货，"布送传单，露天讲演，际此烈日炎威之下，往来奔走不稍衰"③……

小说场景始终未逾书房一步，写才子花佛生与其梦中翩然而至的佳人打情骂俏、缠绵缱绻之际，却偏能话锋陡转，颇为巧妙地将抵御仇国舶来品与使用国货、"心中爱国"与"冠冕爱国"、国际贸易与国民性格一类世相人心的探讨纳为谈话主题，令闺阁中的私己之情与广域下的爱国激情庄谐杂陈，暗通款曲，不由人侧目称奇。

倘若将视野拓展延伸，构筑"丽人香闺"式的私人空间曾是明清旧小说的固有模式；自清末民初尤其是"五四"以降，边界无限的"社会广域"便开始挟时势挤占它的地盘，而私人空间则不得不以种种变通的方式委曲求全，以上"社会言情小说"便是

① 铁樵《论言情小说撰不如译》，《小说月报》第6卷第7号，1915年7月。
② 徐枕亚《玉梨魂》，上海清华书局1929年版，第133页。
③ 牖云《五分钟》，《小说新报》第5卷第8期，1919年8月。

调和之一例，20世纪二三十年代"革命加恋爱"小说模式亦可谓或一变种。及至新中国成立，私人空间则迅速被社会广域视野的小说蚕食乃至全然取代；而新时期"私小说"的兴起，则再度回避社会广域的宏大叙事，躲进私人空间乐不思蜀……似是验证了一次次小说主题演进、空间转换过程中的循环轮回。

《五分钟》里，花佛生借抵制仇国化妆品之名，行恣情品评美人、饱餐秀色之实，以及擅入丽人香闺，作墙外张生之举二节最令人忍俊不禁。且读文本：

> "吾亦非轻薄儿，喜端详美人长短，况卿之月貌花容恰到好处，早使墙外书生拜倒石榴裙下矣。今之所以灼灼目卿者，盖谛视卿玉体上粉饰之某……某国货有多少耳。卿乎乌尖花样，袖口丝边，肤润蔻膏，衣弹薇露，非皆仇国之化妆品乎？"……
>
> 是夕，予竟偷入丽人香闺里，笑向丽人曰："予来践前言，将一稽尊闺中之仇国化妆品也。"风月关头浑难自持。则轻拥丽人吃吃耳语之曰："愿吾二人爱情之热度，抵制之良心，世世生生天长地久。并祝吾有情人成了眷属，大中华自此富强。"①

才子爱国，丽人爱国，正当读者浸淫于这如此美满的境界时，窗外人声惊醒梦中人，"时正五分钟耳"。

诚然，作者借此寓言忧思"五四"爱国热情能否持久，而非仅余"五分钟热度"，自有其难得之清醒与善意，令人警示国民运

---

① 臞云《五分钟》，《小说新报》第5卷第8期，1919年8月。

动若无理性节制抑或也可能漫衍成一种哗众取宠的矫情、滥情，然而，作者潜在的狭邪趣味及游戏态度却不免将叙事导入迷津。如果说，明代言情小说多借"醒世""喻世""警世"为题，在此道德训诫主题下饶有兴味地讲述男欢女爱故事，那么，《五分钟》则以爱国为名义，纵情宣泄（亦未尝不是一种解构）其情色梦想。

作者有意让爱国激情与儿女私情互渗，言情小说与时政大说互喻，于是乎儿女私情勉力升华、浮华，于瞬间陡增一顶"崇高"之冠冕；而历史正剧、爱国激情却在这般世俗的调笑亵玩中，褪去了其本应有的庄严。其实，自作聪明的作者在"轻搔新人物的痒痒肉"之同时，不经意间亦揶揄了自己：主旨"言情"却不得不从"社会"主题中拾取作料乃至笑料作点缀的变通动机，泄露了其终究缺乏投身社会主潮的弄潮儿的血肉体验，充其量不过是一个"立在五四运动外面看戏的"看客而已①。

如果说，俞编云的《五分钟》以五四运动为背景，那么，周瘦鹃的《真假爱情》则折射了辛亥革命的"战血玄黄"。

小说开首便以武昌举义为引子，乍一看气势非凡，石破天惊，然细读下去，便渐次生出问题：搁置"才子佳人"模式，改写"英雄美人"，其起因固然是受辛亥革命时潮的感染、推动，但亦不能忽略赖于"英雄美人"母题的惯性导引。恰是旧小说程式的牵制，致使作者将一个原本不俗的主题，写得俗了。小说的情节似曾相识：士人欲投笔从军，未婚妻为之绝情，其妹替姊送行并私托终身，壮士得胜回朝，有情人终成眷属。显而易见，作者仅

---

① 老舍《我怎样写〈赵子曰〉》，《老舍文集》第15卷，人民文学出版社1990年版，第171页。

仅是将封建时代那些个不无老套的故事、不无陈腐的思想，改贴一个"辛亥革命"的新标签。于是，作者愈是抒发豪情——什么"不能为了儿女情长，致使英雄气短"，什么"现在吾这身体已不属于妹妹，属于大汉，这身体，这灵魂都一概要替他宣力"①……读之便愈发觉得矫情，尤其是下引这段："吾就是失欢于你，不能和你缔同心之结，这一片爱国之心也始终不变。好妹妹，如今你不妨把吾暂时借一借给祖国，好好儿的勉励吾几声，吾上起战场上，记起了妹妹香口中的娇唡唡声，便能勇往直前，奋力杀敌。"②堪称"革命加恋爱"的经典话语。其流韵所及，直至20世纪30年代蒋光慈、洪灵菲等将"革命加恋爱"模式定型，写革命者在与其爱人的合影照背面题词曰："为革命而恋爱，不以恋爱牺牲革命！"或写主人公于杀机四伏的流亡途中，犹能与情人"共抒离衷，同干革命！于红光灿烂之场，软语策划一切"③……那"软语"革命，恰是妹妹香口"娇唡唡"地勉励"杀敌"的遥相呼应。

《真假爱情》可谓"革命加恋爱"模式的源头，毋我的《碧桃》则属这一模式之翻版——"革命减恋爱"模式的雏形。主人公村上碧桃虽系日本国女子，却巾帼不让须眉，不仅深知本国"虽号立宪，而实则阀阅专制"之病，且能将中国数千年历史大势、士人颓风、国民性格锢弊娓娓道明，不由地使中国留学生白

---

① 瘦鹃《真假爱情》，《礼拜六》第5、6期，1914年7月4日、7月11日。
② 瘦鹃《真假爱情》，《礼拜六》第5、6期，1914年7月4日、7月11日。
③ 洪灵菲《前线》《流亡》，《洪灵菲小说精品》，中国文联出版公司1997年版，第100、247页。

君为之倾心。但恰如作者署名"毋我"已透露些许，在固有文化中，民族国家体制的建构乃是以对个人身体的压抑为前提，如前所说，柔肠侠骨难能兼而有之，儿女情长势必英雄气短。故而生虽羡女美，却"觉凛凛然不可犯也，惮之如对严师"①，往还约一年，未及于所谓男女之情爱者；碧桃虽知白君之心，亦毅然慧剑斩情丝，从此萍踪侠影，奔走革命。

同为"献身的文学"，如果说"革命加恋爱"模式是士人亢昂兴奋之际奢求"爱国无妨兼爱花"的家国圆满，那么"革命减恋爱"模式则可谓伤心失意时借由牺牲，于自虐自戕自怜间体味某种历史缺憾，兼及人生痛楚乃至以身许国、以身殉道的精神快感。所谓多情多感仍多病，二者其实都或多或少暗含士人罗曼蒂克式的虚火中烧抑或畸情宣泄。

三、城市日常生活与海上魅影的虚实相生

新小说的发轫中兴，与上海这座新兴城市密切相关，不少作者流寓或定居上海，海上生活与风情连同其内蕴的文化精神，自然会成为新小说创作的题中之义。然而点检彼时小说，作家眼中的上海形象却大都流于浮光掠影。试读以下所摘片段：

> 沪上为通商巨埠，崇楼巨构，弥望皆是，来游者每惊诧其繁盛。（小草《婚姻鉴》）②

---

① 毋我《碧桃》，《娱闲录》第6期，1914年10月。
② 小草《婚姻鉴》，《礼拜六》第63期，1915年8月。

夕阳街山欲下未下，福州路一带车马如织，游人若鹜。俄而时钟当当报六下，马路中电灯灿烂如昼。（莞厂《风流骗案》）①

大道如坪，飞尘云卷，左右高楼大厦，好像筑了一条长城。那商店里面的陈列货物，大半都是海外舶来品。什么维也纳羽纱，司的克手杖，克罗克司眼镜，惠林登手表，漆皮鞋，丝光袜，珠儿索，钻戒指，五光十色，错杂其间，俨然一所花花世界，结彩如云，散香如雾。那往来的红男绿女都是斗艳争妍，眉飞色舞。早不知人世间有什么愁惨境况。街市冲衢，一华装少年，自开摩托卡，威风凛凛……（尘因《汽车……小苦力》）②

耐人寻味的是，上述崇楼巨构、华灯如昼、海外舶来品、"摩托卡"（汽车）、红男绿女一类都市风景，不只停留于瞬间印象，作者每每将其提炼、定格为都市意象，令其成为概括海上文化繁华奢靡的总体象征。城市生活、城市文化遂在这种不无褊狭的眼界中日趋神话化抑或妖魔化了。借用鲁迅语式："先是溢美……临末又溢恶。"③二者看似各执一端，缘其均浮夸玄幻，实质上交替互换仅一步之遥矣！

如上集体性想象派生出了批量复制，诸多作品连篇累牍地描写上海的"拆白党钓鱼""风流骗案"之类的故事：剑秋的《女总会》呈示了十里洋场的上海会所，一出出尔虞我诈的欺蒙瞒骗在

---

①　莞厂《风流骗案》，《礼拜六》第18期，1915年9月。

②　尘因《汽车……小苦力》，原载《小说之霸王》1919年，转引白丁润琦主编《清末民初小说书系·社会卷》下，中国文联出版公司1997年版，第956页。

③　鲁迅《中国小说的历史的变迁》，《鲁迅全集》第9卷，人民文学出版社1981年版，第338页。

此轮番上演①；花奴的《钓上鱼儿》直斥"夫上海一埠实为万恶之薮，一举一动处处宜慎。彼拆白党人无异渔夫，暗中持钓竿，下钓丝贮鱼饵，以待鱼儿之上钩。……海上孽坑中不知陷落几许好女儿矣！"②无意中暴露了作者对现代城市的某种紧张神态与恐惧心理。海上魅影不仅魅惑上海，甚至不时闪现、笼罩着乡村小镇。一些作品写及乡间青年男女变坏，起因皆是曾"留学沪上"，务工沪上，剑指"海上为坏心术地"，"殊易误人子女"。尽管新小说作者确实触及了彼时上海的某些社会现实，然而毋庸讳言，这种对城市文明的批判，每每立足于乡土中国的立场，以致流于情绪化、肤浅化，未能深入城市里层，穿透城市本体。

与上述批量复制的都市传说显然有别，一些作家开始将目光转向大墙后面，关注起城市底层劳工阶级的生活。他们别具慧眼地发现，都市不仅有"狐裘皇皇""漆皮鞋铮亮"的达官贵人，也有无数身着"千缝百补"的衣衫、脚穿"天然皮鞋"（光脚）的工匠苦力；不仅有夜夜笙歌、靡靡之音的颓废，更有"汽笛声、引擎声、机轮声、金铁击触声"，应和着工人的劳动声音"同时并作"之雄浑③。于是，一种新的都市主题应运而生。

企翁的小说《欧战声中苦力界》，悉心选取上海闸北一带的城市贫民窟，借两个工人家庭的遭遇，写出欧战之火殃及池鱼：一家因铁路停工，无力偿债，中秋佳节妻子悬梁自尽，与客死异乡的丈夫"团圆"；另一家事急无君子，其女为了家人的生计，不

---

① 剑秋《女总会》，《礼拜六》第3期。1914年6月。
② 花奴《钓上鱼儿》，《礼拜六》第69期，1915年9月。
③ 焦木《工人小史》，《小说月报》第4卷第7号，1913年11月。

惜辱声污名缠身，与厂里某监工结成一种物化、交易的人际关系。耐人寻味的是，女儿明明身不由己，偏称"只要二老安逸，得个污名，我也心服情愿"①。生之痛苦、无奈，诉来竟如此轻描淡写，此处意在揭示苟活者的麻木，抑或女子蔑视时俗的道德勇气？诚然，作者俯视而非平视的姿态与视角，一定程度上也许放大了这种"贫民窟的自然主义"叙事，然而，唯其不避生活原貌的卑贱粗俗，唯其不加修饰，方能揭示都市虚荣遮掩下的某些真相。就此意义而言，"审丑"未尝不是别一向度的审美。

俗话说，三个女人一台戏，小说恰是通过三位工人妻女对话的布局，不时辐射由濒临失业的"整千整万的人家"构成的"苦力界"这一大背景。在欧洲战事的影响下，工人们纷纷被逼入绝境。然而目不识丁的苦力，出自作者笔下竟个个无所不知，将欧战如何造成自家悲剧这些原因剖析得一清二楚，种种清末民初刚进入中国的新事物、新概念，诸如"洋行""经济恐慌""社会心理"等语词也信口道来。比照十余年后茅盾社会小说中的底层平民，例如《春蚕》中懵懂无知的老通宝，除却仇恨那条兀自长驱直入水乡的小火轮搅碎了乡土生活的安宁，至终也未曾明白何以"洋鬼子"的闯入会使蚕茧丰收成灾。相形之下，不难见出《苦力界》中与其说是苦力们在分析，不如说是作者点题心切，无意间僭越了人物应有的身份。尽管有此微瑕，仍无损小说努力展现社会广域的良苦用心。

与《欧战声中苦力界》相类，恽铁樵的《工人小史》亦难

---

① 企翁《欧战声中苦力界》，《小说海》第3卷第7号，1917年7月。

能可贵地将视点聚焦于新兴工人身上。自古中国小说重视"传记性",多有借主人公的一生经历谋篇布局的作品,却鲜见如恽铁樵者,卓然不群地为一个彼时方登上历史舞台的普通工人树碑立传。

小说开首落笔不凡,写"晨光熹微中,汽笛声呜呜。一中年妇,从黑甜深处闻之,蹶然坐起,揉搓其睡眸,向黝暗之玻璃窗瞠目凝视。玻璃尘封蛛网,不能辨天光云影。中一块已破碎,代以纸。纸复旧敝,晓风拂拂穿隙入,著襟袖云鬟间,始瞿然若苏醒……"①无论是笔下人物限知视角的运用,还是绘声绘色的情景描写,均可见出译作颇丰的恽铁樵对现代小说技法的吸取。然则头大身小,因此后作者勉力将工人韩蘖人"小史"压缩至短篇的篇幅中,文字难能细针密缕,以致只有情节,没有细节;只见骨架,而缺乏血肉化的体验润其枯笔,不免有失之粗疏之憾。即便有论者辩称此乃"史迁笔法",但古朴简约或能成就"小史",却无力将其升华为现代"小说"。

上述诸作之外,杨尘因的《汽车……小苦力》亦笔涉民初都市阶级对立的行状。在着力抨击豪门少爷驾摩托卡横行街市,撞死小苦力的罪恶的同时,揭露了本应是现代正义的体现者的法庭,肆意偏袒富人阶级。小说中,法官的判词读来尤触目惊心:"彼苦力亦有自取之咎,岂能以一身之微,敢与汽车抵抗么?"②与其说凸示了"摩托卡"的非人性,不如说昭显了掩蔽其后的上层阶级更冷酷无情。

---

① 焦木《工人小史》,《小说月报》第4卷第7号,1913年11月。
② 尘因《汽车……小苦力》,原载《小说之霸王》1919年,转引自于润琦主编《清末民初小说书系·社会卷》下,中国文联出版公司1997年版,第956页。

缘于"摩托卡"、电车这类"现代"怪兽在时人心目中已日趋符号化，因此引出了好事者誓与其一决高下。翕的《大跑马》专写跑马厅外，不谙城市章程的蓄辫阔少，策双马轿车飞奔而来，"与汽车、电车相比赛"的情景，将传统中国与现代都市间的对峙、碰撞戏剧化（或写作"喜剧化"）了。如果说"公子翩翩，佳人冉冉，辫发时妆，顶覆尖帽，衣作夹桃灰色，外罩无色花缎马甲，鼻架金丝目镜，衬以淡蓝色玻片"之类文字[①]，显示出用骈散相间的文言文描摹都市人事的表层不谐；结尾"予小驻片刻，则鞭丝帽影，已随轨迹轮声而电逝，惟见天半寒鸦飞向白云深处"一节[②]，则更耐人回味。写跑马厅外海上风景，偏留下了古典诗词般的意境、韵致，于繁华喧嚣间，幽幽地流露出几分都市乡愁，暗寓着旧士人文化心理的迟暮与失落感。

时移世易，伴随着"出于旧学界而输入新学说者"的蝶蛹羽化[③]，一种新旧交迭的知识者叙事便自然成了新小说发轫以来极具潜力的叙事形态，并渐次取代了传统小说主角多是"勇将策士，侠盗赃官，妖怪神仙，佳人才子"的现象[④]。

然则苏曼殊小说中归国游子"断鸿零雁"般的行止毕竟过于超拔飘逸，读如惊鸿一瞥；周瘦鹃笔下知识精英所秀郎拉"繁华令"、妻弹"枇霞娜"式的优美高尚生活也终是幻境，吹弹即破；还是包天笑《补过》中那位医科大学生的忏悔录，透露出更

---

① 翕《大跑马》，《民吁日报图画》1909年9月26日。
② 翕《大跑马》，《民吁日报图画》1909年9月26日。
③ 觉我《余之小说观》，陈平原、夏晓虹编《二十世纪中国小说理论资料》第1卷，北京大学出版社1997年版，第336页。
④ 鲁迅《〈总退却〉序》，《鲁迅全集》第4卷，人民文学出版社1981年版，第621页。

多"苦社会"的消息（如纱厂、妓院）①；而呆笑的《小学教师妻》同样聚焦"罗帐"这一小学教师夫妻的私人空间②，却比周瘦鹃的"九华帐里"平添了几分世俗的温情③。

以上梳理隐约可见知识者叙事从钟爱极态至关注常态的变迁轨迹。对于仕途学业皆失意不得已鬻文为生的寒士而言，日常化的写作就如同是在写自己的日记，都市普通知识者（诸如报人、书局编辑、中小学教员、画师）的人情世态自然更可心。而前述工人叙事之所以史家百般搜寻钩检，仅得吉光片羽，纯因文人缺乏这方面的生活体验，故无论对工人心理妄加揣摩，还是僭越人物的道德想象（或谓"想象性同情"，如《苦力界》中为苦力之女越俎代庖），终不如写知识者时感同身受，冷暖自知。

且不说作者描写那些受过现代教育的平民知识者的人生时那份平易近人、体贴入微，善于布帛粟米中述情，将那看似卑微的挣扎、憧憬，视同亲见蝴蝶的蛹渐渐咬破茧，艰难地探出头来那般欣喜；即便笔涉旧文人尾大不掉的毛虫状丑陋，揶揄乃至讽刺之余仍不失恻隐之心。因着这岂是在批判漠不相干的他人，分明是审视本是同根生的自己——自身在转型过渡期知识结构、文化心态、道德模式尚留有的矛盾与暧昧，依然是那样的体贴入微，唯其"体贴入微"，轻轻一点却一针见血地触及了内心最不为人知的痛处。

试读姚民哀的小说《不平》。"摩托卡"——这一现代怪兽，

---

① 天笑生《补过》，《小说大观》第8期，1916年12月。
② 呆笑《小学教师妻》，《小说时报》第11期，1911年7月。
③ 周瘦鹃《九华帐里》，《小说画报》第6期，1917年6月。

在新小说文本中直闯横行，不仅充当情节演进的道具，有时甚至俨然升格为"人物"。供职书局的"余"之所以愤愤"不平"，便是因着"革命以还，表面虽曰共和平等，吾人试放目中原，较专制时代之恶习，恐有加无减。即以行路论，往者摩托卡车，一二西绅富商外，鲜有人驾者，今则无贵无贱，愿甘无夜炊，而必欲驾摩托卡以招摇过市"①风雪夜归时，每念及此，"余"便心态失衡，更觉寒侵心腑。忽一日，见一贵家闺媛因弄堂门狭窄，不得不彳亍下车，嘘嘘呼寒，反不如自己，瞬时"热度亦因此流行遍体"。"余"因此顿悟："安步当车之说，确有至理。"从此得意于"余精神上之优胜"。②

值得注意的是，小说中，"安步当车"与"摩托卡"风驰箭行这一日常姿态，已被作者着意拔高为一种传统中国文人生活范式与现代节奏、现代速度的较劲。这是何等不自量力的挑战！故而，当叙事者借安贫乐道的传统理念调适了笔下人物连同自己对正在崛起中的都市文明的不适与不安，进而心平气和之际，读者却反而从中读出了对传统文化"精神胜利法"的反讽含义。

如果说《不平》是作者苦心撰写的一则旧文人"精神胜利法"的寓言，那么，仲春的《生活》则是上海普通教师的生活写实。作者摈弃了传统小说以情节为中心的叙事结构，悉心截取雨中城市生活小景。其难得不仅在于截取生活横断面的现代短篇小说笔法，不仅在于较之彼时同类作品尤见精细的细节刻画，如那顶令读者印象深刻的主人公的毡帽——遮雨时"帽子前沿的滴水

---

① 民哀《不平》，《小说季报》第1集，1918年8月。
② 民哀《不平》，《小说季报》第1集，1918年8月。

正和人家屋瓦的溜水不差什么"，那双"雨日便成有洞的小船一般"的靴子①，更在于作品中初露端倪的市民现实主义精神：不再刻意追求小说的寓言品性，不奢谈超验的"精神"，更不寄希望于什么"精神胜利"，而是正视"生活"，那不乏物质性的实实在在的日常生活。即便"被那'生活'二字苦的不得了"，也要执着地"生活"。恰是作者的慧眼独具、善解人意，日常"生活"本身才前所未有地成为文本的一个意义范畴、价值尺度与审美对象，进而赢得了某种本体论的意味：它是一个宏大又不无拘束、框限的广域空间，虽有坎坷障壁，却难挡生活流细水长注，穿石越坎，绵远无尽；它是城市人安身立命的根基，任何浮华、混沌、神奇的事物唯有在其衬托下方有可能妥妥帖帖地存在。一切"都是为的'生活'二字"②。——叙事者的如是感悟已然酝酿起后来为识者所归纳、激赏的一种"智慧"③。

与《生活》异曲同工，胡寄尘的《爱儿》难能可贵地将镜头聚焦寓居上海西门老城厢一带的知识者生活。开首便别开生面，即从那美术教师居住的房子叙起。"却说那间房子，进门便是天井，过了天井，便是客厅。左手边一间厢房，一排玻璃窗子，都向着天井而开，天井里排着一个杉木架子，架上一盆一盆的，都是月季花。刚刚经过微雨，又映着一阵旭日，那玻璃窗便恍惚成了个摄影器的镜筒，厢房便是摄影箱，将天井里的一幅风景，都

① 仲春《生活》，《娱闲录》第17期，1915年3月。
② 仲春《生活》，《娱闲录》第17期，1915年3月。
③ 自命新小说传人的张爱玲将此上海人磨练出的生活的哲学，称为"有一种奇异的智慧"。参阅张爱玲《到底是上海人》，《杂志》第11卷第5期，1943年8月。

摄入箱里来了。"①

　　诚然，此后所讲述的那些个具有新知识的市民相夫教子、恋爱争执、待人处世的事件不无平凡、琐碎，但令人激赏的，岂止是前述那段场景描写在彼时尤显得新颖，亦为着"新小说"作者终于脱出了不无褊狭、不无呆滞，整日对着摩登都会那些灯红酒绿的表象目眩神迷的惯性眼光，而能以一个城市人的丰富、纤敏的感觉，发现上海城市生活中的温情与非极态的日常化美感。

　　至此，清末民初作者一味志奇录异、钟爱戏剧化题材的审美偏嗜，转而衍变为"生活化"的美学追求；而其文体也相应地逸出了"短篇故事"窠臼，渐次升华为现代意义上的"短篇小说"。

---

① 胡寄尘《爱儿》，《妇女杂志》第2卷第12号，1916年12月。

清末民初短篇小说叙事初探

有鉴于清末民初短篇小说艺术上的相对稚拙，笔者无意拘泥于对研究对象作"价值评判"，而拟悉心进入"价值阅读"范畴。即努力化用叙事学理论，并辅之以社会—历史批评，通过对文本的细读，阐发作品的价值意义，尤其是其中所蕴含的形式意味。

一、第一人称叙事：旨在现身说法与营构"真实"

中国古代小说，包括魏晋志怪志人小说、唐传奇、宋元话本、明清长篇，大都采用第三人称全知叙事；受彼时大量译介的西方小说叙述视角的启示，清末民初短篇小说则悉心引进了第一人称叙事，因其便于启蒙劝诫，便于现身说法，感时伤世。

彼时的"小说界革命"，业已放大了小说开通民智、传播真谛的功能，因此，"真实性"这一价值取向日益为作者所标榜。第一人称叙事缩短了读者与故事中人物之间的距离，给人以直接感、真实感，易于令读者信以为真，自然受到小说家的青睐。

于是，本质为"虚构"的小说，却在作者笔下想方设法变为口述实录。试读吴趼人的《黑籍冤魂》。作者一开头便信誓旦旦，称："我近日亲眼看见一件事，是千真万确的，恐怕诸公不信，我先发一个咒在这里——我如果撒了谎，我的舌头伸了出来，缩不进去，缩了进去，伸不出来。"①

接着，故意插入一个引子，胡诌什么康熙年间年羹尧西征时，曾乞借佛像金身，铸作铜钱，立誓得胜后铸还，却言而无信，引得那般魂灵无所依附的佛陀罗汉化身罂粟花，向中国人索债……所以"说神说鬼"，一则无违传统小说多以一个象征性楔子引领全篇之范式；二则便可坦言这是"一段虚构的故事"，显出作者虚处称虚实处说实、诚实无欺的秉性，以达到以虚衬实的效应。

此后，才借自己被一僵卧路上的鸦片鬼绊倒，其临终前赠以"一本残破的册子"，任其传播，引出烟鬼——"故事内"的叙述者——自叙其一生吸毒的历史：因自己吸毒，小儿误食毒品，妻子生吞鸦片自尽，女儿被卖入妓院，自身亦患了伤寒、烟痫。

作者不仅发誓赌咒，更辅之以限知视角，增强真实感，声称册子"写到得病以后，便没了，到底如何闹到死在路上，那却是无可查考了。并且后半段的字歪斜愈甚，几于不可辨认，想是得病以后写的了……"然而，我们不仅要问：作者何以刚听罢英国慈善会成员劝人戒烟演说，便巧之又巧地遇及"那路倒尸现身说法一场"？所以变换叙事角度，并佐以多种叙事手段以幻代真，

---

① 趼《黑籍冤魂》，《月月小说》1906年第四号。上海书店1980年影印。

目的实是为了由本人现身说法痛诉吸毒后那一系列恶果，更震撼人心。

"新小说"作者如是叙事圈套，竟蒙得别具慧眼的研究者刘纳亦一时失察。铁樵小说《七十五里》末段，称"是篇得自投稿，原文意有未慊，删润一过，仍嫌直致，惟中叙朋友友谊不无一二血性语，不欲以文字之故竟弃置也"①。这一障眼法却使刘纳在撰写《嬗变——辛亥革命时期至"五四"时期的中国文学》一书时信以为真，混同叙事者及其叙事与作者真实言行的关系，将此节叙事视之为作者《附记》，谓铁樵"坦然承认用了人家原稿，而不署原作者姓名。恽铁樵在编辑中已属正派，由此也可看出当时文坛的不良风气"云云②。

《七十五里》在《小说月报》上发表之际，恰是恽铁樵主编该刊时。其甘为他人作嫁衣裳，尤以奖掖晚生、培育新进成一时美谈。范伯群《中国现代通俗文学史》一书对恽铁樵扶掖鲁迅、叶圣陶、张恨水等"无名新进"曾详加论述。据此考察，并佐以常理推断，袭取来稿应是铁樵伪托。与前述《黑籍冤魂》中作者所谓"一字不易"的残册相类，那著作权显然不属烟鬼。

因着清末民初作者对真实性的刻意渲染，事必亲历，彼时的短篇小说每每自觉非自觉地呈现出极度繁复的"叙述层次"。关于"叙述层次"，里蒙-凯南曾如是诠释："一个人物的行动是叙述的对象；可是这个人物也可以反过来叙述另一个故事。在他讲的故

---

① 铁樵《七十五里》，《小说月报》第3年第8期，1912年8月。
② 刘纳《嬗变——辛亥革命时期至五四时期的中国文学》，中国社会科学出版社1998年版，第137页。

事里，当然还可以有另一个人物叙述另外一个故事，如此类推，以至无限。"参照叙述层次理论，可以将《七十五里》的故事划分为如下几个层次：叙事者（潜在作者）"吾"虚构的"投稿"轶事是在第一层完成的文学行为，应称为"故事外层"；小说中"余"讲述的事件（包括"余"的叙述行为）是第一叙事的内容，可称为"故事内"事件；"余"邂逅的沈馥虔所讲述的故事即第二叙事则可称为"元故事"。

如果说，传统的说书人是一个"带普遍性的叙述者"，是一个社会普遍舆论的化身，"他想阐述自己的见解，那通常也是已普遍为大家所接受的观点——全体一致的看法"[①]——这一叙事角色在《七十五里》中由"吾"即潜在作者恽铁樵担当，那么，"血性男子"沈馥虔则是一个"有个性的叙事者"。他不仅叙说了友人云鹏飞因虑及国家积弱，故尚武好勇，时以远足探险、登跻绝颠为强其体魄展其抱负之历练，一日在攀登峭壁时，不幸以死履险这一"朋友的故事"，更讲述了自身负尸于背，不畏尸体已僵倍增艰难，夜驰七十五里以送友人归乡的感人之举。后者系以第一人称讲述"自己的故事"，沉痛处犹"激昂慷慨"，悲壮处直令星月失色，有声有色地凸现了"血性男子"的风神。

然结尾却引出了"故事外"叙事者（潜在作者）与"元故事"叙事者两种大相径庭的结论，一曰"小子志之：人生世上惟热血为必不可少，否则无团结力，进化亦几乎息矣"；一曰"吾愿莘莘学子，以守规则为前提。不循规则非稳健之道也"。二说适成

---

① ［捷］普实克《二十世纪初中国小说中叙事者作用的变化》，《普实克中国现代文学论文集》，湖南文艺出版社1987年版，第125页。

逆向论辩。由此隐约折射出恽铁樵踟蹰于保守与进步间的政治姿态；抑或仅只是叙事者拟以"稳健之道"中和"激昂"文字的叙事美学？

考诸民初恽铁樵的著述及译作，其曾以倡导"尚武"为疗救"国家积弱"、生气消沉之药方。是故云鹏飞、沈馥虔式争强斗胜、生命强力应可读作铁樵热血未泯之外化。然则毋庸讳言，恽铁樵身上确存在着新旧转型时期作家思想上难免的暧昧性。恰是这类局限，导致了结尾画蛇添足之举。但无论如何，作于民初的小说《七十五里》，毕竟充溢着气息奄奄的晚清小说难得一见的浩浩血性、勃勃生气。

清末民初小说对作品真实性的刻意渲染，事必叙事者亲历，为此好用第一人称叙事的宗旨、手法，对五四时期创作的小说亦产生了一定影响。鲁迅写于1918年的现代小说开山作《狂人日记》便是一例。小说开首称："某君昆仲，今隐其名，皆余昔日在中学校时良友；分隔多年，消息渐阙。日前偶闻其一大病；适归故乡，迂道往访，则仅晤一人，言病者其弟也。劳君远道来视，然已早愈，赴某地候补矣。因大笑，出示日记二册，谓可见当日病状，不妨献诸旧友。持归阅一过，知所患盖'迫害狂'之类。语颇错杂无伦次，又多荒唐之言；亦不著月日，惟墨色字体不一，知非一时所书。间亦有略具联络者，今撮录一篇，以供医家研究。记中语误，一字不易；惟人名虽皆村人，不为世间所知，无关大体，然亦悉易去。至于书名，则本人愈后所题，不复改也。"[①]其

---

① 鲁迅《狂人日记》，《鲁迅全集》第1卷，人民文学出版社1981年版，第422页。

叙事范式与吴趼人《黑籍冤魂》、恽铁樵《七十五里》堪称异曲同工。

二、形式实验：混淆现实与虚构

中国古代书面语可分为文言与白话两大系统，前者大抵运用于诗文辞赋等"雅"文学中，后者则通行于话本小说、通俗演义一类的"俗"文学里，彼此分属不同范畴，未尝有过多的交融。清末民初恰处旧文学规范崩坏、新文学标准未立之际，加之受彼时西方引入的现代新词、新句式、新叙事的影响，遂让清末民初短篇小说的叙事话语，呈现为文白相间、新旧杂陈、中西合璧的繁复现象。

诚如陈平原所指出："晚清的白话小说家热衷于披露各类怪现状，或者宣传各种新思想，无暇顾及山光水色"，"倒是古文小说比较讲究写景抒情"[①]。文白相间的《大跑马》便是一例[②]。试读开首一段："衫影匆匆，落照微红。一桥南北，两岸西东，熙熙攘攘，行人如织。汽车电车人力车，辚辚不绝。际此轮声人语喧杂之中，忽有'看跑马！看，看跑马！看，看，看跑马！'之声，达吾耳鼓。"此段意在描绘都市风情画，前两句袭自骈文辞赋式的四字句，华丽典雅；自第三句始，"汽车电车人力车"名词连用，渐次逸出了文言笔法，渗入了现代新句式的质素，寥寥数词便状

---

① 陈平原《二十世纪中国小说史》，《陈平原小说史论集》中卷，河北人民出版社1997年版，第782页。

② 翁《大跑马》，《民吁日报图画》1909年9月26日。收入于润琦主编《清末民初小说书系·社会卷》上卷，中国文联出版公司1997年版，第108页。

写出车流如潮的街景；末尾"看跑马"之声，仅仅在重复叙事中接连增益了一个"看"字，便动态十足地铺陈了整个运动的节奏与旋律。至此，显然已僭越了传统的写法，而多少含有点现代写作文本愉悦的趣味了。

如果说"公子翩翩，佳人冉冉，辫发时妆，顶覆尖帽，衣作夹桃灰色，外罩无色花缎马甲，鼻架金丝目镜，衬以淡蓝色玻片"一节描写，仅只体现出以文言状写洋场人物事相的表层不谐，那么，小说结尾"予小驻片刻，则鞭丝帽影，已随轨迹轮声而电逝，惟见天半寒鸦飞向白云深处"一段，则更耐人寻味。写跑马厅外都市风景，却留下了古诗词般的意境、韵味。于繁华喧杂间，隐隐流露出些许都市乡愁。

古代小说，但凡描摹风景，大抵以时间演变为经，以叙事者的视点转换为纬，由此经纬交替，脉络分明。《大跑马》中尽管有着时间点线的踪迹，但更多的是一种"都市风景画"式的空间叙事，全文由一个个都市场景跳跃组接而成。叙事者的视点因着自身的频繁变化而降到了次要的地位，多重的叙事视点，在彼此的隔断、碰撞、重叠中变得无处不在，小说连绵的时间流，被迂回编织的空间切割所取代，整部小说有着一种"空间叙事"的现代意味。

较之《大跑马》擅以叙事角度与场景的急速变换闪回，捕捉都市特有的现代性节律；周瘦鹃的《酒徒之妻》则有意无意地以笔调的纡徐婉曲[①]，勉力挽留洋场里亦中亦西的才子佳人们那一缕

---

① 周瘦鹃《酒徒之妻》，《礼拜六》第76期，1915年11月。编入《礼拜六》影印本第8卷，广陵书社2005年版。

耽溺于传统的生活情调：

> 两口儿住在静安寺路一所西式精舍里头，过吾们月圆花好
> 的光阴。郎君办公回来，总同吾立在窗前阳台上，并肩笑语。
> 惹得楼下行人，抬头望着吾们夫妇，一个个艳美不置。直等到
> 黄昏月上，屋子里电灯如雪，方才携手而入。用过晚餐，郎君
> 要是不醉，吾们夫妇俩便开一个小小音乐会，吾便弹着枇霞娜，
> 郎君拉着繁华令，同声唱一曲摆轮温馨靡曼的情歌。唱到婉转
> 缠绵之处，郎君兀是把那含情脉脉的眸子溜着吾，直使得吾嫩
> 霞上颊，羞答答的抬不起头来……这良宵一分一秒的光阴，简
> 直比了蜜糖，还加上几倍甜美。

此段艳说，不免让人联想起十年后鲁迅小说中那个贫寒作家
向壁虚构的"优美高尚"的"幸福的家庭"[①]。然而鲁迅意在讽刺这
样的"幸福的家庭"乱世中无处可安置，周瘦鹃却是试图说明这
"幸福"的小天地本可遮挡大世界的风风雨雨，至于此后所以沦至
夫亡子残的破败境地，纯属夫君沉溺于酒中不能自拔这一偶然，
非关现实矛盾等社会必然因素。尽管作者于"西式精舍""开音乐
会""拉繁华令"等现代生活范式中，精心渗入了古典文学描人状
物的模式化修辞：诸如"月圆花好""含情脉脉""嫩霞上颊""甜
美"一类，然而与其说合成了中西合璧的"幸福的家庭"的典范，
不如说仅止摹得中西生活及其文化范式的皮相。思想的肤浅加之

---

① 鲁迅《幸福的家庭》，《鲁迅全集》第2卷，人民文学出版社1981年版，第35页。

语言的轻薄，无意中吹弹即破的虚幻感已然在作者着力展示家庭"幸福"之初便略显端倪。

值得注意的是，周瘦鹃于旧小说笔调中，每每自觉糅入了现代叙事的意识，显露出其曾用心翻译过《欧美名家短篇小说丛刊》这一十分难得的经历。小说中，甚至出现了一段颇具形式实验意味的叙述，令人拍案惊奇。其笔下人物王医生为酒徒之妻"吾"诊病，开上方子，并不就走，却和"吾"议起小说来：

> 说起上礼拜的小说周刊《礼拜六》上，有一篇家庭小说名唤《酒徒之妻》，是周瘦鹃的手笔，大旨劝人家别喝酒，苦口婆心，倒也有些意思。
>
> 听说那周老先生也是个不喝酒的人，人家请他喝酒，他却只是吃菜，面前的酒杯，只当做一件点缀品。到了猜拳行令的时候，倘有人唤他喝酒，他说"吾但有一口的酒量，你们当真要吾喝，吾喝一口就是"。人家倒也不去勉强他，连这一口也不要他喝了。等到酒阑席散，旁的人都喝得七颠八倒，烂醉如泥，唯有他神清神爽，微吟着屈原"众人皆醉我独醒"的句儿，长笑而去。王医生又把那篇小说的情节，约略说给吾听。吾听了，不觉瑟瑟地颤将起来。

周瘦鹃在《酒徒之妻》中，借小说人物之口返身评品"周瘦鹃"及其小说《酒徒之妻》内容，叙事手法着实新颖独特。如此叙事不仅在传统小说中可谓前所未有；即便在彼时的欧美，亦属前卫。当类似叙述蛰伏大半个世纪后，于20世纪80年代中期崛起的马原等小说家的形式探索中再次显形时，依然让文坛惊呼"先锋"！

作者自由出入书里书外，现实、虚构两相照应、叠合，界限混淆。然得以揽镜自顾的岂止作者，小说人物"吾"亦因是得以顾影自怜："原来那前一半的情节，分明是替吾们夫妇写照；后一半竟是一片泪痕，十分悲惨。"作者似乎有意借此谶语，警示在先，内应着几分古典小说习用的模式，如《红楼梦》中的警幻仙曲。然仙曲朦胧恍惚，小说中的小说却不惜直言道破天机。

这是作者的叙事圈套，又何尝不是篇中人物"吾"虽蒙警示、竭力挣脱，却命定无力逃避的"悲惨的旋涡"的同构？但见现实中的"吾"与小说中的"吾"，互为纠葛，如同两条各自衔住对方尾巴的蛇，叙事的开首与结尾错综莫辨，悲剧的起点与终点连绵不已。小说中的悲剧纯属偶然，周瘦鹃的"此恨绵绵无绝期"则缘何而生？

三、夹叙夹评文体：连通社会小说与时政大说

如果说，金圣叹的《贯华堂本第五才子书水浒传》，是在删改袁无涯刊一百二十回本《忠义水浒全传》的基础上，夹以总批、夹批、眉批，复托称"古本"，那么，亦有总评、眉评、夹评的脂砚甲戌本，却不失为海内最古的《石头记》抄本。适如俞平伯在《跋乾坤甲戌脂砚斋重评〈石头记〉影印本》一文中所称："《红楼梦》的最初底本就是有评注的。那些评注至少有一部分是曹雪

芹自己要说的话。"①

无独有偶，民初旗人小说传人蔡友梅（笔名损公）的短篇小说，亦习用夹叙夹评形式：

> 管氏一瞧春莺，品貌端庄，举止典雅（作丫头的要得这八个字考语，将来必有起色）。（《搜救孤》）

> 如今的学堂，直不及从先的科场（虽然这话顽固，也未可厚非）。（《刘军门》）

> 单说刘军门吃（要把刘军门搁在账房儿不提了，那就不叫玩艺了。记者前些年，见过某报上的小说，甲乙二人在酒楼喝酒。忽然岔入别事，一个倒插笔，直说了两天，就把甲乙二位寄放在酒楼上啦。临完了某甲会出了外啦，也不是何时下的酒楼，何时走的，模模糊糊，简直的没叙。这宗地方儿，虽是小过节儿，究竟算是缺点）。（《刘军门》）

脂砚斋的评点，大抵紧扣作品的思想内容、艺术形式与创作理路；若损公的评语大致如上引片断，自然尽可视为脂砚甲戌本遗风。然而，损公的评说却别有一种甲戌本中鲜见的嘲人自嘲语调：

> 从先是管氏当家，后来竟犯肝气病（跟我女人一样），本来

---

① 俞平伯《跋乾坤甲戌脂砚斋重评〈石头记〉影印本》，收入《红楼梦研究参考资料选辑》第一辑，人民文学出版社1973年版，第95页。

春莺没有病，楞说脑袋疼（许是作小说累的）。（《搜救孤》）

兰谷是个讲旧道德的人，看着儿子这宗飞扬浮躁，竟跟革命党一块儿裹乱，很不以为然，劝了他几回。始而他不遵教训，继而他大起革命（未曾要革命，先拿他父亲练练手儿）。（《非慈论》）

依稀透露出损公的短篇小说脱胎于评话、鼓书的又一传承。中国传统说书艺术乃至传统戏曲的插科打诨技巧，令其作诙谐俏皮，"足为快心醒睡之资"。

然而，损公小说中却另有一种别开生面的评点，脂砚甲戌本、传统评话文体均难以包容，凸现出彼时"新小说"的异质。

试以《搜救孤》为例。小说讲述义仆麻穆子的故事。当二房成氏觊觎大房的财产，设计害其骨血，并欲借助麻穆子下手时，她却将计就计，护孤救孤。[1]

引人瞩目的是，作者在叙说妇姑妯娌勃溪斗法之际，不时荡开一笔，牵扯上时事政治：

二奶奶成氏说话声音带煞，脑筋敏捷，手腕灵活（搁在如今政界，是把好手）。

"老大，你这是破坏祖宗成法，违背先人遗训，万也使不的。咱们家的宪法（他们家还有宪法呢，也不知有约法没有），四十五岁以上无子，方准立妾。"

---

[1] 损公《搜救孤》，《京话日报》。收入于润琦主编《清末民初小说书系·社会卷》下卷，中国文联出版公司1997年版，第728页。

麻穆子说："过两天咱们把手续办清，竟等着积极进行。"（好多新名词）

春莺当选之后（也不知运动了多少票），诸事谨慎小心，克尽作妾之道。

正如作者在小说开首所称，彼时小说惯例，起首都要作一首词，"应时对景，叙点时事"，然而现在这宗时事，却不知怎么个叙法。——"是论是非呢？是论成败呢？这跟欧洲大战不同，那是外人跟外人战争，这是自己跟自己打仗……"作者无力穿透世事无明无常的趋向，无力正面指点江山，无力匡正历史的荒诞，唯有以叙事者零敲碎打的评点、插语，聊作"譬解"（意近今之所谓"解构"）国家大事的方式。无意间作者触探了现代意义上的叙事实验，挑战了中国传统乃至中西常态小说的文体规范。

如果说，既有中国话本中说书人的插语意在产生"间离效果"，令读者对所叙对象若即若离，不致过度沉迷，那么，《搜救孤》中那一反常态的叙述者，其叙事功能却远不止于此。他任意出入故事，任意穿插于文本中平行并置、看似风马牛不相及的家庭与政界，故事情节与时事评点交替相随，借此混淆了社会小说与历史大说：时政经由家事类比，被贬抑到市井妇人勃溪斗法的境地；家事经由国事相衬，却凸显出政界犹缺民女麻穆子般的担当、麻穆子般的赤胆忠心这一层含意。是的，恰是作者常以政治喻象为麻穆子言行设譬——如麻穆子寻思"给我这么一个一两的锞子，就打算收买我入他那党，未免把我太瞧小啦"，"麻穆子心说，我倒成了旧国会的人了，在南边儿当议员，在北边又挂个咨议。人家两头儿吃，倒享两头儿吃的权利呀。我这算找谁的，当这宗义务汉奸"——提醒了我们作者在这一欲望与德行消长起伏的世界，所以将家庭伦理与政治道德互喻的良苦用心。

然而，令作者未曾意料的是，故事与叙事的平行、穿插、互渗，产生了一种十分微妙的效果：家庭斗法因夹以时事评注而顿生几分谐谑气氛，适度缓冲了情节的紧张进展；时政评说却随着成氏的小人当道、诡计多端、无所不用其极，而暗示了深不可测的凶险前景。然而，与彼时旗人的共同命运一样，家境由盛转衰、且濒临险境的损公又岂止仅寄愿于麻穆子这样的义仆援手救护乱世中的旗人遗孤；潜意识中，他更奢望的是能"搜救"奄奄一息的前朝传统道德文化的一脉精血。

有意无意间，中国传统小说的评点样式、传统说书艺术的插科打诨技巧，经由西方现代小说叙事范式的激活、嫁接，竟生成了如此"有意味的形式"。

如上所述，比之传统小说的缺乏叙事意识，清末民初短篇小说已然萌生了一定的叙事自觉。其运用第一人称叙事，以便现身说法、感时伤世；借助形式实验，叠合书里书外人生；别采夹叙夹评文体，连通社会小说与时政大说等尝试，为五四现代短篇小说的形式追求，铺垫了曲折繁复的探索轨迹。

清末民初社会小说考辨

——以小说类型研究为视角

考察既有研究对清末民初社会小说这一文类的界说与阐发，不难发现其中异议大于共识，含混性多于明晰性，且零敲碎打居多，鲜有整体性建构。其缘由或可一分为三：彼时小说理论（包括小说类型理论）尚囿于印象式、体悟式批评的藩篱；五四以降的批评家也未能充分学理化地探究社会小说；而当下学者则大都从字面上沿袭已有观念，少有正本清源者。笔者以为，厘清与界定清末民初社会小说这一概念，需要仔细爬梳，整体观照，古今脉络一并打通，在多方辨析与相对长时段的文学史通览中，方能使其真身凸现。

一、从晚清社会变革到社会小说的萌生

清末民初适是社会大变革、大转折的时期，也是文学观念随之产生大变革、大转折的契机。尽管中国古代文献中便有"社会"

这一词语，然而其含义与现代语境中"社会"的意涵相去甚远。现代意义上的"社会"一词时至晚清方才出现，系日本借用古汉语旧词译介西方概念产生的新汉语。正如梁启超所指出并预言的："社会者日人翻译英文society之语，中国或译之为群。""然社会二字，他日必通行于中国无疑。"①该词经由康有为、梁启超等舶来中国，渐次传播开去，受众颇多，并取代了"群""社群"等中国传统语境中的相关近义词。

"社会"一词于报章杂志间的频频出现，不仅意味着新名词的扎根生长，更意味着其背后所蕴藉的一系列文学观、伦理观乃至历史观、世界观的悄然转变。

晚清社会开始逸出封建集权统治下的封闭疆域，开眼看世界。尽管未必有眼观六合、气吞八荒之气势与境界，毕竟极大程度地拓展了传统的视阈空间：闺阁、庭院、小巷、铺子、民宅、衙门之外，渐次出现了广场、集市、商场、大马路、政治据点等更其开阔的领域，以及跑马厅、舞厅、咖啡馆、沙龙等西化的都市场景。由此相伴而生的更是所书写阶层的丰富，传统帝王将相、才子佳人、渔樵耕读等人物行列之外，平添了底层平民、新兴工人、小生产者、知识者以及"自由女""假洋鬼子"等新面孔。

晚清语境下的"社会"历经舶来的现代文明洗礼，从简单意义上的个体人数的集聚，过渡到意识、情感乃至思想观念融合而成的共同体。惊觉于道德伦理层面西方观念的东渐，小说家每每将其置于中国传统道德伦理观的参差对照中，由此产生了诸多微

---

① 梁启超《问答》，《新民丛报》第11号，1902年5月。

妙的创作心理，且孕育出具有暧昧视角的叙事者。他们或现身说法，或隐而不发，衍生出别具意味的叙事形式。

中国传统社会尽管也历经王朝更迭之动荡，却基本囿于"话说天下大势，分久必合，合久必分"式的循环史观。时至晚清，遭此"三千年未有之大变局"，更受域外社会达尔文主义以及诸多相类似的历史观的影响，在社会各阶层特别是知识分子群体中逐渐萌生了共通的进步史观，并由此生发出意欲启蒙民众，创造一个进步的新社会的共同理想。正如20世纪初康有为《大同书》中所述其社会理想——"孔子之太平世"，"达尔文之乌托邦，实境而非空想焉"[1]，堪称铿锵有力的觉世呼告。虽则此般理想大多流于"播下龙种，收获跳蚤"之结局，仅止于幻想出众多乌托邦社会的朦胧形态以及有着流产先兆的政体半成品，但毕竟经由洋务运动、公车上书、百日维新等实践，动摇了封建旧王朝的根基，并在康梁咸与维新的想象中启迪了社会小说背后的作家群体意识。

黄遵宪心目中的"社会"意近"群治"："社会者，合众人之才力，众人之名望，众人之技艺，众人之声气，以期遂其志者也。"[2]适可谓齐心协力，以改良社会；而梁启超则将实现改良群治宏图之起点，定格于"小说界革命"，所谓"故今日欲改良群治，必自小说界革命始；欲新民，必自新小说始"[3]。从"社会"到"小说"，意味着士人试图借小说以虚击实，借其"不可思议之力"救

① 康有为《大同书》，《清末民初文献丛刊》，朝华出版社2017年版，第104页。
② 黄遵宪《日本国志·礼俗志》，上海古籍出版社2001年版，第343页。
③ 梁启超《论小说与群治之关系》，《中国近代文学大系·文学理论集》第2卷，上海书店1995年版，第308页。

国救民之旨归。如同时人所概括的："忧时之士，以为欲救中国，当以改良社会为起点；欲改良社会，当以新著小说为前驱。"[1] "社会"与"小说"双向互动，"社会小说"亦因此同构而呼之欲出。

此处所谓的"社会小说"，不包括晚清固守传统小说范式的"旧小说"，而尤关注其初露端倪的现代小说基质。其上限以1902年梁启超创办《新小说》杂志，并在代发刊词中开宗明义地提出"小说界革命"这一口号为标志。此前三四年间，百日维新，康、梁登上历史舞台等重大事件，不妨视作社会小说萌生的前奏。其下限以1919年五四运动为界。

而所以从众多小说类型中选择"社会小说"考察，盖因清末民初社会小说"创作数量最大，成就也最高"[2]；加之其俗中见雅，不脱"严肃文学"本位之品格，故能后来居上，颠覆彼一时期一度独尊的政治小说，或力倡历史小说的小说等级观念，无心插柳却开枝散叶，直至荫庇现代小说萌生。其内蕴、源流与发展脉络均值得细致的回溯、梳理。

二、社会小说文类界说与辨析

晚清社会小说最初的话语形态多以报刊标签与广告词的方式出现，带有媒体推介意义上习见的虚浮；加之不少评者、作家为宣传作品参与其中，推波助澜，使得学理意义上关于"社会小说"

---

① 王钟麒《论小说与改良社会之关系》，《中国近代文学大系·文学理论集》2卷，上海书店1995年版，第378页。
② 陈平原《小说史：理论与实践》，北京大学出版社2010年版，第178页。

文类的思考愈加少见。最早标识社会小说的当数1903年10月21日上海《国民日日报》所刊载的"社会小说《轰天雷》出版"广告。随之，1904年侠人在《新小说》"小说丛话"栏目中比较中西小说短长时，受"西洋小说分类甚精"之潜在影响，率先使用了"社会小说"这一名词，然而其界说却不无含混。比如他一方面将《红楼梦》奉为社会小说创作的圭臬，另一方面却认为其"可谓之政治小说，可谓之伦理小说，可谓之社会小说，可谓之哲学小说，道德小说"①。如此一来，便消弭了小说类型归属的边界。

无独有偶，俞明震将林林总总的小说类型分为"记述派"与"描写派"两类，称"描写派"重在"本其性情，而记其居处行止谈笑态度，使人生可敬、可爱、可怜、可憎、可恶诸感情"，却又称"凡言情、社会、家庭、教育等小说皆入此派"②。笼而统之，未能进一步细辨同属所谓"描写派"的社会小说外延相对较大，适可谓主概念，与言情、家庭、教育等小说类型之间构成了主从关系。

边界意识的含混，分类标准的阙如或多重并置，遂使社会小说的归类一时无所适从。自1903年至1905年间，标以"社会小说"或"短篇社会小说"发表的作品纷至沓现。自然，其中夹杂着武侠、侦探等小说类型，与之混为一谈，共享着社会小说的标签。而部分旨在反映社会现实的作品尚停留于毛胚状态，未能领

---

① 《小说丛话》，黄霖、韩同文选注《中国历代小说论著选》下编，江西人民出版社1985年版，第60页。
② 俞明震《觚庵漫笔》，《中国近代文学大系·文学理论集》第2卷，上海书店1995年版，第242页。

会"虚构"本是"小说"（Fiction），却袭用新闻报道体式的纪实乃至实写，一定程度上损害了作者的"虚构"能力。

王钟麒继承了梁启超、侠人等的小说理论，他于1907至1908年间，相继发表了《论小说与改良社会之关系》《中国历代小说史论》《中国三大小说家论赞》等三篇专论，阐述小说应"择事实之能适合于社会之情状者为之"，进而"裨益社会"的地位与功能。他以欧洲十五六世纪文学为借镜，"东西同时，遥相辉映"，观照吾国《水浒传》《金瓶梅》《红楼梦》诸作所属的小说类型，所谓"《水浒传》，则社会主义小说也；《金瓶梅》，则极端厌世观之小说也；《红楼梦》，则社会小说也，种族小说也，哀情小说也"①。虽因其所采用的类型概念并不平行抑或有逻辑抵牾，如《金瓶梅》又何尝不能归之为"社会小说"，《红楼梦》又何尝没有"厌世观"之阴影，但毕竟触及了新小说类型的产生不仅有其域外影响源，且不乏传统源流的承袭这一层隐义；反拨了梁启超等以《水浒》《红楼梦》为代表的中土小说"不出诲淫诲盗两端"说的民族虚无主义倾向②。

如上所述，20世纪初叶，时人已初具小说的类型意识，虽则大都点到为止、语焉不详；直至鲁迅著于1924年的《中国小说史略》，方在前人失之含混处，悉心开拓了小说类型梳理。因是，该书不仅堪称中国小说史研究的"开山的创作"③，也是首次从小说类

---

① 王钟麒《论小说与改良社会之关系》，《中国近代文学大系·文学理论集》第2卷，上海书店1995年版，第377至378页。

② 任公《译印政治小说序》，《中国历代小说论著选》下编，江西人民出版社1985年版，第26页。

③ 胡适《〈白话文学史〉自序》，新月书店1928年版，第9页。

型学的视角，触探、梳理中国小说的奠基之著。鲁迅将清之小说按其种类与流变，分为拟古小说、讽刺小说、人情小说、狭邪小说、侠义小说、谴责小说等类型予以阐述，为中国小说类型研究创建了基本范式。

阿英著《晚清小说史》的遴选标准，尤为注重社会性与时代性，将晚清小说在中国小说史上的突出特点归纳为："充分反映了当时政治社会情况，广泛地从各方面刻划出社会每一个角度。"① 在阿英心目中，晚清小说的主要成就便在于"社会小说"（取其广义）。然而，《晚清小说史》倾心阐发作品的社会内容及其政治意义，却无意于探究小说类型与叙事的流变，这为文学史留下了大片有待拓荒的领域。

因着特定时代研究者小说类型学观念意识的相对欠缺、淡漠，时至20世纪90年代，对于社会小说文类的界定仍然模糊不清，少有长足的演进。彼时，于润琦主编了《清末民初小说书系》，将小说分为"社会、侦探、武侠、爱国、笑话、家庭、警世、言情、科学、伦理十类"②。由于清末民初小说题材、类型之芜杂多样，而该书系用以分类的概念又指涉互缠，其定义多有重合。"社会"的广度，不免使其涵盖了"爱国""家庭""警世""伦理"乃至"言情"诸范畴。甚至近期，仍有学者在探讨晚清社会小说时，无视既有小说类型理论研究的收获，而将其界域扩大化，称："我们实可以把'社会小说'视为一种文学潮流而非某种小说类型；在此种潮流之下，'社会小说'表现为几种不同甚至差异很大的小说类

---

① 阿英《晚清小说史》，江苏文艺出版社2009年版，第4页。
② 于润琦主编《清末民初小说书系·社会卷》上，中国文联出版公司1997年版，第6页。

型。就醒世救国的功用而言，社会小说表现为'政治小说'；就嘲讽社会群体的愚昧堕落以及社会状况的黑暗腐败而言，社会小说又表现为'暴露小说'；有些小说虽也反映社会的痛苦面，但其对人对事却饱含一种真诚同情的态度，此种社会小说可列为'世事小说'；另一些小说以重点人物的活动为线索，广泛反映历史变迁中的社会状况，此种社会小说可列为'类史小说'。"①文章对晚清"社会小说"这一类型存在的合理性提出质疑，认为从来就没有圆融合一的"社会小说"，只有不同的小说类型，彼此不无差异，却共享着同一个名词。此观点或有助于提醒研究者发现"社会小说"概念设计中的罅隙与抵牾，却难免于矫枉过正中留下新的疑问：如是将"社会小说"视为裹挟"政治小说""暴露小说""世事小说""类史小说"的"一种文学潮流"之漫漶，将社会小说的内涵与外延随意扩大化、泛化，势必造成其作为小说类型的意义名存实亡。

救正之方唯有依据小说类型理论，画地为界，厘清"社会小说"的边界才是第一要义。笔者意中的"社会小说"其外延较《清末民初小说书系》等著述的界说略宽泛，而比之如海纳百川的所谓"文学潮流论"则更谨严：主要以清末民初社会生活为题材，关注社会情状，揭示现实人生，贴近市民生活，乃至触及"家庭琐碎"之细节。笔者认同社会小说"不是专门以其中某一特殊生活范围为内容"这一观点②，借此定义可与政治小说、侦探小说、武侠小说厘清界限；此外，"社会"之境域无论如何广袤，其重心

---

① 吴建生《晚清社会小说研究》，华东师范大学博士学位论文，2017年5月。

② 刘炳泽、王春桂《中国通俗小说概论》，台北汉威出版社1987年版，第106页。

却始终定位于现实、执着于现实，遂与超越时空抑或超越现实的历史小说与科幻小说有所区别。

三、社会小说立意及其派生的叙事方式、审美风格的更新

曾担纲清末第一篇万言小说论的主笔、后又撰有另一篇重要的小说原理的夏曾佑，在论及小说与社会的关系时，一度误将小说"为社会"宗旨，混同、捆绑于"导世"之重任，落入了旧文学文以载道传统窠臼。于是乎，"小说"衍为"大说"。如此负重，怎能不下笔维艰？其明知"写小人易，写君子难""写小事易，写大事难""写贫贱易，写富贵难""写实事易，写假事难""叙实事易，叙议论难"，却不知避难就易，偏自以为"为社会起见"，盖不能不写一第一流之君子，此君子必与国家之大事有关系，谋大事者必牵涉富贵人，其事必为虚构，又不能无议论……"五忌俱犯"①；幸得收尾时夏氏尚能知难而退，似乎放下了士人一意"导世"之身段，而迁就"小说"面向"粗人""俗子"的初心与定位。无意间回雅向俗，渐次趋近了社会小说当以"小"见大、虚实相生、雅俗共赏的特质。

与夏氏相类，吴沃尧在为《月月小说》创刊号作序时，也强调"社会小说，家庭小说，及科学冒险等，或奇言之，或正言之，务使导之以入于道德范围之内"②，欲将社会小说纳入"载道"范畴。

---

① 夏曾佑《小说原理》，《中国近代文学大系·文学理论集》第2卷，上海书店1995年版，第254页。

② 吴沃尧《月月小说序》，《中国历代小说论著选》下编，江西人民出版社1985年版，第231页。

而身为梁启超友人的侠人，虽主旨亦在启蒙，在载道，但其所执之"道"，已显然有别于传统的"旧道德"。在新小说群英集聚梁氏寓所纵论小说，后辑成谈话体之《小说丛话》中，其评价《红楼梦》时不无激烈地反对"别设一道德学以范围"自然人性的传统势力。侠人指出道德学家"往往与其群之旧俗相比附"，"戕贼人性"；《红楼梦》之难能可贵，恰恰在于以人性之"哲学排旧道德"，捶碎旧道德的壁垒，①针锋相对地澄清了梁氏所谓的《红楼》"诲淫"说。据此新道德哲学，侠人在叙事伦理与艺术方法上也时有建树，认为作者不应简单直露地描摹社会之恶态，"警笑训诫之"，而应怀揣着大智慧与大悲悯的道心与文心，如是方能使社会小说从辞气浮露的小格局中超拔而出。

无独有偶，侠人同人麦仲华也在《小说丛话》中为另一被诬为"淫书"之首的《金瓶梅》辩护，称应将《金瓶梅》"认为一种社会之书以读之"，始知"其奥妙，绝非在写淫之笔。盖此书是描写下等妇人社会之书也"，"虽装束模仿上流，其下等如故也；供给拟于贵族，其下等如故也"②。通观全文，"下等"一词均是作为中性词在使用，并无贬义，意即"下层""市井"，指涉着改良派小说理论家颇为关注的市民社会生鲜泼辣的实人生。而作者所谓"小说者，'今社会'之见本也"，将社会小说视作反映社会的样本，认为小说与社会之间的关系至为重要之见解，也在彼一时代的小说理论界显得难能可贵。

---

① 侠人《小说丛话》，《中国近代文学大系·文学理论集》第2卷，上海书店1995年版，第315至316页。
② 《中国近代文学大系·文学理论卷》第2卷，上海书店1995年版，第311页。

及至十年后，成之（吕思勉）在其理论形态已然成型的长文中论及社会小说时，仍围绕着"道德心"与"非道德心"展开思辨："作者需有道德心，且须有识力。""非如世之妄作社会小说者，绝无悲天悯人之衷，亦无忧深虑远之识，随意拈着社会上一种现象，辄以嬉笑怒骂施之。"①然而，细究其旨归，与其说力主文以载道，不如说在触探社会小说的叙事伦理。他呼唤作者需有"悲天悯人"之道德情怀，"忧深虑远"之识见，如是方能避免时下谴责小说、黑幕小说之类的肤浅"暴露"，进而揭露"社会之病根"。其立意上承侠人的小说叙事伦理，又与此后十年鲁迅在《中国小说史略》中针砭谴责小说"辞气浮露"、欠缺必要的"度量技术"之意图一致②。

尽管吕思勉犹未逸出梁启超、俞明震、夏曾佑等评者用以小说分类的概念每每指涉叠合之局限，不过，他在将社会小说与所谓的记实小说进行比较，阐述社会小说何以在价值上优于记实小说时还是歪打正着，颇有见地。其以《儒林外史》为例，推衍而及"今之所谓社会小说者"，称："书中所载之事实，不必悉与其人之行事相符，然实足以代表其人之性行者也。""不徒以叙述我理想中所创造之境界为目的，而兼以描写一时代社会上之情状为目的，不啻为某时代之社会作写真。正如画工绘物，遗貌取神。"③不仅明确了社会小说盖以"描写一时代社会上之情状为目

---

① 成之《小说丛话》，《中国历代小说论著选》下编，江西人民出版社1985年版，第361页。
② 鲁迅《中国小说史略》，《鲁迅全集》第9卷，人民文学出版社1981年版，第291页。
③ 成之《小说丛话》，《中国历代小说论著选》下编，江西人民出版社1985年版，第361页。

的"，而且兼及与社会小说内容相匹配的现实主义方法。至此，纪实与虚构，典型环境、典型人物与一般环境、一般人物，写真与写意等一系列"五四"之后念兹在兹的现实主义美学观念已初具雏形。

然而，时代的喧哗与骚动，社会的乱象纷呈，令作家一时无心、无暇顾及社会小说的艺术美学、理论形态与叙事方法。道德改良、观念维新等思想层面如何立竿见影地载道，方为小说家孜孜以求的目标；相形之下，夏曾佑、成之等理论先驱者着眼于文学审美价值、小说叙事原理维度的追求、探析，却一时难免曲高和寡，故不得不别求异邦助力。

以"林译小说"闻名于世的林纾，早期倾向改良，曾一再主张翻译域外小说应"有益于今日之社会"①。而尤为难得的是，其译介了大量堪为社会小说创作借鉴的域外作品，并在译介过程中体悟、总结出不少颇具启示性的理论见解。导引着社会小说从题材类型的翻新，渐次深入到小说叙事方法乃至审美风格的变革。

诸多域外社会写实小说家中，林纾最激赏狄更斯。因为狄更斯的作品不仅在思想主题上"专为下等社会写照"，"极力抉摘下等社会之积弊"②；而且其叙事话语"则专意为家常之言，而又专写下等社会家常之事"。林纾深谙"古文中叙事，惟叙家常平淡之事为最难著笔"，难得狄更斯却别开新境，"以至清之灵府，叙至浊

---

① 林纾《鬼山狼侠传原序》，郑振铎编《晚清文选》卷下，中国社会科学出版社2002年版，第248页。
② 林纾《贼史序》，郑振铎编《晚清文选》卷下，中国社会科学出版社2002年版，第244页。

之社会"。缘此，林纾感喟不已：天下文章，或叙悲，或叙战，或言情，从未有狄更斯《孝女耐儿传》这等作品"刻划市井卑污龌龊之事，至于二三十万言之多，不重复，不支厉，如张明镜于空际，收纳五虫万怪，物物皆涵涤清光而出"①。

与林纾"叙家常平淡之事为最难著笔"说相类，吴趼人称："写小户人家之情形"，"非亲历其境、躬遇其人者，写不来"②。呼唤作者放下身段，俯首就位，深入中下层社会中去。此呼彼应的更有时人所谓"人生最切近者，为家庭琐碎"，而"神奇事迹，不切合人生，无描写之必要"之见解③，从叙事题材及至审美趣味层面反拨了中国古代六朝志怪小说、唐宋传奇、明清神魔小说好用怪力乱神、谈玄猎奇取代社会环境、现实人生写照的迷津；一扫晚清谴责小说受志怪与神魔小说的负面影响，沉溺于丑怪荒诞、鄙俗喧闹的恶趣味。

综上所述，社会小说的译介、撰写、评说，启悟了清末民初小说理论家及作家如何由此题材的选择、主题的开掘切入，进而引发艺术形式、美学格调的衍变。

主题思想上，明确了社会小说盖以反映"一时代社会上之情状为目的"，尤其应致力于抉摘下层社会之积弊。题材上，贵在"刻划市井""叙家常之事"，描摹凡夫俗子的现实人生。叙事伦理

---

① 林纾《孝女耐儿传序》，《中国历代小说论著选》下编，江西人民出版社1985年版，第241至242页。
② 《吴趼人研究资料》，上海古籍出版社1980年版，第55页。
③ 《〈星期〉"小说杂谈"栏选录》，芮和师等编《鸳鸯蝴蝶派文学资料》上，知识产权出版社2010年版，第49至50页。

上，切忌溢美、溢恶，"故作已甚之辞，冀震耸世间耳目"①；而应始终怀有"悲天悯人之衷"。一如识者所说：社会小说并非意在暴露现社会中的某个人的"黑幕"，其"攻击的是制度，是习惯，是社会"②。审美格调上，明知"种种描摹下等社会"的小说，"难在叙家常之事"，"难在俗中有雅，拙而能韵"③，难在叙至琐至屑无奇之事迹，"往往遗落其细事繁节，无复检举"，而其上乘之作偏能回雅向俗，俗中见雅；化腐为奇，撮散作整。

清末民初社会小说中，长篇当推《广陵潮》为上，如同杨义称道的，该作"贯串、展示了清末民初扬州名城的风土人情和世俗百态，在社会小说和言情小说的缔缘上，确实可以起着承前启后的作用"④，"最有文学分量和意味"⑤。小说以寻常人家的悲欢离合为情节，却并不因家之"狭小而小之"；相反，小中见大，由家及国，在展示扬州这一地域文化实体相对恒定的风俗画长卷的同时，不时折射、闪现出1884年中法战争至1919年五四运动三十余年间特定地域及其所承载的社会空间风云变幻的历史性画面。作者一改政治小说、谴责小说针砭时政时每每剑走偏锋的简单化倾向，而是化简为繁，有兜有转间，其对社会内涵的深描与历史感的渲染却在某种意义上远比"有心栽花花不发"的政治小说、谴责小说丰富、复杂。

① 鲁迅《中国小说史略》，《鲁迅全集》第9卷，人民文学出版社1981年版，第267页。
② 周作人《小说的回忆》，魏绍昌编《鸳鸯蝴蝶派研究资料》上卷，上海文艺出版社1984年版，第297页。
③ 陈平原、夏晓虹编《二十世纪小说理论资料》第1卷，北京大学出版社1997年版，第349页，第348页。
④ 杨义《中国现代小说史》第3卷，人民文学出版社1981年版，第682页。
⑤ 杨义《中国现代小说史》第3卷，人民文学出版社1981年版，第724页。

而较之对彼一时段《广陵潮》等长篇社会小说的定评，短篇小说的专论则尤显单薄。其实，比照长篇社会小说善于展现世俗百态，短篇"伏脉至细"，语寓微旨，更长于刻画社会转型之余的细事繁节，感悟新观念萌生的隐秘前兆。无论就题材的多样性、叙事方法的现代性，短篇均胜于长篇：企翁的《欧战声中苦力界》、恽铁樵的《工人小史》致力于描写底层社会的工人生活①。顾名思义，两篇小说在题旨与结构上互有侧重：前者以一个"界"字彰显作者着眼于横向的社会空间，后者则以一个"史"字标明作品专注于纵向的苦难人生。姚民哀的《不平》写一介寒士以"安步当车"调适自身对豪车风驰箭行的"不平"心理②，然而作者讽刺的始终是传统文化的"精神胜利法"，对寒士则采用"含泪的笑"的笔调，不失"悲天悯人"的叙事伦理；而仲春的《生活》最见"叙至琐至屑无奇"之生活，偏能"化腐为奇"的功力③。作品中，家常"生活"本身已然从小说可有可无的点缀元素，破天荒地升格为一种题材要素、意义范畴与审美观照中心，升格为如同后继者张爱玲所概括的一种生活的"奇异的智慧"④。

晚清社会小说中的世情一脉保留了世俗人生中的鲜活，以致于让不少流连其形式与笔趣的新文人耽溺其中。例如张爱玲，自称从小"看的'社会小说'书多，因为它保留旧小说的体裁，传统的形式感到亲切，而内容比神怪武侠有兴趣，仿佛就是大门外

---

① 企翁《欧战声中苦力界》，《小说海》第3卷第7号，1917年7月5日；焦木：《工人小史》，《小说月报》第4卷第7号，1913年11月25日。
② 民哀《不平》，《小说季报》第1集，1918年7月。
③ 仲春《生活》，《娱闲录》第17期，1915年3月。
④ 张爱玲《到底是上海人》，收入《流言》，北京十月文艺出版社2006年版，第48页。

的世界"①。

张爱玲无心如"五四"以还"新文艺"那般，继承清末民初谴责小说、讽刺小说刻意彰显振聋发聩的"宣传教育性"，而于社会小说那看似模糊的主题意识却不无同情②。她深知人世间"斩钉截铁的事物不过是例外"，故而分外看重社会小说力戒溢美溢恶的尺度，即便含一点讽刺也要冲淡了，"止于世故"。在张爱玲的词典中，"世故"绝非贬义词，而意味着对世俗人生的有情体悟、洞晓，所谓人情通达，世故通明，借此升华为一种哲学，并渗透到她的叙事伦理中，附会成一种"紧俏世故"的叙述方式。恰是缘于社会小说懂得"人生的所谓'生趣'全在那些不相干的事"，懂得人生味，所以，张爱玲"这些年后还记得"它的笔趣。

茅盾与张爱玲的努力尝试促成了民初社会小说的化蛹成蝶，使其出落为现代小说。

如果说，张爱玲关注社会视野下的家常琐事，那么，茅盾则更关注社会视野下的史诗性情节。有感于旧派小说家每每将"言社会言政治"何等庄重的立意堕落为"攻讦隐私，借文字以报私怨的东西"，而"现在国内有志于新文学的人，都努力想做社会小说，想描写青年思想与老年思想的冲突，想描写社会的黑暗方面，然而仍不免于浅薄之讥"，他呼唤社会小说应该"把科学上发现的原理应用到小说里，并该研究社会问题"，"否则，没法免去内

---

① 张爱玲《谈看书》，《张爱玲散文全编》，浙江文艺出版社1992年版，第366页。
② 张爱玲《谈看书》，《张爱玲散文全编》，浙江文艺出版社1992年版，第367页。

容单薄与用意浅陋两个毛病"①。在针砭、抵拒旧派小说"'文以载道'的观念"的同时，不经意间茅盾却为社会小说中"社会问题意识""科学主义"之主题先行开启了缝隙。

以茅盾为代表的社会剖析小说注重宏阔繁复的社会画卷与社会形态的刻画、剖析，揭示中国社会关系与社会变迁的客观规律。虽然也承袭了几分中国传统小说的笔法，但其显然更追慕《卢贡马卡尔家族》《人间喜剧》《战争与和平》式的史诗性构架与宏大叙事；而张爱玲则毫不讳言她的志趣：当然是《红楼梦》《海上花列传》之好，"胜过托尔斯泰的《战争与和平》"②。

尽管茅盾社会剖析小说与张爱玲新社会世情小说时有同中见异处，但"浊泾清渭何当分"，细究此两脉创作的流变，皆可回溯至其一脉相承的清末民初社会小说之渊源。

---

① 茅盾《自然主义与中国现代小说》，王永生主编《中国现代文论选》第2册，贵州人民出版社1984年版，第47至48页。
② 胡兰成《今生今世》，中国社会科学出版社2003年版，第148页。

清末民初社会小说结构模式简论

一、"寓言体"兼容"写实体"结构模式

　　清末民初小说家对中国小说固有"写实"传统的转换，得益于彼时传入的欧美19世纪现实主义小说模式的启示。尽管由于既有的"以小说比附史书"传统的制约，接受过程中不无误读，如同陈平原所指出的，每每将"写实主义"误读为"实写"方法[①]，但毕竟开启了新小说勉力反映社会现实的风气。

　　然而，由于"小说界革命"倡导中对小说觉世新民功能的刻意强调，新小说作家多有兼取"寓言体"，以便于更大程度地浓缩现实生活，图解时新观念，阐发警世智慧，附丽道德理想。

　　早在战国时期，庄子便善用充满"谬悠之说、荒唐之言、无

[①] 陈平原《二十世纪中国小说史》，《陈平原小说史论集》中，河北人民出版社1997年版，第858至859页。

端崖之辞"的寓言体，"寓真于诞，寓实于玄"①；唐传奇中亦有借助寓言体式讽世砭俗，譬如《南柯太守传》《枕中记》诸作，借寓言警醒多少梦中人；及至明清长篇小说，仍多袭用一寓言体的楔子，开宗明义，点明主题，如《水浒传》的误走妖魔、《红楼梦》的神游太虚境。

新小说多有将写实的元素或生硬零碎、或巧妙集中地嵌入"寓言体"中，从而形成彼时社会小说独具一格的"寓言体"兼容"写实体"的结构模式。且看清末小说《因循岛》②。主人公项某因飓风流落海岛，触目所见，皆狼面人身的怪物。作者一再渲染幽冥难辨的隐喻气氛，似在叙写神魔小说，却于字里行间中凸显特定的语词："门前标'清政府'三字，下骑同入，胥吏十余辈肃迎于旁"，"大者为省吏，次者为郡守、为邑宰。所用的幕客差役，大半狼类"。寥寥数语已然将清政府官吏即是人面兽心者的寓意和盘托出。小说中，间有因循岛宴席上如何食人的描写："酒半酣，两役舁一肥人过，裸无寸缕。众曰：'可送斋厨。'俄庖人进一馔，如鸡子羹，群以敬客曰：'此人膏，余等酷嗜之。'"可谓鲁迅《狂人日记》"吃人"寓言之先声。

不同于《因循岛》于字里行间暗藏机锋，清末吴趼人小说《大改革》③通篇一直不露声色地描述着一位沉迷于嫖、赌、鸦片的瘾君子，忽一日"大彻大悟"，似欲改过自新了，实乃极为可笑地

---

① 刘熙载《艺概·文概》，上海古籍出版社1978年版，第7页。
② 王韬《因循岛》，《淞滨琐话》第十卷，1893年9月。收入于润琦主编《清末民初小说书系·社会卷》上卷，中国文联出版公司1997年版，第13页。
③ 趼《大改革》，《月月小说》1906年第三号。上海书店1980年影印。

将滋补药掺入鸦片，将赌馆门楣换成钱庄，将妓院牌坊易为公馆。直到篇末叙事者的话外音中，方才点明所隐喻的现实主体："枨怀时局，无限伤心，诙诡之文耶？忧时之作也。吾展读一过，欲别赆以嘉名，曰'立宪镜'。"此语一出，无疑点明了瘾君子之"大改革"恰与清政府之"君主立宪"改革互为镜像，二者皆为换汤不换药的作秀把戏。

如果说这两篇小说中的写实只是"寓言隐喻"整体结构中的零星内容，那么民初小说《黑籍冤魂》则体现了两种结构的分庭抗礼①：小说始自寓言隐喻，用传奇的笔法虚构了鸦片传入中国的神话寓言，林林总总的人物、纷繁的历史传奇均被作者信手拈至文中，诸如史书留名的大将军年羹尧、神魔小说中的孙悟空，以及作者杜撰的肉身化为"罂粟"的佛陀……众声喧哗之下，恰是一个乱世"嘉年华"。行文将半，小说却颇为吊诡地转向现实写真，以日记体的方式展现了一位嗜好鸦片者的悲惨经历，叙事手法、修辞技巧、文本风格都为之大变，似是清末民初多元混杂社会结构孕育而生的一个文学异种。

"写实"结构的植入，意味着彼时作家创作理念的一次革新。自梁启超大力拔高小说之社会功效、倡导小说之实用价值以来，小说家们有意无意地响应号召，落于笔端的文字实践不再安于传统小说娱乐消遣、猎奇争艳一极，他们开始将小说转向言说历史、言说社会。有时，这种附会时事的意图过于刻意，由是而生的寓言往往在审美的视域下显得牵强附会、凿痕处处。清末小说《观

---

① 跻《黑籍冤魂》，《月月小说》1906年第四号。上海书店1980年影印。

活搬不倒儿记》讲述了一个中国习武世家家道败落之后，为换得银两，武师遂将手足逐一割下，卖给洋人，最后手足皆无，沦为"搬不倒"的街头卖艺小丑，被洋人戏耍。情节的荒诞牵强恰恰明示了作者欲用小说隐喻彼时清政府"割地为奴"的迫切心态。[①]

值得思索的是，寓言隐喻结构模式容易孕育玄诞谬悠的"旧小说"特质，因着寓言是一种借"故事"言说"实体"的投射关系；而写实体则先在地与"新小说"推崇的反映社会之真实宗旨紧密吻合，从而有助于发挥小说的社会功效。倘若立足"五四"新文学的价值标准，那些提倡"为人生而艺术"、注重文学社会功利性一派的新文学家们无疑会视写实意识的植入为小说进化的标志。倘若循此价值立场，回顾整段文学史，恰可将清末民初社会小说之"寓言体"嵌合"写实体"叙事结构模式，解读为新旧文学过渡之投影：伴随着写实意识的逐步强化，旧文学中那不无凌空蹈虚的寓言体式渐次被挤兑出局，旧小说遂进化为以写实体结构模式为大宗的新小说。

然而，倘若跳出上述价值立场，站在艺术审美的角度看，以上文学之"进化"轨迹又显出其暧昧性：反观小说《大改革》篇末那段点明隐喻主体的"写实"，便有枉添蛇足的嫌疑；而《因循岛》字里行间那些凸显现实的语词，如将它们部分剔除，似乎更能增进小说幽冥魅艳的艺术感染力。换言之，写实元素的嵌入不当，反会斫伤"寓言"原有的艺术价值，"进化"一词因此难以成立，似乎用"变化"界定更为准确。而前述那篇特殊时代孕育的

---

① 丁竹园《观活搬不倒儿记》，《北京爱国报》1909年6月。收入于润琦主编《清末民初小说书系·社会卷》上卷，中国文联出版公司1997年版，第96页。

文学异种《黑籍冤魂》，"寓言体"与"写实体"的并置，与其说是嵌合，不如说更像是一次生硬的"拼贴"，二者似乎皆可舍弃彼此，单独成篇。有意思的是，除去两种结构的生硬"拼贴"，单看其寓言体结构，如前所述出场人物纷繁芜杂，情节场景信手拈来，其背后竟似隐约透露着后现代小说的拼贴技法，此中现象看似小说一次"三级跳"式的进化，实为作者无心插柳、误打误撞衍生出的"后现代"假象。

从文学审美角度看，倘若"寓言体"结构对现实的投射过于切实，不免错失了文学艺术的含混性。彼时社会小说中的寓言隐喻，大都过于直露：《善良烟鼠》刻画了一群誓死戒烟的老鼠，分明隐射清末民初时期的鸦片猖獗、流毒甚众，如此以动物比附人的寓言，似乎过于浅露[①]；《蝗虫之利》借县里知事制定出蝗虫换铜元的奇特条例，嘲讽官场政策的荒谬绝伦；《佛无灵》描述了某户人家仰仗求灵拜佛治病，终致痛失爱女，表达了破除迷信的迫切性。上述作品寓意皆过于直白、透明，须知寓言的审美性当以寓意迭出、求解不尽为最高境界。如前所述，文学功利性的理念已然占据了彼时作家的内心，"写实体"的迫不及待终还是击碎了寓言体本应有的"镜花水月"魅影，遂让"寓言体"兼容"写实体"的结构在彰显清末民初社会小说特色的同时，亦留下了无可掩盖的艺术瑕疵。传统寓言未能转型为虚实相生的"现代寓言"，寓言之"空筐"结构过于为现实内容填满、坐实，每每使"隐喻"沦为"隐射"。

---

① 包柚斧《善良烟鼠》，《月月小说》1908年第九号。

二、"鬼域"叠合"人间"结构模式

"江河日下，人鬼颇同，不则幽冥之中，反是圣贤道场。"①古人寥寥几句就揭示了动荡混乱社会"人鬼相杂"的孽缘。一些小说谈玄说鬼，刻意营造鬼声啾啾、鬼影幢幢的诡异氛围，"料应厌作人间语，爱听秋坟鬼唱时"，骨子里却不失人间关怀，悉心将现实人世系带其中，以鬼"自写其胸中磊块诙奇"②，道出"鬼界"实为人界，"鬼"实为人的诡谲。

民初小说《庸人自扰》也同样以鬼故事起始，地点却移到了美国，描述一座被当地村民传说为"鬼屋"的乡间别墅。作者特意将气氛渲染得如此神秘奇诡，主人公"我"住进"鬼屋"后，经不住邻居的忠告，不免疑心生暗鬼。某天深夜忽被"鬼声"惊醒，神昏意乱之余，强作镇定，却因此揭破了谜底，并非屋内有鬼，而是一次碰巧的自然现象。正所谓"天下本无事，庸人自扰之"，小说就此作结。③此种方式的"鬼域""人间"叠合恰是一种镜像关系：鬼域为虚，人间为实。一度被鬼域之"幻象""虚声"魅惑的读者终会恍然大悟，矗立眼前的实体乃是人间。此篇小说，遥说美国，却直指国内迷信。真正的主人公恰是"五四"幡然登场的"赛先生"，初试身手，便一扫而空国人"脑中的妖云鬼雾"。

无独有偶，小说《绛衣女》亦循此理念，开篇似在讲述人人

---

① 蒲松龄《铸雪斋抄本聊斋志异》，上海古籍出版社1979年版，第2页。
② 蒲松龄《铸雪斋抄本聊斋志异》，上海古籍出版社1979年版，第746页。
③ 半依《庸人自扰》，《小说海》1916年第二卷第七号。收入于润琦主编《清末民初小说书系·社会卷》下卷，中国文联出版公司1997年版，第605页。

闻之胆战心惊的"鬼事"，行文泰半方才让众人识破"鬼"实为"恶匪"，"鬼域"实为"匪窟"，最后以英雄人物神勇剿灭恶匪结束全篇。[1]整部小说通俗色彩浓重，作者运用悬念迭起、环环相扣的手法，意在扣紧读者心弦。才子佳人模式与侠盗模式的糅合也让这篇社会小说浸透了旧小说的因子，然而小说所塑英雄人物的一句话似乎昭示了自身"清末民初"的特征："矧二十世纪，哲理大明，地狱天堂，特古人神道设教之意，用以劝善而儆恶，乌得真有所谓鬼者"——彼时大力推崇的科学精神，在此完成了一次驱鬼祛魅的文学法事。

清末民初大力推崇科学意识，宣传破除迷信的思想，两篇小说都借"破除鬼域"来"倡明人间"，恰是对此时代理念的"文以载道"。有意思的是，循此理念，叙写"鬼域"本是"醉翁之意不在酒"的引子，却成为两篇小说大书特书的主体结构：《绛衣女》行文逾半方才变鬼域为人间；《庸人自扰》更是在文末才道明鬼域之幻。在此之前，作者似乎一直沉迷于鬼魅扰闹的文域中难以自拔，小说的真正意图"倡明人间"似乎反而成了次要。此等现象缘何而生？一方面或许因着"谈玄说鬼"的虚构笔法古已有之，作家的叙写笔墨一浸染于此，便如鱼得水，种种场景描述、气氛营造的手法也得心应手；另一方面清末民初时期，因着都市工商经济的发展，小说家的作品市场销路意识逐渐增强，而"谈玄说鬼"实在是吸引读者眼球的好戏，种种悬念横生、后设倒叙的新技法亦可借此演绎发挥，遂让作者拿得起、放不下，不知不觉中，

---

① 梦《绛衣女》，《小说时报》第三号，1910年12月。

小说所欲承载之"道"退居二线，而叠合结构模式中的"人间"终还是沦落至边缘地位。

一些小说特意模糊鬼域与人间的界限，营造亦幻亦真、人鬼难辨的玄幻氛围。小说《妖火》《勾魂票》《洞房奇变》皆循此理念蒂生。《洞房奇变》文末言"呜呼！其人耶？其鬼耶？""是俱未可知矣"①；《妖火》写"国家将兴，必有祯祥；国家将亡，必有妖孽"②；《勾魂票》借一张张摄人心魂的勾魂票，呈示着幽冥鬼界与人间的赫然相通。

沃尔夫冈·凯泽这样论述小说中的丑怪美学："丑怪的世界既是，也不是，我们自己的世界。我们受其影响的暧昧方式，源于我们意识到，那个我们曾耳熟能详、和谐共处的世界，已在种种深不可测之力量的冲击下异化起来。"③倘若将此段论述中的丑怪世界置换为鬼魅世界，似乎有着异曲同工之妙：清末民初之社会已然在种种深不可测之力量的冲击下完全"异化"，小说家能够强烈地感受到它，却未必能理解它，于是作者意在写人间之社会，却又刻意将"鬼域"移入"人间"，借由两种结构共同构筑的亦幻亦真、错杂难辨，折射清末民初社会在他们眼中的暧昧、异化。

异化至极端，遂让人间的常态事物亦兀自透出一股幽冥鬼气，萦绕不散：《埋儿惨史》中的母亲深夜埋活儿的悲剧，令人不寒而

---

① 山渊《洞房奇变》，《小说新报》第七期，1915年8月。收入于润琦主编《清末民初小说书系·社会卷》上卷，中国文联出版公司1997年版，第385页。
② 瘦蝶《妖火》，《礼拜六》第三期，1914年6月，第33页。编入《礼拜六》影印本第1卷，广陵书社2005年版。
③ 转引自王德威《被压抑的现代性——晚清小说新论》，北京大学出版社2005年版，第273页。

栗;《江村夜话》记述的明明是人间的渔夫与童子，却森森然弥散着鬼魂;《放河灯》里老者与少年彻夜谈玄说鬼，溺死鬼、驱鬼者、九幽十八狱孤魂纷纷到场，鬼影幢幢;《情不死》中频繁的战事草菅人命，致使生灵涂炭，如此惨厉，实让人间成为了一个鬼声啾啾的活地狱。

综上所述，尽管作为中国古代小说步入"五四"现代小说之中介的清末民初小说，其叙事结构犹显稚拙造作、错杂无章，但较之传统小说的呆板单一，新小说的叙事结构模式则无疑已变得繁富多姿。其不囿于既有文体框限、题材藩篱，毅然破壁而出，连通"寓言体"与"写实体"穿插鬼域与人间的努力，为"五四"现代小说的叙事拓展，铺垫了多重可能的途径。

现当代文学批评

论"五四"作家对霍普特曼《沉钟》的创造性误读

——以鲁迅、沉钟社为考察中心

　　长时期以来，新文学社团沉钟社以"沉钟"命名，标明自身的艺术追求；而鲁迅也将"死也得在水底里用自己的脚敲出洪大的钟声"之意象①，借作对沉钟社品格的隐喻。这些史料均被史家视为源自霍普特曼《沉钟》的一次影响性再现。然而，细读象征剧《沉钟》文本，却发现与其说这是一次"影响性再现"，不如说是"创造性误读"更确切。"沉钟""深渊撞钟"这一系列喻象，原本在剧中只是被借作喻示传统生活方式的死而不僵，而在鲁迅以及沉钟社极其悲壮的凝注中，竟出神入化为全新的意境。

　　法国比较文学学者罗贝尔·埃斯卡尔皮曾运用"创造性误读"这一术语，指称读者对作品的阐释与作家的本意之间可能存在的歧义。他指出："读者的意念和作者的意念并不互相吻合，并不互相沟通，但在这两种意念之间可以互不相悖。这就是说，读

————————

① 鲁迅《〈中国新文学大系〉小说二集序》，《鲁迅全集》第6卷，人民文学出版社1981年版，第244页。

者可以在作品中找到自己所希望的东西，而作者原来却并未明确
表示愿意赋予作品这种东西，甚至可以是从来也没有想过。"①将鲁
迅与沉钟社对"沉钟"意象的释义性接触置于《沉钟》东渐中国
之期待视野下详加考察、辨析，恰能发现：这一"误读"生出了
创造性意味，拓展、丰富了《沉钟》固有的象征蕴涵。

一、霍普特曼及其《沉钟》初渐中国之际的期待视野

"五四"时期译介与研读西方文学的主流价值取向是为我所用
式的"拿来主义"，缘于此，德国戏剧家霍普特曼适逢此时进入中
国文坛的期待视野可谓顺理成章。1912年，其新斩获诺贝尔文学
奖，遂在彼时以西学为参照系的语境下为文学革命运动的领军人
物及其同侪视为西方文学的巅峰与五四新文学的标高。恰如陈独
秀高山仰止般地向往、感喟的："吾国文学界豪杰之士，有自负为
中国之虞哥左喇桂特郝卜特曼狄铿士王尔德者乎？"②霍普特曼的
名字赫然在列。如此仰视的视角太凌空蹈虚，难免产生高不可及
的"影响的焦虑"；似不如陈独秀首度推崇霍氏时，更触及华夏本
土之实。他认为"现代欧洲文坛第一推重者，厥唯剧本"，而霍氏
作为德意志作剧名家之代表意义，首在其剧作"实现于剧场，感

---

① ［法］罗贝尔·埃斯卡尔皮《文学社会学》，符锦勇译，上海译文出版社1988年版，
第136页。美国批评家哈罗德·布鲁姆也曾使用这一概念来分析诗的影响史，参阅《影
响的焦虑》，徐文博译，江苏教育出版社2006年版，第31页。
② 陈独秀《文学革命论》，《新青年》第2卷第6号，1917年2月。"虞哥左喇桂特郝卜
特曼狄铿士王尔德"按今译应为：雨果、左拉、歌德、霍普特曼、狄更斯、王尔德。

触人生愈切也"①。依稀透露出新文学草创时期，西方文学接受者尤为注重"为人生"的宗旨与现实主义方法这些潜在基点。正是上述先在基质，促使"五四"从人与霍普特曼的自然主义剧作发生了遥感、共鸣，准确地说，是接受者基于自身的文化背景、思维模式、审美趣味所理解的自然主义美学精神与方法。

论及新文学史上现实主义之流变，温儒敏曾特辟"'自然主义'的借用"一节，细析自然主义思潮初渐中国之际，"人生派"理论家提倡自然主义的必然性与合理性：一则彼时尚未厘清其与现实主义之界限，二则认同欧洲自然主义思潮"并非对现实主义的反拨，相反，与现实主义有很多相通之处"②。如是费心将自然主义归属于广义上的现实主义、"修改的自然主义"之类的美学整容，皆因既有推崇现实主义美学的接受心理所致。

霍普特曼前期创作的自然主义剧本如《织工》《运货车夫海斯区尔》进入中国自不例外。1922年，"人生派"领袖沈雁冰在介绍霍普德曼的自然主义作品时特意强调：自然主义与现实主义皆源自"哲学上的唯物论"，霍氏于此思想之外，"又加了社会主义的思想"，"自然派作品里的主人翁大都是意志薄弱不能反抗环境，而终为环境压碎的人"；而霍氏剧作却"注重在环境"③，反抗环境。一言以蔽之，霍氏自然主义剧作堪为国人"借用"。

百年沧桑，上述以现实主义为主轴的审美情结却依然割舍不去。及至21世纪以还第二个十年，某部颇具专业性的多卷本《德

---

① 陈独秀《现代欧洲文艺史潭》，《青年杂志》第1卷第3号，1915年11月15日。
② 温儒敏《新文学现实主义的流变》，北京大学出版社1988年版，第42页。
③ 希真《霍普德曼的自然主义作品》，《小说月报》第13卷第6号，1922年6月10日。

国文学史》，仍将霍氏以《织工》为代表的前期剧作之创作方法，一厢情愿地命名为"自然主义的现实主义"①。

　　与霍氏艺术上所谓渗有现实主义倾向的自然主义方法相对应，其思想范畴的"为人生"特别是"同情于劳动阶级"的内容②，似乎更为中国知识者所看重。不过细读文本，霍氏这种同情，首先见诸其对被侮辱与被损害者"为情欲和他们所处环境条件所束缚"之生活境遇极度客观（或谓自然主义）的刻画、分析，唯其不主观直露，遂于无声处生发出大悲悯。如同他在珂勒惠支画册上题辞时表述的："你的无声的描线，侵人心髓，如一种惨苦的呼声：希腊和罗马的时候都没有听到过的呼声。"③然而，其自然主义叙事之繁复、琐碎，包括那些力透纸背之"审丑"，则大抵为接受者忽略不计。他们大都化繁为简，直接聚焦、归纳剧作家将普罗大众推上艺术舞台这一创举之现实意义："无产阶级生活的描写"，"是这篇《织工》开的例"④，借"西勒西亚织工反抗资本家一事"，塑造劳工群像；而《日出之前》则"指明了当时德国工人阶级所处的历史阶段"，虽不乏黑暗的描写，"但是因为是'日出之前'"⑤，仍可想见剧作家所预示的光明前景。

　　恰是因着《织工》题材的难能可贵，增强了这部自然主义作品的历史厚度，遂成为霍氏著作首部中译本面世。继沈雁冰1922

---

① 范大灿主编、韩耀成著《德国文学史》第4卷，译林出版社2008年版，第19页。
② 希真《霍普德曼的自然主义作品》，《小说月报》第13卷第6号，1922年6月10日。
③ 霍普德曼《珂勒惠支画册题辞》，转引自鲁迅《〈凯绥·珂勒惠支版画选集〉序目》，《鲁迅全集》第6卷，人民文学出版社1981年版，第470页。
④ 希真《霍普德曼传》，《小说月报》第13卷第6号，1922年6月10日。
⑤ 茅盾《西洋文学通论》，书目文献出版社1985年版，第122页。

年6月在《小说月报》上集束发表四篇文章，运用社会学批评方法评介霍普特曼剧作之意义后，随之而来的郑振铎、钱杏邨、赵景深等对霍氏的评说中，亦可嗅出大致相通的同情于劳动阶级的立场或气息。这种对霍氏的理解，影响了巴金等众多文学青年。自然，局限于特定时代，作为"穷人的诗人"的霍氏在描写底层劳工生活的同时[①]，所呈现的深刻的人性及其呼唤的博爱的神性，则大都因受众瞩目于"对资本主义倍加痛击"的阶级性视角而被掩蔽[②]。至于太阳社的钱杏邨责难霍氏"不是真正的站在普罗列塔利亚的阵线里的作家"[③]，则从一个更加激进的向度，洞穿了那偏执于普罗文学价值取向的历史氛围。

19世纪90年代以降，德国工人运动逐渐走向低迷。而经过了一场"欧战的恶风暴"后，德国进步知识者对于既有欧洲文明的信仰轰毁了。霍普特曼也经历了这一精神蜕变，大梦先觉的他实在难耐思想界的寂寥、沉闷——"德国人的民族感像一口破钟，我要用锤子敲它，可是它发不出声音"[④]，遂在此"静默"时期鸣响"沉钟"。

《沉钟》的诞生标志着霍氏创作基调与风格的剧变：从现实书写转向象征、抒情，从科学实验转向唯美、神秘，从关注身外转向检点内心，从物质世界转向精神世界……一言以蔽之，从自然

① 范大灿主编、韩耀成著《德国文学史》第4卷，译林出版社2008年版，第19页。
② 陈嘏《十九世纪末德国文坛代表者——滋德曼及郝卜特曼》，载《东方杂志》第17卷第16号，1920年8月25日。
③ 钱杏邨《霍甫特曼的戏剧》，《现代小说》第3卷第3期，1929年12月15日。
④ 宁瑛《沉钟·作者小传》，袁可嘉、董衡巽、郑克鲁选编《外国现代派作品选》第1册（上），上海文艺出版社1980年版，第294页。

主义进到新浪漫主义。

悉心爬梳《沉钟》在中国这一接受史，适可发现《沉钟》所表征的新浪漫主义之意义，仍被习于现实主义审美典律的"五四"作家作修正性读解，甚至不惜削足适履。深谙新浪漫主义文学是欧洲文学最新发展趋势的沈雁冰，在肯定了霍普特曼"从冷酷的客观主义解放到热烈的主观主义，实是文学的一步前进"之同时[1]，犹指出：《沉钟》诚然是理想的，但霍氏"决不肯甘心偷安自匿于理想主义大旗的底下。他的《沉钟》不是他厌弃自然主义的表示"，"所谓新浪漫运动的，在表面上似乎是自然主义的反动，其实却是自然主义的帮手"；"剧中情节虽然是怪诞不经的，但剧中人物都是逼真实在的人"。沈雁冰反复强调，霍氏以《沉钟》为代表的"许多新浪漫作品都是以自然主义的技术为根柢的"，"是经过自然主义洗礼的浪漫剧"[2]。——显而易见，文中情有独钟的"自然主义"亦即广义的现实主义，读者理应会意。

即便是力倡浪漫主义的郭沫若，一度还声称要以"新罗曼主义"作为刚成立的创造社的"主要方针"[3]，但恰如其同人诠解的，"无论怎样提倡"，其旨归依然在于是否"反映了当时中国的现实"[4]。试以郭沫若1919年创作的童话诗剧《黎明》为例，他坦承是从"霍普特曼的《沉钟》里得到启示所做的"[5]。借鉴《沉钟》的

---

[1] 雁冰《为新文学研究者进一解》，《改造》第3卷第1号，1920年9月15日。
[2] 希真《霍普德曼传》，《小说月报》第13卷第6号，1922年6月10日。
[3] 陶晶孙《创造三年》，《风雨谈》1944年第9期。
[4] 郑伯奇《略谈创造社的文学活动》，《文艺报》第8期，1959年4月26日。
[5] 郭沫若《儿童文学之管见》，收入赵景深编《童话评论》，新文化书社1924年版，第195页。

形式与创作方法，郭沫若通过一对新儿女的觉醒、脱颖而出，讴歌天地的新生与海日的新造。然而，如果说《沉钟》更多地指向未知、未来，殚精竭力寻索着隐匿在固有观念外的神秘，如同尼采所称"骑在象征背上驰向一切真理"①，那么《黎明》则更多地着力于比附现实，传播清浅单纯、无需破译的明码信息：如以巨蚌之壳比喻"束缚身心"的封建牢笼，以蚌壳中跳出的一对儿女比喻先觉者，而黎明的太阳则喻示"五四"精神所带来的光明……

两大新文学旗手，一个矢志将新浪漫主义收编为现实主义的"帮手"，一个努力筛除、过滤新浪漫主义中的神秘主义因素，尝试将其创造性地转换为"积极浪漫主义"。这曲折透露出，较之《织工》被引为普罗大众文学与现实主义理论的典范之作而迅速为时潮拥抱，新浪漫风格的《沉钟》多少显得有那么一点不合时宜。

"钟"沉大海，反响寥寥。唯因新文学史上一个特殊社团沉钟社的遥感，方使得象征剧《沉钟》在中国文学接受史上激荡出了宏深的回声。

二、沉钟社对象征剧《沉钟》的接受

1924年初，冯至、杨晦、陈翔鹤、陈炜谟四位青年因缘际会聚拢于北大，因着对域外文学的共同迷恋，很快成了朝夕与共、亲密无间的文友。他们通过德文原版或英译本阅读了霍普特曼的《沉钟》，感动于该剧的魅力，遂将所创刊物以"沉钟"命名。值

---

① 转引自周国平《一个哲学家的诗——〈尼采诗集〉译后》，《读书》1986年第7期。

得注意的是，当事人回忆采用"沉钟"的用意以及对该剧核心意象、意境的理解感悟时，却出现了微妙的差异与错位。

陈翔鹤的阐释独具一种热到发冷的沉静、低调：借用霍普特曼《沉钟》之寓意，"我们想，为纯文艺而出版的刊物的原故，就纵然向深渊里往下更沉没一点，和再潜藏一点也是可以的"①。

冯至似乎不那么认同这一诠解。那历史性的时刻在他的记忆中若有天启：1925年夏，在一个"暮色苍茫，天际有一个巨大的流星滑过"的时分，受远方钟声的启示，他遂提议取名"沉钟"，并得到其余三人共鸣。而采用"沉钟"作刊名，用意并非"刊物将要像亨利所铸的钟那样，刚一完成就沉入湖底，刊物的编辑者将与亨利同命运。而是认为，正如那位评论家所说的，从事文艺工作，必须在生活上有所放弃，有所牺牲，要努力把沉入湖底的钟撞响"②。

许是境由情生，杨晦的回忆除却将时间从夏日移至"一个初秋的凄凉的薄暮"，依稀见出自身"凄凉""寂寞""苦闷"心境的移情，印证了文学史是时间之旅也是感官之旅，大致与冯至的追述相辅相成："远远传来了几声晚钟，听着好像是来自水底，好像是有一个披头散发的妇人在那里敲击着"，"于是受了电击一般"③……

然而，沉钟社同人只遥闻钟声响，却无心细辨钟声由谁而鸣

---

① 陈翔鹤《关于"沉钟社"的过去现在及将来》，《现代》第3卷第6期，1933年10月1日。
② 冯至《回忆〈沉钟〉》，《冯至全集》第4卷，河北教育出版社1999年版，第337页。
③ 杨晦《沉钟》，吴泰昌编《杨晦选集》，上海文艺出版社1987年版，第478页。

以及原著里两口钟迥异的象征内涵。

在霍普特曼笔下，那口"沉下去的钟儿已非为向上天呼吁而作的东西"，"钟儿搀入了假货"，故将其称作"老钟"，恨不能"把那个坏钟打得粉碎"；而海因里希（旧译"亨利"）一心重铸的那口钟却是"挂在隔绝人世的自由高空"的"山顶之钟"，是"心钟""太阳的钟"[①]。前者可谓传统的钟，后者是未来之钟。恰如时人诠释的："沉钟代表旧道德，而新钟即代表新道德。"[②]霍氏借此寄寓铸钟人高远的理想、信仰与生命方向。

剧中，以旧钟坠落，铸钟人妻子玛格达自沉湖底，以其僵手敲响沉钟，海因里希遂尾随沉沦，喻示老旧生活方式回光返照，"死缠不休"之魔力；而与此相应，林中女妖罗登德兰倾其爱情激励海氏，并甘愿将自己的声音、灵魂亦一并铸入新钟之内，"和太阳祭祀日的黄金相结合"，则意味着剧作家勉力重铸的新信仰，不止是逻各斯的、智慧的收获，亦是诗的。

是的，罗登德兰便是海因里希以及作者"梦中的女孩"，所谓"我的许多梦中最美丽的人儿"。她善歌、善笑、善愁、善撒娇，是"可爱的精灵""自然的精灵""光明的精灵"，"张起深红的风帆"，满溢着如花的生命芬芳。如果说那怨女节妇可谓旧道德的殉葬品，那么罗登德兰恰是连通梦幻与现实的新理想的信使，或谓新浪漫主义的诗化意象。

《沉钟》创刊两年后，有识者指出：霍普德曼的"自然主义失

---

① 霍普德曼《沉钟》，谢炳文译，《外国现代派作品选》第1册（上），第295至382页。以下《沉钟》引文均出自此书。
② 谢六逸《近代名著百种·沉钟》，《小说月报》第18卷第1号，1927年1月10日。

败了，因以新钟来比喻新艺术的理想"①。诚哉斯言！顾名思义，霍氏将剧名题为"沉钟"，确实包含了"沉"自然主义之"钟"，另铸新浪漫主义之"钟"这一层含义。值得注意的是，此处的"沉"字应是动词，是创作主体的主动行为；而在沉钟社的印象式读解中，却每每将剧名的"沉"字读作形容词，平添了几分对传统人生范式的伤逝追怀之意。

自然，上述观点以及文学史对沉钟社"死也得在水底里用自己的脚敲出洪大的钟声"的"沉钟"精神的定名，只是一种化繁为简的概括，历史本身却更加复杂多义，极具流动性与变动力。实质上，沉钟社同人在执意撞钟的同时，并未完全排除"若是撞不响需要另铸新钟"的可能性②，曾经崇奉"艺术至上"的他们也并非从一开始便有意轻慢"象征艺术的林中仙女"罗登德兰。尽管时移世易，他们愈益讳言所摄取的"'世纪末'的果汁"③，然而当《沉钟》被沉钟社借以标明自身的艺术志向时，对作品的新浪漫主义内核即便既迎还拒，也依然不可避免对其创作产生一定的影响。

一般而言，接受影响的初始阶段多少会带有仿效性，在沉钟社的作品中，也隐约可辨对《沉钟》的悉心临摹。最典型的莫如冯至的《河上》。这部作品移植了《沉钟》梦幻诗剧的艺术形式，其构思、主要人物关系乃至主题都与《沉钟》有着相似之处。

难得的是，其题材却取自中国古典诗词。开首一段题辞，结

① 谢六逸《近代名著百种·沉钟》，载《小说月报》第18卷第1号，1927年1月10日。
② 冯至《回忆〈沉钟〉》，《冯至全集》第4卷，河北教育出版社1999年版，第337页。
③ 鲁迅《〈中国新文学大系〉小说二集序》，《鲁迅全集》第6卷，人民文学出版社1981年版，第243页。

尾一个附注，悉心交代了该剧的传统渊源：

> 蒹葭苍苍，白露为霜，
>
> 所谓伊人，在水一方；
>
> 溯洄从之，道阻且长，
>
> 溯游从之，宛在水中央。
>
> ——《诗经·秦风·蒹葭章》

[附注]《古今注》："朝鲜津卒霍里子高晨起刺船。有一白首狂夫，披发提壶，乱流而渡。其妻随而止之；不及，遂堕河而死。妻援箜篌而鼓之，作'公无渡河'之曲，声甚凄怆。曲终，亦投河而死……"（引自《古诗源》）①

耐人寻味的是，剧中"援箜篌而歌"者系东方狂夫之妻，而狂夫迷恋的"在水一方"的"伊人"则被冯至改写为手持西洋七弦竖琴的河妖，暗示着她的"他者"属性。这一改写透露出冯至欲以古诗新编的方式遥向异域具有新浪漫主义意味的诗剧《沉钟》敬礼，在剧中兼用东方古乐器箜篌与西洋的七弦竖琴交响重奏，将中国古诗的写意、空灵与欧陆象征剧的象征、唯美合而为一。如果说，《河上》是冯至向其师从的霍普特曼递交的一份习作，那么，内中却不失"自己的魂灵"②。

---

① 冯至《河上》，《冯至全集》第2卷，河北教育出版社1999年版，第220至235页。以下《河上》引文均出自此书。

② 鲁迅《〈中国新文学大系〉小说二集序》，《鲁迅全集》第6卷，人民文学出版社1981年版，第242页。

　　二作的主要人物设置，也似有对应关系：青年狂夫对应铸钟师，河妖对应林妖罗登德兰，同样招魂不得、投河自尽的狂夫之妻对应铸钟师妻……

　　与《沉钟》中铸钟师"情愿舍弃身子"为罗登德兰"奋斗"，甚至不惜背离世俗社会一样，青年狂夫为追求那在水一方若隐若显的少女幻影，亦不惜舍家弃妻，无畏"道阻且长"，划舟逆流而上，终致触礁倾覆而亡。

　　而那两个"幽幻的精灵"之塑造也多有契合：一个"年龄在少女与处女之间"，一个是"十六七岁"的女郎；一个可谓"天父从遥远的春里，折下的开放的花儿"之精灵，一个是"春姊"遗其"海棠花一般妖媚"的"花魂"……正是两位作者对其年龄的刻意交代，凸显了"梦中的女孩"原型那永远不会长大的符号性以及永远"在水一方"的彼岸性。故与其将主要人物的关系读作情爱纠葛，甚至庸俗化为"三角恋爱"，不如视为灵与肉、美与真、彼岸与此岸、艺术与人生亘古如斯的两难抉择或双向论辩。而从审美层面而言，也未尝不是新浪漫主义与世俗写实主义之对立、对话的表征。

　　如果说《织工》开拓了一个史诗的广度，那么《沉钟》则使冯至等新文学作家的创作有望步入现代神话的境界。借此"补救写实主义丰肉弱灵之弊"①，超越匍匐于生活和思想的自然主义（乃至现实主义）决定论。

　　以上比较呈示了冯至及其同人与《沉钟》所表征的新浪漫主

---

① 雁冰《〈欧美新文学最近之趋势〉书后》，《东方杂志》第17卷第18号，1920年9月。

义在同样寂寥、沉闷的时代氛围中的"相遇"与"相契"。然而，即便在其蜜月期，彼此间也不无裂隙，最终还是因着各自不同的国情而相互疏离（或写作"若即若离"）。

这分歧其实在《沉钟》与《河上》的结尾中已初露端倪。《沉钟》中，海因里希虽一度被其妻混合着亲情与泪水的道德伦理感化，临死前却复归罗登德兰的怀里，在后者的激吻中憧憬"高高天上，太阳的钟响了"；而《河上》却终以青年狂夫被其"淑雅"的妻子招魂作结。在东方传统中，后者隶属于"贤妻良母"乃至"地母"原型，表征着恒常人生与文化原乡之温柔陷阱，即便狂放不羁如狂夫者，一旦背离也依然"惊悸不宁"。

社会条件与文化背景决定了华夏本土很难出现欧洲意义上的神学浪漫主义。故此，东方狂夫至死未能追随海因里希的脚步，"登上至高无上的阶梯"，遥听太阳的钟响。原因无他：作者深恐隔绝人世，"严重地脱离现实"[①]。

归根结底，沉钟社同人的艺术追求，目标不在高天，而在地上；不在梦境，而在现世；可以"沉思"，却无暇如德意志诗人般玄思；可以"为艺术"，但最终目的是"为人生"。

于是，止步于至高无上的天国外的沉钟社不仅搁置了如象征剧《沉钟》那般不无虚幻的梦想，亦警觉于自身多少存在着的颓废情调，转而降下飞翔高蹈的身段，从铸钟师那"充满着工作和创造的急迫的欲望"里汲取力量。在《沉钟》周刊第一期的刊头，他们还借用英国作家吉辛的一句话作为"题词"：

---

① 冯至《自传》，《冯至全集》第12卷，河北教育出版社1999年版，第608页。

> 而且我要你们一齐都证实……
>
> 我要工作啊，一直到我死之一日。①

上述意向冯至曾作如是归纳："为崇高的理想而严肃工作"②——严肃地表现自我，严肃地反映社会，严肃地创作、翻译……凸显出沉钟社勉力使新浪漫主义美学"现实化"，使那超拔于天际的精神极态还原其既有的人间性的追求。

理想未泯，却不再轻言，不张扬，不肆意泛情化，而渐近一种沉思默祷式的境界。

三、鲁迅的创造性误读

鲁迅堪称沉钟社的导师与心契神会的知己。在鲁迅的思想词典中，霍普特曼式的祈愿铸钟师超越人世，亦多少有点近似逃避现实的别名。故与其希冀沉钟社青年追随其"登上至高无上的"天梯，不如词重意切地呼唤他们回归人间。

在散文诗集《野草》中，鲁迅写下了这样一段关于沉钟社青年的火热文字："青年的魂灵屹立在我眼前，他们已经粗暴了，或者将要粗暴了，然而我爱这些流血和隐痛的魂灵，因为他使我觉得是在人间，是在人间活着。""我愿意在无形无色的鲜血淋漓的粗暴上接吻。漂渺的名园中，奇花盛开着，红颜的静女正在超然无事地逍遥，鹤唳一声，白云郁然而起……。这自然使人神往的

---

① 《题词》，《沉钟》第1期，1925年10月10日。
② 冯至《回忆〈沉钟〉》，《冯至全集》第4卷，河北教育出版社1999年版，第338页。

罢，然而我总记得我活在人间。"①

文中列举的漂渺的名园、盛开的奇花、红颜的静女之类的喻象固然使人企慕，如同《沉钟》中那神秘的山林、欢歌的太阳鸟、如花似梦的少女那般对于铸钟师具有无比的诱惑力，然而鲁迅却更看重、激赏沉钟社青年对此"超然无事"的"逍遥"境界的惊觉及至最终背离。唯其亦曾"神往"不已，故而勉力抵拒，力有不逮时甚至不惜"粗暴"以对，直至"鲜血淋漓"。

这便又一次印证了史家关于接受者与作品的"释义性接触"每每"导致某种原有观念形态的抗拒或改变"的见解②。有感于欧洲文明的轰毁，更痛心于好以人言冒充神意的德国教会使既有信仰（其象征物即剧中的钟楼）的基座"已经是一半倾颓一半烧毁"，甚至殃及那口旧钟与铸钟师，一并坠落于黑暗的深渊，霍普特曼寄愿海因里希把新的基础"安置在高处——用新的基础来建造新的教堂"、新的钟。当那"花卉的教堂中的大理石的厅堂里，发出唤醒世间的雷声时"，"所有人类的胸中的冰块都会融解起来，而一切憎恶，郁闷，愤懑，苦痛和烦恼，统统会融合起来变成热的泪。这样我们全体便走向十字架那边"。细究文本，霍普特曼虽深受原始基督教思想之影响，但其化身铸钟师欲倾心重造的，实质上应是一口为唤醒德意志民族而用的精神之钟、心灵之钟、神性之钟。对此世纪梦想，沈雁冰的诠释却不尽准确，他说："自从那个实在的钟沉在湖底，冶匠的霍普德曼方逃到想象的世界，不造

---

① 鲁迅《一觉》，《鲁迅全集》第2卷，人民文学出版社1981年版，第223至224页。
② 乐黛云《转型时期的新要求》，《读书》1991年第2期。

实在的为人类用的钟，而造想象的为神用的钟了。"①而鲁迅也觉得那口高悬天际、"隔绝人世"的钟不无虚幻。缘于对"革命的浪漫谛克"情调的抵触，对彼时思想家空许的"圆满快乐"的"黄金世界"愿景的怀疑，导致鲁迅认为霍氏的新理想憧憬与所谓的"黄金世界"有着同构效应，"无论怎么写得光明，终究是一个梦，空头的梦"②。

故而，鲁迅即便感同身受着铸钟师被"黑暗的势力"扼住咽喉之无望，也不奢求"太阳的钟"能恩赐一点光明，如同他对沉钟社青年此时心境的体察与理解："即使寻到一点光明，'径一周三'，却更分明的看见了周围的无涯际的黑暗。"③

毕生执着于当下、此在、有限的鲁迅别无选择。同样身陷绝望的深渊，同样濒临死地（广义的），既然搁置了那口未来的钟、神性的钟，便唯有选取这"沉钟"。哪怕霍氏之本意将其视作浊世俗物，鲁迅也要将那口俗世之钟改写为现实之钟、人间之钟，寄愿沉钟为现实而敲响。纵然沦为"沉钟"，亦虽沉犹鸣。某种意义上，后者较之重铸天际之钟更不易。

晚年鲁迅仍无改独重"沉钟"之初衷。论及沉钟社，那已然枯萎如枯藤老树的笔下，却因感染于青年人的诗情与生气而生出奇花异蕊般的哲思："那《沉钟》就在这风沙澒洞中，深深地在人海的底里寂寞地鸣动"④；"向外，在摄取异域的营养，向内，在挖

---

① 希真《霍普德曼的象征主义作品》，《小说月报》第13卷第6号，1922年6月10日。

② 鲁迅《听说梦》，《鲁迅全集》第4卷，人民文学出版社1981年版，第468页。

③ 鲁迅《〈中国新文学大系〉小说二集序》，《鲁迅全集》第6卷，人民文学出版社1981年版，第243页。

④ 鲁迅《一觉》，《鲁迅全集》第2卷，人民文学出版社1981年版，第224页。

掘自己的魂灵，要发见心里的眼睛和喉舌，来凝视这世界，将真和美歌唱给寂寞的人们"①；沉钟社"好像真要如吉辛的话，工作到死掉之一日，如'沉钟'的铸造者，死也得在水底里用自己的脚敲出洪大的钟声"②。

值得注意的是，一贯严谨的鲁迅竟然有意无意间窜改了象征剧《沉钟》的本文，将死去的弃妇撞钟置换为"'沉钟'的铸造者"，因着玛格达无力承担起这民族精神意识沉重的内涵，而让更其强壮的海因里希敲响沉钟，以此激荡雄浑有力的反抗绝望的大音响。

如果说，识者曾从鲁迅置身于茫茫旷野、四顾无人的意象中读出"大寂寞"，从"肩住黑暗的闸门"读出身心震裂的"大痛苦"③，那么"死也得在水底里用自己的脚敲出洪大的钟声"这一意象恰可体现一种"大震颤"。那是鲁迅置于绝望之死地而后生的希望的诗意外化，是对彼时文坛"最坚韧，最诚实，挣扎得最久的"沉钟社品格的象征隐喻④。钟声慰藉难耐的寂寞，叩问寻路者莫测的命运，一如贝多芬《命运交响曲》开首那神秘的敲门声。

在这一全新的诗化意境里，最引人注目的应数鲁迅既有思想话语中习用的"挣扎"一词。竹内好与伊藤虎丸都曾强调过鲁迅式的"挣扎"之意义。在《鲁迅》一书中，竹内好称："他喜欢使

---

① 鲁迅《〈中国新文学大系〉小说二集序》，《鲁迅全集》第6卷，人民文学出版社1981年版，第242页。

② 鲁迅《〈中国新文学大系〉小说二集序》，《鲁迅全集》第6卷，人民文学出版社1981年版，第244页。

③ 参阅胡风《致梅志》，收入《胡风遗稿》，山东友谊出版社1998年版，第11页。

④ 鲁迅《〈中国新文学大系〉小说二集序》，《鲁迅全集》第6卷，人民文学出版社1981年版，第244页。

用的'挣扎'这个词所表现的强烈而凄怆的活法，如果从中抛开自由意志的死，我是很难理解的。""'挣扎'这个中文词汇有忍耐、承受、拼死打熬等意思。我以为是解读鲁迅精神的一个重要线索，也就不时地照原样引用。如果按照现在的用词法，勉强译成日文的话，那么近于'抵抗'这个词。"①

故而，与其说鲁迅以及沉钟社青年被动地为剧中人物深渊撞钟行为所感染，不如说他们从中发现了自己生命"挣扎"的先在体验，于是在此象喻中倾注了自身含情带血的主体意识，以期激活原有形象之僵硬，借尸而还魂。

据此深入，还能体味内中蕴藉的更为丰富的形而上内涵，诸如受难、殉难、深渊呼告、绝望抗争……对此，竹内好曾以鲁迅"不是宗教的"，但其思想的表达方式却具有宗教意味释之②。在一个缺乏宗教精神资源的世俗国度，鲁迅却支撑、援手沉钟社青年，与之合力托举起汉语思想的高度，从而达臻纯粹现实主义话语难以企及的崇高境界。

如果说霍氏的另铸"太阳的钟"表征着企慕出离此岸至彼岸，出离肉体至灵境，出离有限至无限，出离现实至终极之寓意，那么鲁迅对《沉钟》的读解、改写乃至寄意"沉钟"，却意味着力图把彼岸拉回此岸，将灵明肉身化，将无限置于有限的框架内思辨，定格"中间物"遥问终极，最终经由"挣扎"而拥抱、整合两极。

---

① ［日］竹内好《鲁迅》,《近代的超克》, 李冬木、赵京华、孙歌译, 生活·读书·新知三联书店2005年版, 第9页。
② ［日］竹内好《鲁迅》,《近代的超克》, 李冬木、赵京华、孙歌译生活·读书·新知三联书店2005年版, 第8页。

虽说是反其意而读之，却于此创造性误读中生出新的意味。

很难辨明，是鲁迅"死也得在水底里用自己的脚敲出洪大的钟声"的归纳，最终激活、定义了沉钟社的潜在精神；抑或沉钟社在自我命名时早已于有意无意间隐含了"要努力撞响沉钟"这一层意蕴。二者间如此默契，齐力完成了这一双向同构。

这一命名与定义意味着，鲁迅与沉钟社同人皆有所预感：刊物将如"入无人的旷野"①，听者或"有的睡眠，有的槁死，有的流散"②。与其惊诧其未卜先知，不如顿悟宁愿化身"沉钟"恰是彼一历史语境中一切严肃的歌者别无选择的悲剧性宿命。

惟其如此，"死也得在水底里用自己的脚敲出洪大的钟声"之执傲，便成为"五四"从人在"无声的中国"这一历史空谷中留下的最惊心动魄的足音。

---

① 冯至《致杨晦（1925年11月3日）》，《冯至全集》第12卷，河北教育出版社1999年版，第68页。
② 鲁迅《〈中国新文学大系〉小说二集序》，《鲁迅全集》第6卷，人民文学出版社1981年版，第244页。

恒常与巨变

——《山乡巨变》再解读

　　1955年，周立波回家乡湖南定居，三年后，他创作出了长篇小说《山乡巨变》[①]。这部作品是周立波"还乡"的产物。阔别已久重返故乡，往昔与此在、疏离与亲近、外来者抑或本地人的角色定位在在显得徘徊游移，乡土情结与意识形态规约的交糅错位也使叙事变得暧昧驳杂。只是置身于"十七年"的大背景，异质情感终被压抑进狭小的风箱，在字里行间的裂缝中生成暗流汹涌，及至陡然化作一缕缕飘忽不定、稍纵即逝的"乡土气息"。

一、"外来者"？"本地人"？

　　回到故乡后的周立波，创作理念平添了新的感悟：应该更细致地观察人。人的音容笑貌、言谈举止经由作者的用心采撷，方

---

① 《山乡巨变》原发表于《人民文学》1958年第1至6期，下卷原发表于《收获》1960年第1期。本文所引版本均依据作家出版社1959年版、1960年版。

能聚敛为作品中耐人咀嚼的鲜活生命。①在某种意义上,《山乡巨变》就是变化后的创作理念的文本实践。书中无论中间人物"亭面糊"、陈先晋,还是农村干部李月辉、刘雨生;无论纵向对照作者以往塑造的农民形象,还是横向比较同时代作品中的农村人物,都似乎更为贴近农民"先进"与"保守"混杂的秉性,更能呈现出"一人一面"、生鲜多彩的神情举止。毋庸置疑,身处彼时的周立波也与其他作家一样,另一维度的规约时刻高悬其上。就此意义而言,在小说中悉心设置"外来者"的角色十分必要。在作者叙述声音"缺席"的情况下,需要有那么一个意识形态的强大代言人,时刻矫正着本地村民众声喧哗时的越规犯忌,时刻整合出日常闲言碎语中的"正确"成分,并告之于众。

有研究者指出,周立波的《暴风骤雨》与《山乡巨变》,都有一个相似的开头:"外来者"进入村庄②。如果说前一个"外来者"的设置或出偶然、负担较轻,那么后一个"外来者"的出现则势在必然且身负主流意识形态代言人的重任。然而,《山乡巨变》中的"外来者"邓秀梅,其叙述身份偏偏暧昧而混杂,女性的视角,原乡的意念,私己的情感,时而在内部消解着意识形态的宏大声音。

如前所述,周立波本人刚刚经历了一段重归故土、脚踏实地的现实轨迹。"本地人"眼中是"外来者",而这"外来者"又毕

---

① 周立波《关于〈山乡巨变〉答读者问》,《周立波研究资料》,湖南人民出版社1983年版,第383页。
② 萨支山《试论五十至七十年代"农村题材"长篇小说——以〈三里湾〉、〈山乡巨变〉、〈创业史〉为中心》,《文学评论》2001年第3期。

竟曾经是"本地人"——作者身份的暧昧与游移令非此即彼的概念演绎全然失效。"少小离家老大回","外来者"的移筋换骨难以割断作者土生土长的"本地"血流,种种不合时宜的乡情乡思恰如雨后春笋般地蓄势待出。这段作家心底极为珍视的情感需要一个人物来释放,同时,多年经受革命教育的作者目睹故乡山河依旧亦自然会生出穷则思变的意念。此中心态,一个"理念化""净化"的"外来者"恐怕"束缚过多",而一个"鲜活""本真"的"本地人"又无力引领"巨变",难以承载。两相抵牾,于是生成了如下情节:邓秀梅一入乡,很快遇到了一位本地姑娘盛淑君,令这位"外来者"有了一次猝不及防的"照镜子":"她的微圆的脸,她的一双睫毛长长的墨黑的大眼睛,都妩媚动人。她肤色微黑,神态里带着一种乡里姑娘的蛮野和稚气。邓秀梅从这个姑娘的身上好像重新看见了自己逝去不远的闺女时代的单纯。"[①]

邓秀梅的这一次意味深长的凝视,既是两种身份的镜像对照,亦是作者借"分身为二"策略,使上述两难心态得以两全的瞬间显影,相应的思想情感寄托各自找到了载体。慢镜头般地呈示盛淑君姣好的外形与清纯的气质,未尝不可读作作者对已逝青春岁月的一次缓慢留步与多情回眸。在以后的叙述中,邓秀梅与盛淑君角色交融,共同完成"外来者"与"本地人"身份的互渗互化。邓秀梅强大的革命精神力量不时传递给盛淑君,而后者未经世事的稚嫩、私己感情的洋溢时或亦会附会于邓秀梅身上:一个工作七年的党的干部,登台发言时竟也脸热、心慌;爱人来信中的几

---

① 周立波《山乡巨变》,作家出版社1959年版,第16页。

句思念，居然激发了她儿女情长，因狂喜与激动顿时泪珠晶莹。"外来者"与"本地人"身份互渗的背后，恰是隐现着作者乡土情结与意识形态理念一时难以了断的交错与纠葛。

某种意义上，邓秀梅就是精神成人、入党后的盛淑君，而盛淑君则是少女本色未泯、"成长中的"邓秀梅。《山乡巨变》前半部中，邓秀梅是盛淑君的"引路人"，政治的教诲、爱情的指导，方方面面呵护备至；后半部中，邓秀梅离开山乡，盛淑君似乎一夜之间成长、强大，俨然成了邓秀梅的替身："我保证女劳力全部出工。""同志们，我们大雨不停工，小雨打冲锋，冲呀！""同志们，响应党的号召，坚决要把雨天当晴天，晴天一天当两天，干呀！"①后两句特别明显，"小我"已然化身为革命阶级的"大我"，个体单一、细微的声音已然接上了集体话语的扩音器。这样的人物处理也从另一方面印证着小说中意识形态代言人的不可或缺，指挥棒一旦缺失，就必须有人迅即接过"接力棒"。

耐人寻味的是，邓秀梅作为全书最主要的正面人物，理应被作者精心培植，无奈有心栽花花不发——她的总体形象难逃彼时程式化的枯涩与僵硬，诸多精华反被作为绿叶映衬的盛淑君汲取，后者形象的鲜活丰腴贯穿始终，哪怕"接棒"以后，也未落于枯萎的境地。

或许"成长中的少女"是承载彼时主流意识形态的较好容器，它对意识形态的生涩律令自有一种奇特的"滋润"功能。"成长中"意味着尚未由"人"变"神"，尚能留有俗常人生的生鲜泼

---

① 周立波《山乡巨变》下卷，作家出版社1960年版，第200页，第203页。

辣。彼时《青春之歌》《红豆》等小说中所塑造的"成长中的少女"形象在审美层面上较为成功，盖缘于此。

二、湘地"恒常风景"

谈及湘地风景，便绕不开沈从文。他在描写湘地时，有一段话多为后人瞩目：

> 看到日夜不断千古长流的河水里石头和砂子，以及水面腐烂的草木，破碎的船板，使我触着了一个使人感觉惆怅的名词。我想起"历史"……小小的灰色的渔船，船舷船顶站满了黑色沉默的鱼鹰，向下游缓缓划去了。石滩上走着脊梁略弯的拉船人。这些东西于历史似乎毫无关系，百年前或百年后皆仿佛同目前一样。①

王德威在《批判的抒情》一文中别具慧眼地见出此段风景描写的与众不同：它是一段轮回往复的时间，一代又一代人、年复一年事，在水里的显影都似曾相识；它是一个自足封闭的空间，时代的大动荡、社会的大冲击，似乎仅止激起乡村生活一时的水波荡漾，转瞬复归于静。沈从文眼里的湘西，分明是一种轮回时间与封闭空间咬啮交错而成的"恒常风景"。

意味深长的是，二十年后，乡村风景第一次闯入《山乡巨

---

① 沈从文《一九三四年一月十八》，《沈从文文集》第9卷，花城出版社1984年版，第254页。

变》叙事者的视域，目光所及，竟依然是那么一片湘地的"恒常风景"：

> 节令是冬天，资江水落了。平静的河水清得发绿，清得可爱……无数木排和竹筏拥塞在江心，水流缓慢，排筏也好像没有动一样。南岸和北岸湾着千百艘木船，桅杆好像密密麻麻的、落了叶子的树林。水深船少的地方，几艘轻捷的渔船正在撒网。鸬鹚船在水上不停地划动，渔人用篙子把鸬鹚赶到水里去，停了一会，又敲着船舷，叫它们上来，缴纳嘴壳衔的俘获物：小鱼和大鱼。①

作者点明是冬季，却又延续着季节模糊的绿意盎然；似动非动的排筏，仿佛在凝固时间；缓慢的流水，不断重复地入水捕鱼、上船吐鱼的鸬鹚，分明注释着时间循环往复的迟缓单一。不经意间，两位作家笔下的新旧湘地构成了一段不无微妙的互文性关系。

对沈从文而言，"恒常风景"的念兹在兹，标示着作者对时代风云激荡、"变化太快"的潜在内心抵触。因着原乡情结的纠缠，作者有意无意地将民风朴野、礼俗原始的湘地，想象为山明水秀、民风淳和的"桃花源"。桃花源本是与世隔绝的，在此，时间的轮回与空间的自足相辅相成。

如果说懂得了沈从文因着上述理念与情结命定让笔下的湘地风景守望"恒常"，那么便不难理解周立波在相似的原乡情结的牵

---

① 周立波《山乡巨变》，作家出版社1959年版，第1页。

动下"湘地拾梦":"狐精做饭""深山鬼火""拜牛长牙"之类千年悬挂嘴边的民间传奇,始终是吸引作者及其笔下农民的兴奋点;独设"恋土"一章,细细铺陈老农陈先晋深厚的土地依恋情感,亦未尝不融入了作者自身恋土怀乡的情结。只是,有别于沈从文的"保守",周立波不仅对历史的"风云激荡"心领神会,而且勉力让自己成为时代"暴风骤雨"的自觉呼唤者。故此,面对乡土,他的恒常意识流注于笔端,只是倏忽一瞬。故土依恋再深厚,原乡情结再复杂,毕竟应纳入主流意识形态容器里过滤。书中的恒常风景,终未能成为作者审美观照的中心,更未能升华为文化想象的极境,唯星星点点地散见于历史宏大叙事的缝隙间,沦为彼一时代风云的装饰、点缀。是的,历史"巨变"始终是统摄全书的主题。

三、历史"巨变"

"山乡巨变"本身是一个质变的结果,意味着农村合作化进程的最终完成。这场"巨变"由"运动"的形式引发、推进:前期的宣传队、秧歌戏、贴标语,后期的宣讲会、庆功会……接连不断的"创举",皆在以一种声势浩大、激荡不宁的形态,打破乡村原有的平静生活,与时间往复、空间封闭的"恒常风景"适成逆反。

农民对土地的千年依存关系以及由此派生的传统耕作习惯、恒定生活方式、私有价值观念如此根深蒂固。因而,适如毛泽东在《〈中国农村的社会主义高潮〉的按语》中所明示的:"农业合作化运动，从一开始，就是一种严重的思想的和政治的斗争。"① 要促使农民将私有土地等生产资料上交集体、走合作化的道路，无异于"第二个革命"。革命的峻急、激进，一切场域皆似战场的特质，都在合作化运动的进程中表露无遗。就此意义而言，《山乡巨变》并不尽然如一些研究者所指出的，较之《暴风骤雨》，风格显得"偏于'阴柔'"②。青山绿水依然是战场，激进的情绪一触即发：

> "同志们，他不肯坦白，怎么办呀？"
>
> "叫他站起来！"后边有人唤。
>
> "把他捆起来！"又有人唤。
>
> "哪个有角色，就来捆吧，来呀，"谢庆云扎起袖子，猛跳起来，准备迎战。
>
> 淑君压不住阵脚，会场大乱了……龚子元堂客乘机嚷道："哎呀呀，不得了呀，踩坏人了。"
>
> 不大一会，屋后山上哨子叫了，一片步伐整齐的足音，由远而近，"立正，散开！"的口令声也传进来了。
>
> "是这家伙起的哄。"陈孟春用手指指被押进来的龚子元堂客。③

不是吗？山乡固有的茶子花香中，一样充满着革命的火药味；

---

① 毛泽东《〈中国农村的社会主义高潮〉的按语》，《毛泽东选集》第5卷，人民出版社1977年版。

② 黄秋耘《〈山乡巨变〉琐谈》，《文艺报》1961年2月26日。

③ 周立波《山乡巨变》下卷，作家出版社1960年版，第119至121页。

虽然"不流血",斗争一样复杂、尖锐。

"外来者"理所当然是促成这场"巨变"的革命主体。他们的言语时刻传递着党的声音,传达着"运动"的重要性与深刻性:"合作化运动是农村的一次深刻的革命,个体所有制和集体所有制,旧的生产关系和新的生产关系的这番剧烈的尖锐的矛盾,必然波及每一个家庭,深入每一个人的心底。"

"自上而下"无疑是合作化运动的必然程序:小说开篇便写省委开过区书会议后,县委又开了九天三级干部会,传达党中央关于合作化的决议;又写"中央规定省委五天一汇报,省委要地委三天一报告,县里天天催区里"①,层层抓紧,层层贯彻;而那些"本地人"(个体农民)则往往是身不由己地被这场大时代的"运动"裹挟而去,有意无意间透露了历史"巨变"的真实图景。值得深思的是,作者许是迫于压力(如彼时一些评论文章的批评),到了后半部,方写"本地人"中的一些青年人,尤其是一些女性积极分子日趋激进,成了一心向往"巨变"的合作化运动"自下而上"的推动者。

小说除精心勾勒农村合作化运动从发起到完成这一主线之外,还触及多条支流、隐线,如婚姻的分分合合、感情的疏疏离离,关于女性的多重命题亦有迹可循。早在20世纪20年代,鲁迅便提出"娜拉走后怎样"的女性出走命题,指出旧中国的"娜拉"出走后的结局大概也只有两条路:"堕落"或者"回来"。发人深省的是,书中农村干部刘雨生的妻子张桂贞——这位新中国的"娜

---

① 周立波《山乡巨变》,作家出版社1959年版,第135页。

拉"，也被作者设计了一次意味深长的"出走"：丈夫整日忙于合作社无暇顾家、顾及妻子的感受，张桂贞为此"昂起脑壳"离家出走，与丈夫离婚，无形中似乎牵引出对于集体化意识形态指令的抵触情绪。而"对于任何妇女的任何事情都感到兴趣"的邓秀梅，虽"觉得这事跟合作社有关，正需要了解"，却在了解了事情的大致经过以后，以一句"对不起，我没得工夫"①，拒绝劝解。这不无反常故而更耐人寻味的"失语"，其实是邓秀梅对自己内心矛盾、困惑的一次搪塞与回避：新中国的"娜拉"出走事件，折射出女性与革命、家与国、日常生活与政治运动之间的种种冲突纠葛，剪不断，理还乱！

　　"恒常"与"巨变"是作者绕不开的乡土题材的悖论。彼时主导意识形态强调"巨变"，一心想要拖拽着广大农民大步前进，每一分、每一秒钟的驻足与回首都意味着对于"进步"的抵触，都将被指责为"小脚女人"②。在不断"前进"声音的鞭策下，周立波何尝能放缓脚步，对着情之所系的故土，对着篇首那条缓慢而去的水流，喊出"你真美呀，请停留一下！"——《浮士德》中那句传世的心声。故此，作品开首虽不无依恋湘地风景的恒常如初，结尾终还是大声疾呼："要继续前进。"

<hr>

① 周立波《山乡巨变》，作家出版社1959年版，第147页，第155页。
② 毛泽东《关于农业合作化问题》，《毛泽东选集》第5卷，人民出版社1977年版，第168页。

《大学春秋》："十七年文学"中的大学叙事

一、边缘题材与主流叙事的兼容

论及大学叙事，陈平原曾如是感喟："文学家的'大学叙事'，带有更多个人色彩，尽可上天入地，纵横捭阖。可惜的是，很长时间里，作家们并没有把'大学'放在眼里——以及笔下。"[①]寥寥数语，已然彰显大学题材在现代文学中的边缘地位。时至"为工农兵而创作"的"十七年文学"，大学叙事更是陷于尴尬境地：点检彼时数量浩瀚的文学作品，公开发表的当代大学题材的长篇小说仅有《红路》《勇往直前》《大学春秋》三部。

1959年出版的《红路》系蒙古族作家扎拉嘎胡之作，它描写蒙古族知识分子与青年大学生在大学校园这一场域中，如何与利用知识分子疏离政治的心理、反对学校开展思想政治工作的校长

---

① 陈平原《文学史视野中的"大学叙事"》，收入《大学何为》，北京大学出版社2006年版，第53页。

之间展开的斗争，最终大学生们端正了政治方向，共同走上了党指引的"红路"。①时隔两年后出版的汉水的《勇往直前》文如其名，描述了一群不同出身、不同性格的大学生，在党的教育培养下，克服了自身的年少懵懂、识破阶级异己分子的伪装利诱，"在广阔的生活道路上，勇往直前"。②而康式昭、奎曾发表于1965年的《大学春秋》则更为生动、细腻地展现了彼时大学生的生活与学习、思想与志趣；折射出政治意识与学术意识对峙、革命激情与小资情调交锋等相克相生的意味。③纵观三部小说，不难发现名曰大学题材，却都浸染着彼时意识形态斗争的浓烈色彩。脱稿于"阶级斗争"已然"为纲"的20世纪60年代的《大学春秋》更具代表性。

《大学春秋》所以选择20世纪50年代中期的大学生活为题材，最初的动因自是作者曾亲历其境。正是大学校园这一独特的文化空间，玉成了其学识的积累、思想的沉潜、青春的激扬、热情的升华。

在小说旨在反映的第一个五年计划时期中，共和国对高等教育的政策业已由盲目冒进，转为"系统地、有计划地"实行正规化教育。虽在新学制中仍"确定了劳动人民和工农干部的教育在各级学校系统中的重要地位"，但开始遵循一定的教育规律，亦重视"提高质量"④。表现在小说里的是青年学子争相"以毛主席给

---

① 扎拉嘎胡《红路》，作家出版社1959年版。

② 汉水《勇往直前》，百花文艺出版社1961年版。

③ 康式昭、奎曾《大学春秋》（一至十五章），发表于《收获》1965年第6期，原拟下期刊完，因"文革"山雨欲来遂遭腰斩。文中引文除特别注明的之外，均出自此刊。

④ ［美］R.麦克法夸尔、费正清编《剑桥中华人民共和国史》上卷，中国社会科学出版社1990年版，第189页。

我们提出的身体好、工作好、学习好"为标准，勤奋学习的热潮：纱厂童工出身的班级党小组长王月英，在学习上严格要求自己，答对了问题却主动要求老师批给"不及格"成绩；蒙古族转业军人乌力吉半夜里还躲在厕所里复习古代汉语，声称不迎头赶上，便没有权利去休息去玩。除工农学生之外，其他同学亦以各自的方式努力于学业：红湖论诗，书斋问学，结社编刊，乃至"集体科研"……衬之以校园特有的碧瓦红椽、湖光塔影学习环境，风景这边独好！

《大学春秋》在"大学叙事"这一敏感题材领域难能可贵地打开了一扇窗，难怪1965年小说在《收获》杂志上发表后，因其新颖、独特的题材，引发了青年人对别一种精神生活的无限憧憬。《晚霞消失的时候》的作者礼平追忆彼时读小说的印象称："很耐看，也很耐寻味，让人动情甚至激动不已。"[1]后来成了诗人的王家新亦"从《收获》杂志连载的《大学春秋》的一个细节"受到震动与刺激——所谓刺激，"指的是小说中的大学生慷慨激昂地议论'为什么中国作家至今还未获得诺贝尔文学奖'"。王家新说："当时他们认为这是一个民族的耻辱，这一段特别刺激我，我就是在那一瞬间知道我这一生要做什么了。"[2]有意思的是，遍览《收获》所载文本，其实并无这一细节。与其说是王家新记忆有误，不如说作为读者的他在阅读中不知不觉间以自己内心的潜在憧憬与想象，参与了小说的再创作。

综上所述，选择50年代中期为特定的叙事时间（未必尽然是

---

[1]　礼平《晚霞消失的时候·后记》，中国青年出版社2002年版。

[2]　何言宏、王家新《回忆和话语之乡》，《当代作家评论》2010年第1期。

巧合,《勇往直前》也选择了1955年为时间背景),不仅因着自身经历,亦缘于作者心中储存了太多的关于共和国童年期不失浪漫的理想、未泯纯真的记忆,即便时过境迁,也依然如此执恋。然而,作者开始酝酿写作时毕竟已是1960年,意识形态领域益趋尖锐、复杂的斗争形势,不可能不使作者意识到一头扎进"知识分子成堆的地方"这一题材禁区的危险性。于是,作者在1955年的记忆中,便不得不"另行吹嘘些生命进去",将自身在60年代的现实中所感受到的时代气息都倾入过往经验中。

作者借王月英之口如此警示:"在意识形态领域里,阶级斗争是很尖锐的。阶级敌人不会死心,他们没有睡大觉。要认识到,不拿枪的敌人比拿枪的敌人更可怕","别看红湖现在表面上平静无波,可是它也会有浪潮,有风暴"——未雨绸缪地预告了阶级斗争的急风暴雨①。就此意义而言,所谓"阶级斗争扩大化",岂止映及了社会空间层面,亦业已扩展至叙事时间层面。小说中,作者不时声辩,大学并不边缘,因着"这儿就是阶级斗争的前线"。有意无意间移花接木,将"大学叙事"这一边缘题材纳入了60年代的主流叙事中,以反映无产阶级如何占领大学这一资产阶级最顽固的精神堡垒,并对资产阶级、小资产阶级知识分子进行"思想改造"这一主题,奠定了所以步入知识分子题材敏感区的合法性。

同样引人注目的是,20世纪60年代全民学《毛选》的氛围,亦被前移至50年代的时代语境中。小说中,正面人物言必称毛

---

① 无独有偶,《勇往直前》中,党支书兼团总支记王苹亦说过极其类似的警句:"珠江,也不是永远这样平静的,它有定时的潮水,还有巨风掀起的浪涛。"与其说《大学春秋》拾人牙慧,不如说这其实已成1960年代中国隐喻阶级斗争的时调套语。

泽东语录，还专用黑体字来凸示所引语录的重要性。即便在大学这一知识场域，努力学习自是学生的本业，也非得以响应毛主席"三好"指示的名义，使之顺理成章。

综上所述，50年代中期是被叙述的时间性，而60年代初则是叙述这一世界的语言的时间性。"以阶级斗争为纲"、全民学《毛选》、"指路明灯"以及"五秒钟动摇"事件一类话语或材料，"置之于所伪的时代固不合，但置之于伪作的时代则仍是绝好的史料"，只需"把它的时代移后，使它脱离了所托的时代而与出现的时代相应而已"，便足以呈示60年代信史，此所谓移伪置信。①

此外，小说还沿用了《青春之歌》一类小说的"成长"叙事范型。因着"成长"，男主人公许瑾的阶级成分逐渐转变，从最初的小资产阶级知识分子到最终的"完全为党团组织的原则所武装起来的"无产阶级战士，中间虽是混沌而徘徊不定的量变，两头却已完成化蛹为蝶式的阶级质变。作者不仅悉心展现了校园中所谓小资产阶级知识分子"脱胎换骨"的心理轨迹，同时亦以较多的篇幅着力反映了工农学员"代表一个阶级"进大学、对整个知识分子队伍进行"换血"的历史进程。借此叙事策略，抵挡一切所谓正面表现乃至"美化歌颂小资产阶级知识分子"的批评时调。

---

① 论及如何重新确定或赋予史料信史的价值之位置，顾颉刚称："许多伪材料，置之于所伪的时代固不合，但置之于伪作的时代则仍是绝好的史料。我们得了这些史料，便可了解那个时代的思想和学术"，而所谓破坏伪史，亦"只是把它的时代移后，使它脱离了所托的时代而与出现的时代相应而已"。顾颉刚编著《古史辨》第3册"自序"，上海古籍出版社1982年版，第8页。

二、革命激情与"小资"情调的互渗

作者笔下的"新华大学"乃是以北京大学为原型。无论是小说开首"画栋飞檐，碧瓦红椽，道旁齐腰的松墙，湖畔挺立的水塔"一类的校园风景描写，迎春园与镜春园的暗合，或是《红湖》诗刊与北大《红楼》诗刊的对应，以及1981年版作者的后记，均已透露底细。

如是，彼时亦在北大就读的洪子诚的识见便分外启人思索，他说："在上世纪的五十年代，革命激情和'小资'情调这种奇妙、和谐的结合，相信是参加'革命'的知识青年所喜欢的境界。"①

与此适成呼应，另一1955年考入北大的《红楼》诗人孙玉石也在其《旧事记忆钩沉》中如此说："在我成长期的精神系统中，有两本书和两个人物，对我影响最大：一本是《钢铁是怎样炼成的》和其中的保尔·柯察金，一本就是《约翰·克利斯朵夫》和其中的约翰·克利斯朵夫。""前者让我的精神选择中，有了正确的理想和为之奉献终身而无怨无悔的生命力量；后者让我的生命追求中，有了寻梦的目标与为之实现而穷尽的精神源泉。这两种精神力量，看似矛盾却又不可分割地交缠于我的生命与灵魂中，消长起伏，绵延不已，一直从青春时代伴我走进生命的迟暮……"②

而稍后考入北大的赵园，忆及那革命年代的大学生活时也有

---

① 洪子诚等《〈新诗发展概况〉写作前后》，《文艺争鸣》2007年6期。
② 孙玉石《旧事记忆钩沉》，收入《孙玉石教授学术叙录》，北京大学二十世纪中国文化研究中心2006年编印，第33页。

极其相似的体验与感触。她说："'浪漫'与'革命'向有宿缘。倘若浪漫而又封闭，'革命'几乎是激情的仅余的出路。""我体验了那浪漫的'革命'对一个心性柔弱、决无革命气概的女孩的吸引；此后更有对于这种与其说是'革命'毋宁说是知识者的'革命想象'的持久迷恋。"①

所以援引彼时北大学子的诸多回忆，意在以史释诗，或谓以诗证史，直至诗史会通。

赖有以上史实照映，下引小说中女主人公陈筱秋的卧室陈设便尤显得意味深长：

> 两个木制的书架，陈列着各式各样的书籍：从《马克思恩格斯文选》、《列宁文集》、《毛泽东选集》到《党的基本知识讲座》、《团章讲话》；从《钢铁是怎样炼成的》、《暴风骤雨》、《卓娅》到《约翰·克利斯杂夫》、《欧根·奥涅金》、《当代英雄》……下面一张高高的茶几上，用鲜红的布衬底，摆着女英雄刘胡兰的半身石膏像。
>
> 整个屋子，就是这么中外古今，诸色杂陈；它复杂而充满矛盾，就象它的十九岁的女主人一样。

不难领悟，此处作者显然不在纪实，而在写意托喻，笔下的物象业已衍变为"意象"，日常生活空间也已提升为精神境界，于无声处演绎了前述洪子诚所谓的革命激情与"小资"情调的质诘

---

① 赵园《闲话北大（之一）》，《独语》，辽宁教育出版社1996年版，第7页，第8页。

论辩，相悖相成。

筱秋出生于老大学校园，却成长在共和国的五星红旗下。

> 一九五二年，纪念刘胡兰光荣牺牲五周年的时候，学校团组织决定由她扮演歌剧《刘胡兰》中的女主角。在那些日子里，她含着热泪一遍又一遍地读着介绍刘胡兰烈士光辉事迹的材料……
>
> 然而，她又是个外国文学迷，已经翻译过来的十八、十九世纪资产阶级文学作品，她差不多都找来看过了。……她更深深地同情长诗《欧根·奥涅金》中的女主人公达吉雅娜。当她一遍又一遍地读着普希金这部长诗的时候，眼泪不止一次地顺着面颊流淌下来。她喜欢那个她认为淳朴的俄罗斯姑娘，又同情她的不幸遭遇，甚至为她的"生不逢时"（为什么没有生活在社会主义时代！）抱屈。当闲下来，或者心里不痛快的时候，她也会象达吉雅娜那样沉思，那样多愁善感。
>
> 两个形象，两个时代，两个阶级，就这样在她的心里翻腾着，争夺着这个十九岁的青年团员。
>
> 在理智上，她崇拜和向往刘胡兰；在感情上，她却更接近于达吉雅娜。
>
> 在每次轰轰烈烈的政治运动中，在每次革命的高潮里，达吉雅娜便被挤在一个小小的角落里。而在另外一些时候，情况又会刚好相反。

显而易见，此处"刘胡兰"与"达吉雅娜"这两个形象，也早已超越特定的历史语境与长诗文本语境中的原型，而神游物外，分别成了表征革命激情与"小资"情调的两个符号代码。

在长时期的革命文化语境中，"小资"情调每每被用以泛指知识分子思想情感模式，而小说中的"达吉雅娜"正是别一类型的知识分子思想情感模式的拟人赋形，其标志性品格便是于喧腾时潮中犹能不失沉静、"沉思"。

筱秋为达吉雅娜"为什么没有生活在社会主义时代"抱屈。其实，某种意义上她自己便是社会主义时代的"达吉雅娜"，是红色革命与大学——这一"世上最美的一种机体"在某个历史契机的奇妙结合而孕育出的宁馨儿：激情萌动却又不失生于天清地宁的大学校园的"沉静"胎记；朝气蓬勃、积极向上而又略含一丝莫名的忧郁，气质中别有一种澄明、优雅。

同属"成长"中的小资产阶级知识分子谱系，男主人公许谨亮相不久便俨然已成"近在眼前"的"现实中的英雄"；而陈筱秋却始终纯真未泯，难以"长大"，在文本中若隐若显，犹如"梦中的少女"。借用《雷雨》的表述，她是山雨欲来的"夏日里的一场春梦"，是大时代的电闪雷鸣中驱之不去的一抹明媚。

与其说"达吉雅娜"连同其所表征的思想情感模式意味着青年知识分子青春期一时的多愁善感，不如定义为生命成长中永恒的诗性憧憬。此前洪子诚、孙玉石等几代学人的自述应可佐证。

值得注意的是，小说中，用以表征筱秋"小资"情调的"达吉雅娜"，作者似更多地抽象其普适意义；而用以表征白亚文、黄美云等大学生的"小资"思想的"于连"这一符号，则有意放大其阶级本性。难怪作品对白亚文等的小资产阶级思想意识的批判，态度坚决，毅然与之划清界限；而对筱秋式的所谓"小资"情调的针砭却姿态暧昧，看似无情却有情。

达吉雅娜以"一架子书"拒绝主流社会"一切这些个灿烂，喧哗，乌烟瘴气"；筱秋执守那"两架子书"又在不自觉间抵御着什么？"达吉雅娜"这一符号在小说中的复沓出现、挥之不去，意味着作者对人生的沉思，对学术、书斋的依恋坚守，对优雅情调、气质的难以割舍，意味着潜意识中对那个喧腾、火热的时代生活的略有不适、倦怠乃至抵拒。

三、学术殿堂与政治战场的碰撞

20世纪50年代中期，随着共和国经济建设高潮的到来，文化建设的高潮亦呼之欲出。故此，小说中不乏新华大学开始重视学术研究的描述：校务委员会"确定了这学期的主要任务：头一条就是结合学术批判，大力开展科学研究；其次，推行学年论文、毕业论文制度"；此外"还作出了两项决定：一是出版《新华大学学报》"，"二是今年'五四'校庆时召开新华大学第一次科学讨论会"。虽说动因源自紧密配合政治、经济形势的需要，但毕竟难得地促成了建构社会主义学术殿堂的可能。难怪陈文中教授喜不自禁奔走相告；而一心向学、崇尚学术的大学生吴学孟也闻鸡起舞。

1956年"双百方针"的提出，更令华大校园顿现"百花齐放，百家争鸣"的契机，小说借"残雪""冰层"犹存，而1956年的"春天悄悄地来到了红湖"等景物描写，道出了"走在大自然前头的，是同学们心里的春天"的期盼①。然而，作者似乎有意使全书收煞于"百花时代"，从而隐去了1957年那场"反右"运动的冷雨骤至。

书中人物若不计党政干部，陈文中教授应系教师中唯一的"正面人物"，余皆为右翼乃至反动分子。尽管作者亦听任时调对陈不无揶揄，指其"固执"，哂其"迂腐"，有时甚至将他视如"中间人物"，仍难改变读者对其"为了科学肯于放弃一切的精神"的敬重，对其势单力薄而勉力支撑着学术尊严的感动。随着情节的进展，渐见他由信心十足、雄心勃勃，衍为苦心孤诣、殚思竭虑。与其说他是华大古典文学的薪火传承者，不如说直如中国传统文化与学统的守灵人。

依循专业化、精英化的传统理念，所谓"大学"，自然是知识分子求师问学、读书论道的知识场域，是崇尚学术独立、思想自由的精神空间。而遵照如何使无产阶级尽快夺取文化领导权的"解放区教育传统"之思路，则急欲反拨"精英"办学理念，打破知识垄断。如是，下列现象及数据尤为引人注目："1949年以后的新一代大学生"，大多数"仍出身于资产阶级和地主家庭。到1956年9月，高等学校在校学生当中只有34.29%是工农出身"。而另一史实亦使执政者产生政治焦虑："第一个五年计划结束时，取而代之的高等教育制度是苏联和西方影响在精英层次上的有争议的混合体。"②

此类思虑反映在《大学春秋》中，文学家特有的纤敏乃至过

---

① 康式昭、奎曾《大学春秋》，《收获》1965年第6期。
② 《剑桥中华人民共和国史》上卷，中国社会科学出版社1990年版，第196页。

敏更放大了笔下"党工作者"对高校形势所作出的不尽准确的估计："这美丽的校园中的堂皇建筑物，只有两三座是新的；而其它的呢，都是旧的。这里的人，无论教师学生，也大多数都是旧社会过来的，而且多半是剥削阶级家庭出身。还有极少数人在思想上排斥马列主义"，"他们坚持宣扬着什么'思想自由'，高唱着党只能领导军事、政治、经济，而不能领导文化科学"[①]；对于大学"为工农开门"的办学方针，教师中也不无异议，指斥为"拉车的，放羊的，全挤进大学来了，新华大学又不是收容所、杂货铺！"[②]恨不能驱之而后快……鉴于以上背景，应能会意、理解小说何以激进地提出"学校要彻底无产阶级化"这一口号。

亲历前述三种教育模式互相解构又互相建构、努力融合的艰难进程，作者对新华大学的描写似乎不无矛盾处：一方面，他在青年英雄许瑾、学院党支书朱志刚、纱厂女工王月英、转业军人乌力吉、成长中的少女陈筱秋等师生身上，分明发现了大学已然沐浴着"解放区教育传统"阳光雨露的重大收获，内中，筱秋所神往的"刘胡兰"这一精神符号，恰恰是"解放区教育传统"的鲜明表征，从而印证了所谓现阶段"高等教育制度是苏联和西方影响在精英层次上的有争议的混合体"之误判；另一方面，却未能尽然摆脱"资产阶级知识分子统治我们学校"的纠结。

尽管作者不时以"学术应为无产阶级政治服务"之逻辑链，悉心弥合二者间的裂隙，试图营建政治第一、学术第二的可循秩序，但政治空间的日渐扩张，导致它与学术空间不免产生碰撞。

① 汉水《勇往直前》，百花文艺出版社1961年版，第45页。
② 康式昭、奎曾《大学春秋》，《收获》1965年第6期。

学术在新华大学中仍难免身份未明的境遇。

陈文中的得意弟子吴学孟的遭际即可印证上说。吴时时显露出行事处世的可笑，结合其"老夫子"的绰号，恰传达出作者对此类潜心于学术殿堂中的人物的轻薄、戏谑。作者少不了概念化地给他戴上一副作为小资产阶级知识分子的标志的高度近视眼镜，在彼时的语境中，埋头读书即是错误，故随着眼镜度数的加深，连他自己都"觉得像做了什么错事一样"。与其说是担心自己的生理健康，不如说是顾虑那"身体政治"的问罪：眼睛近视，即是"政治短视"的症候。

展卷未半，华大这一学术殿堂，俨然已成"政治战场"："我们将来都是文艺战线上的一兵，可战士是在战斗中锻炼出来的"；"这儿就是战场，这儿就是阶级斗争的前线"；"用毛泽东思想武装自己，学会运用毛泽东思想的武器"……[1]诸多充满军事意象的话语下，恰透露出陈思和所谓的和平建设年代中的"战争文化心理"[2]，终致外国文学课堂上围绕小说《红与黑》的学术讨论，演变为两军对垒的"白刃战"。

工农学员乌力布想不通："凭什么要学那些十八九世纪资产阶级的文学，读那些乱七八糟的东西……"指斥于连是"臭资产阶级！"[3]时刻不忘政治挂帅的他，却偏偏未能读懂《红与黑》作为"政治小说"的深层蕴涵。

而此刻恪守精英立场的教师刘鹏对工农学员的傲慢与偏见，

---

① 康式昭、奎曾《大学春秋》，《收获》1965年第6期。
② 陈思和《当代文学观念中的战争文化心理》，《上海文学》1988年6期。
③ 康式昭、奎曾《大学春秋》，《收获》1965年第6期。

别有幽怀的右翼学生白亚文、黄美云等将于连"当作生活的教师"的畸说又推波助澜，引出了许瑾"这不是个会不会欣赏世界名著的问题，这是个对资产阶级文学遗产抱什么态度的问题"之类的上纲上线①。激动中，许根本无视以吴学孟、陈筱秋为代表的青年学子那不失清醒、平正的立场。

一方指责："在没充分研究材料的情况下"，不应贸然发表意见；一方则回应：首先须确定原则，而"毛泽东思想的原则适用于对一切作家、作品的估价"②。学术话语讲究史料、史实，旨在求真，为捕捉本相不惜竭泽而渔；政治话语却执守笼而统之的原则，努力致用，为印证其放之四海而皆准，甚至对作品削足适履。

司汤达小说的"心灵辩证法"遂为红黑分明的阶级论取代，而毛泽东阶级分析学说的系统性、复杂性理念亦在运用中被简单化、庸俗化了。小资产阶级知识分子于连曾在法国资产阶级、贵族的法庭上，愤愤不平于陪审官席上坐着的"只是些令人气愤的资产阶级的人"，"我决不是被我的同阶级的人审判"③；未料时过境迁，在20世纪新中国无产阶级的大学课堂上，竟然又招致了一次更严苛的缺席审判。而宣判其政治死刑的罪名，竟然被冠以"资产阶级野心家"。

对于连的口诛笔伐，绝非纸上谈兵，而未尝不是与白亚文、黄美云一类崇尚个人奋斗的资产阶级个人主义者作现实斗争的一场演习。然而，恰如《红与黑》中人物玛特尔所谓：于连"他不

---

① 康式昭、奎曾《大学春秋》，《收获》1965年第6期。
② 康式昭、奎曾《大学春秋》，《收获》1965年第6期。
③ ［法］司汤达《红与黑》，罗玉君译，上海译文出版社1979年版，第632页。

是一只狼，只不过是狼的影子"，白亚文、黄美云亦然；可彼时意识形态领域的高度警惕性早已视草木皆兵，何忌捕风捉"影"。

整个课堂应可视作一个微观的权力场，处于权力高端的教师在大学课堂上一时占据着居高临下的优势；而与课堂相关联的整个社会则是一个宏观的权力场，彼时社会的主流意识形态赋予了政治压倒一切的权力话语，这便在无形中大大增强了党员学生、工农学员的力量。加之作者的激进倾向，故此，这场看似势均力敌的拉锯，其实尚未结束便已预示了胜负。

然而，令作者始料未及的是，上述激进叙事竟然被一场更其激进的"文化大革命"运动腰斩。小说在《收获》杂志上未及刊完，便被认定为"十七年教育黑线"树碑立传的标本招致大批判。

直至1980年小说修改出版，方使作者得以重写旧事。

1980年版中，作为外国文学课堂上那场学术讨论的续曲，是学院党支部书记朱志刚拿着许瑾那篇论述《楚辞》的人民性的读书报告与陈文中教授的论辩。许瑾的读书报告自忖"原则""方向"正确，不料被陈老画上了一个个问号。朱志刚读后虽觉得论证不充分、粗糙，却仍看重文章"能够从政治思想方面着眼，力求马列观点进行分析"之意义[1]。

而陈文中却语重心长地反问："为了革命，就可以牵强附会、任意引申吗？为了革命，就可以望文生义、乱贴标签吗？"有理有据地给党支书上了一课。直至朱志刚心悦诚服，领悟到老教授"是痛切地感到只讲政治性、革命性而忽视科学性、求实性的弊

---

[1]　康式昭、奎曾《大学春秋》上，人民文学出版社1981年版，第325页。

端”那份良苦用心。[①]

时过境迁，若非80年代思想解放、社会转型时潮的反拨，若非新时期“新启蒙编码”情不自禁的夸张，原作中只有政治干预学术之份，岂能想见如续书中知识分子也能给党支书“上课”，学术质诘“革命”这类本末倒置的叙事语境？

缺乏先见之明的作者，浩劫后终究有了后知之明。

惊回首，二十年过去，大学叙事中一个意味何其深长、沉重的历史回旋！

---

① 康式昭、奎曾《大学春秋》上，人民文学出版社1981年版，第327至328页。

统合与规训

——非常年代文学中的红卫兵叙事透析

　　20世纪70年代可谓五六十年代主流意识形态中"左"倾一翼的极态发展[1]。二者之间那一脉相承又不无裂变的逻辑关系，决定了这一时期的知识分子与其先驱者同中见异的代际标记。

　　李泽厚曾将鲁迅想写的关于四代知识者的长篇小说里所谓的"四代"人，读解为"辛亥的一代""'五四'的一代""大革命的一代"以及"'三八式'的一代"，并提出："如果再加上解放的一代（四十年代后期和五十年代）和红卫兵的一代，是迄今中国革命中的六代知识分子。"[2]

　　以上述"文化世代"标尺衡之，如果说，作家陈学昭介乎于"五四"一代与大革命一代之间，肖也牧、杨沫、方纪可称作

---

① 中共中央党史和文献研究院《中华人民共和国大事记》（1949年10月—2019年9月）将"文化大革命"定性为"极左思潮""'左'倾错误"，称："'文化大革命'历经10年，使党、国家和人民遭到新中国成立以来最严重的挫折和损失。"人民出版社2019年版，第35至46页。

② 李泽厚《中国近代思想史论》，人民出版社1979年版，第470页。

"三八式"一代,王蒙、刘绍棠、公刘、邓友梅等应属解放的一代,那么本文研究的作者则大致为红卫兵一代,或称:红卫兵/知青一代。

时至20世纪50年代至70年代,五四传统、左翼传统及"共和国情感模式"可谓晚近这三代知识分子叙事的共同思想资源,与意识形态紧密纠缠是其殊途同归的命运,而书写则几近其想象历史的唯一可能性。遭遇"文革"后,文学更衍为知识者感时立命的难得凭藉。

综览非常年代的知识分子叙事,分明可见其在依循先驱者叙事惯性延展的同时,出现了"史无前例"的起伏波折。作为创作主体的知识者持续经历了"文革"初期的自我扩张—中期的自我贬损—后期的自我觉醒的心路历程。

概而言之,"文化大革命"将现代中国知识分子曾经信奉的激进传统强化、归谬到了无以复加的偏至境地,乃至物极必反,最终非自觉地促成了该传统走向其反面,衍生出70年代后期知识分子别一种相对独立、自由的思想倾向与审美追求。

一、红卫兵文艺的潮起潮落

1966年5月至1968年7月,红卫兵运动一度风起云涌,而"红卫兵文艺"即是这场运动的产物。红卫兵文艺在形式上多以诗歌、歌舞、话剧(多近于活报剧)为主,这自然是因着上述形式更主观能动,更便于化作思想的传声筒,服务政治立竿见影。

如果说,1964年推出的大型音乐舞蹈史诗《东方红》尽管亦溯及当下，且与执政者崇尚雄浑阔美学、习用"人海战术"之现实方略合拍，但毕竟纵贯了半个多世纪的革命历史音像，与巴赫金所谓的"长篇史诗描写的对象，是一个民族庄严的过去"这一定义尚能吻合[①]，那么，至1967年6月，北京中学红卫兵急不可待地联合排练、公演大型歌舞史诗剧《毛主席革命路线胜利万岁》，借此纪念"文革"发动一周年时，便不免放大了"史诗"情结的空疏。红卫兵之所以选择类史诗形式，未尝不是因着史诗特有的歌功颂德功能，试图发挥史诗"既不可再作改变，也不可重新理解，又不可重新评价"的属性[②]。

相对而言，诗歌是红卫兵最广为运用的文体。1968年岁末，由首都大专院校红卫兵代表大会《红卫兵文艺》编辑部编辑出版的红卫兵诗选《写在火红的战旗上》可谓集成之作，选入了那两年间全国各地红卫兵创作的诗歌共98首。

红卫兵诗作中多有肆意冲撞所谓资产阶级精致品味的粗暴呐喊[③]、渴望拯救全世界受苦受难的人民的狂热意绪，部分作品如《献给第三次世界大战的勇士》《放开我，妈妈！》等还于不经意

[①] ［苏］巴赫金《巴赫金全集》第3卷，白春仁、晓河译，河北教育出版社2009年版，第507页。

[②] ［苏］巴赫金《巴赫金全集》第3卷，白春仁、晓河译，河北教育出版社2009年版，第512页。

[③] 如刘辉宣（笔名礼平）"文革"初期谱写的《红卫兵战歌》："老子英雄儿好汉，老子反动儿混蛋，要是革命你就站过来，要是不革命你就滚他妈的蛋！"即是典型范例。参阅刘辉宣《昨夜星辰昨夜风——北京四中的红卫兵往事》、赵振开《走进暴风雨》，收入北岛、曹一凡、维一编《暴风雨的记忆——1965—1970年的北京四中》，生活·读书·新知三联书店2012年版，第53页，第241页。

间放大了知识者的自怜感伤①，依稀可见出二三十年代革命罗曼蒂克的遗韵，每每以轻抚鲜血伤痕，凸示献身、殉难等意象、意境，达臻煽情的效果。

略考红卫兵谱系，其身上有着三重身份的叠印："生在新中国，长在红旗下"的青春期少年，阶级定义中的"小资产阶级知识分子"以及"红卫兵"这一特定历史时期意识形态话语所赋予的"革命小将"身份。因着三者间的交互作用，红卫兵诗歌里的抒情主人公遂呈现出一些歧义横生的层次及角色错位的缝隙。

阶级分析中的"小资产阶级知识分子"成分一度在"红卫兵"的意识形态语码里被有意无意地遮蔽，及至诗歌的自我抒情主人公里亦基本趋于隐遁，时而闪现的某种革命罗曼蒂克情调及话语，却耐人寻味，或许源于其对口语化的工农兵文学毕竟心存保留。

有涉红卫兵与工农兵关系的意识形态界定也尤显得意味深长，1966年8月《人民日报》发表社论《工农兵要坚决支持革命学生》，明示了对这些革命小将的身份定位："广大工农兵群众，是无产阶级文化大革命的主力军，是革命学生的强大后盾。"②言语间暗暗调整了工农兵是革命先锋这一"十七年"时期的典范话语，而将革命先锋的位置腾给了"革命学生"——红卫兵。与此呼应，红卫兵诗作中的抒情主人公，也好作振臂一呼、应者云集的先驱

---

① 臧平分《献给第三次世界大战的勇士》(又名《献给第三次世界大战的英雄》)，1969年秋自北京流传全国各地，后收入郝海彦主编《中国知青诗抄》，中国文学出版社1998年版，第290页；吴克强《放开我，妈妈！》，首都大专院校红代会《红卫兵文艺》编辑部编《写在火红的战旗上》，1968年12月印刷，第96页。
② 《工农兵要坚决支持革命学生》，《人民日报》1966年8月23日。

者姿态。试读重庆红卫兵的《血之歌——致全市革命群众》：

> 我向着山城高呼，
> 四百万革命群众；
> 我向着山城呼啸，
> 革命的工农兵同胞。
> ……
>
> 啊，四百万革命群众！
> 啊，革命的工农弟兄！
> 在毛泽东旗帜下团结起来，
> 杀！杀！杀！
> 杀向黑线头子的黑宫。[①]

鼓动号召之间，臆想"革命的工农兵"皆为其所引领。

社论又指出："革命学生在斗争中，也可能有一些缺点。"却"相信他们会在斗争当中，自己能够分清哪些是对的，哪些是不对的"，"相信他们在斗争中会锻炼得更加坚强，更加敢于革命，善于革命"[②]。同样置换了小资产阶级知识分子意识不到自身的缺陷，需要向工农兵学习的"文革"前语境，而赋予了"红卫兵"这一特定年代的小资产阶级知识分子"自己"辨别革命是非、自主学

---

① 李亮《血之歌——致全市革命群众》，转引自王家平《文化大革命时期诗歌研究》，河南大学出版社2004年版，第27页。
② 《工农兵要坚决支持革命学生》，《人民日报》1966年8月23日。

习成长的信任。直至1968年8月，领袖审时度势，发表《工人阶级必须领导一切》宏文，指示"浩浩荡荡的产业工人大军有领导、有步骤地开进学校"，占领"一切不适应社会主义经济基础的上层建筑"，"打破知识分子独霸的一统天下"[1]，方才重新扭转了个中关系。

红卫兵运动高潮期间，诗风大抵亢昂狂躁；及至退潮时，风格中方才萌生耐人寻味的深刻衍变。诗人郭路生以其颇具代表性的诗作见证了这场运动的潮起潮落。

毋庸讳言，郭路生曾经是"红卫兵诗人""老（红卫）兵四才子"；也不必含混，他与新时期伊始已俨若"诗神"的食指实为一人。但既有文学史论却每每将其人其诗从红卫兵运动的历史语境中剥离出来，抽象泛论、神化其先知先觉，遮蔽了彼一时期青年知识者难以避免的红卫兵/真理探求者身份之一体两面，简化了其"幻灭—动摇—追求"一波三折的精神历程。

将郭路生置于彼一特定的历史语境中重新审视，有助于折射出两极思维之间易于被忽视的更其宽广的中间地带，凸现出非常年代部分知识者交互偏侧于革命宏大叙事与个人化言说、激进与守望、信仰与怀疑间的身影。

1967年5月，郭路生为首都中学红卫兵话剧团执笔创作话剧《历史的一页》，叙说红卫兵成长史，剧终时唱响主题曲《毛泽东颂歌》，犹满怀"我们是毛主席的红卫兵"的壮志豪情；未料在同年创作的组诗《鱼儿三部曲》中，虽依然表征着红卫兵向领袖表

---

① 　姚文元《工人阶级必须领导一切》，《人民日报》1968年8月26日。毛泽东在送审稿上多次作了批语与改写，《建国以来毛泽东文稿》第12册，第526至531页。

忠心，却平添了某种哀怨与悲鸣：

> 苏醒的春天终于盼来了，
> 阳光的利剑显示了威力，
> 无情地割裂冰封的河面，
> 冰块在河床里挣扎撞击。
> ……
>
> 真的，鱼儿真的死了，
> 眼睛像是冷漠的月亮，
> 刚才微微翕动的腮片，
> 现在像平静下去的波浪。
>
> 是因为它还年轻，性格又倔强，
> 它对于自由与阳光的热切渴望，
> 使得它不顾一切地跃出了水面，
> 但却落在了终将消融的冰块上。
>
> 鱼儿临死前在冰块上拼命地挣扎着
> 太阳急忙在云层后收起了光芒——
> 是她不忍看到她的孩子，
> 年轻的鱼儿竟是如此下场。

鱼儿却充满献身的欲望：
"太阳，我是你的儿子，
快快抽出你的利剑啊，
我愿和冰块一同消亡！"
……①

　　《鱼儿三部曲》原名为《鱼群三部曲》，一字之易，泄露了组
诗本意抒发的是红卫兵的群体情绪。作者称："那是1967年末至
1968年初的冰封雪冻之际，有一回我去农大附中途经一片农田，
两岸已冻了冰，只有中间一条瘦瘦的水流，一下子触动了我的心
灵。因当时红卫兵运动受挫，大家心情都十分不好，这一景象使
我联想到在见不到阳光的冰层下，鱼儿（即我们）是怎样地生活。
于是有了《鱼儿三部曲》的第一部。""第三部是写'解冻'，构思
发自我的内心，我是热爱党，热爱祖国，热爱毛主席的（即阳光
的形象）。"②
　　其实，何须作者提示，诗作虽已萌生朦胧诗的些许"朦
胧"元素，却并未尽然出离非常年代"流行曲"的那些约定俗

---

① 《鱼儿三部曲》，食指《相信未来》，漓江出版社1988年版，第12至13页。
② 郭路生《写作点滴》，廖亦武主编《沉沦的圣殿》，新疆青少年出版社1999年版，
第59至60页；另见林莽《食指论》，收入林莽、刘福春编《食指卷》，所引文字与上述
引文中的时间有异："那是1967年末至1968年初的冰封雪冻之际"，原文为"那是1967
年初的冰封雪冻之际"。对此，刘双《是圣殿，还是废墟？》一文作如是诠解："1967
年初的政治气候的确很不同于1968年的红八月了。《人民日报》和《红旗》杂志联合发
表《元旦社论》，以陈伯达《文化大革命的两个月总结》为基调，批判'龙生龙，凤生
凤，老鼠的儿子会打洞'的极端方式的血统论。并宣布联动等组织是反动组织。"以此
指证郭路生本意乃因1967年初"联动"受挫伤怀，而非后来欲加掩饰地修改的1967年
末至1968年初广义的红卫兵运动低潮感伤。

成、意义裸露的喻象群。如以"太阳""阳光"喻示领袖，以"冰块""冰封"喻示反动势力。至于那"鱼儿"意象，也并不新鲜，彼一时代流行曲《大海航行靠舵手》中便早有"鱼儿离不开水，革命群众离不开共产党"之喻。其所隐射的红卫兵运动沉浮起伏的主题、情绪，亦并未超越派别斗争挫败时每每油然而生的脱胎自红歌的"抬头望见北斗星，心中想念毛泽东，黑夜里想你有方向，迷路时想你心里明"之类的悲情。诗人郭路生的政治天真则在于即便受挫仍将信将疑，不愿亦不能完全参透领袖"用兵真如神"、变幻莫测的伟略。

《鱼儿三部曲》中尽管留有至死也无改对"太阳"的信仰与忠诚，却出现了鱼儿听着阳光是否"还在寻找命运的神谕"之问询时的"迷惘失神"。这经验已不全然是"红卫兵的群体情绪"，它难能可贵地混杂了创作主体个人的灵魂隐痛。因着特定的历史背景，此类经验难以言传，故而诗作中除满足于运用那些对应既成观念、众所皆知的"集体隐喻"外，还萌生出了一些语义暧昧，更多地指向未知的个体意象。

如果说，《鱼儿三部曲》一诗可谓红卫兵群体代言人与知识者个体言说混合的明证，那么郭路生的《献给红卫兵战友》与《这是四点零八分的北京》二作却可视为诗人精神分裂的显影。将《献给红卫兵战友》与《这是四点零八分的北京》对读，所衍生的对话论辩关系相映成趣：一样的离别送别，一样的如潮般翻动"再见的手臂"，然而《献给红卫兵战友》即便写于红卫兵运动低谷时，双眼犹"不离北斗星"，迎着领袖指引的"前进的方向"，故作勇气也要踏进"文革"战场；《这是四点零八分的北京》中诗人却不仅悉数舍弃了"红色像章""军用武装带"一类激进的标记，且以"北京车站高大的建筑，突然一阵剧烈地抖动"一句，虚实并生地透示了身不由己地被放逐遂引发的内心深刻的震荡。

郭路生所以摈弃集体隐喻，博采个体意象，一方面意在避讳，一方面却悉心"骑在象征背上"，勉力寻索隐匿在"绝对真理"背后的秘密。不经意间，"朦胧诗"萌生了。

郭路生的诗作"刚一问世，就给同辈人以刻骨铭心的感受，使他们多年后仍记忆犹新。例如，李零是1968年在花园村，北岛是1970年春在昆明湖船头，张郎郎是在70年代初的河北狱中……第一次听人朗诵郭路生的《相信未来》。这首诗表达了一代人的心声。北岛后来说：'中国向何处去？我们以往读书争论，有过怀疑有过动摇，但从未有过这种危机感——如临深渊，无路可退。'高峰期过后，'文革'处在进退维谷的困境中。这种迷茫、幻灭和没有出路的感觉，正是年轻一代的时代感受，对于他们来说，传统已经塌陷，当下没有出路，能够寄予希望的只剩下'未来'"。[1]

同时代人的回忆文章揭示了郭路生的诗歌创作对北岛等知识者的刻骨铭心影响。大处着眼，郭路生的诗召唤一代知识者由集体蒙昧走向个人觉醒；而小处辨析，萌生期朦胧诗的形式自觉直接间接地对北岛等的诗歌探索乃至小说实验有所启示[2]。

---

① 祝东力《"红卫兵—知青一代"的前世今生》，《文化纵横》2011年第1期；文中北岛语参见北岛《断章》，北岛、李陀主编《七十年代》，生活·读书·新知三联书店2009年版，第35页。

② 忆及1970年一个充满诗意的春日，在昆明湖泛舟时初识郭路生诗，北岛称："郭路生的诗别开生面，为我的生活打开一扇意外的窗户。"参见《断章》，北岛、李陀主编《七十年代》，生活·读书·新知三联书店2009年版，第32页。

即以北岛的中篇小说《波动》为例，朦胧诗之注重创作主体内心情感的抒发，"以大跨度跳跃为主要标志的分割完整形象"，"情感的多面晶体"，乃至主题的隐约性与多义性等标志性特质，恰可在小说所着力表现的主观性思辨及感受、悉心营造的碎片化结构以及主题、情节的模糊性与多重性等特征中觅得呼应共鸣。

行文至此，笔者对郭路生分外关注之用心已大体凸现：一则20世纪70年代前期小说难得有郭路生那样的一身兼红卫兵、真理探求者身份的写作，故只得以郭路生一度的红卫兵诗作来替代、弥补彼一时段小说领域知识分子叙事范例的欠缺；二则是郭路生开创了非常年代个人化写作的先河，其对于70年代中后期知识分子的"潜在写作"的启迪与影响自不容低估。

二、"大联合"：红卫兵造反题材的刻意规避

由于小说这一文体形式要求情感体验有一定的时间沉淀，故红卫兵造反期间仅有极少量的红卫兵小说浮出水面，如有着"联动"余孽背景的某些红卫兵，运动期间开始创作长篇小说《序幕》。虽仅在红卫兵刊物上发表了第一章，但由如下描写管窥——钓鱼台办公室，康生深夜不眠，翘首以待毛泽东第一张大字报的发表。直至红色电话机铃响……放下电话，他低声自语："终于打响了！"[1]——仍隐约可见此选题系反映红卫兵造反夺权的题材。耐人寻味的是，文类既为小说，却勉力承载政治"大说"。

---

[1]　参阅杨健《中国知青文学史》，中国工人出版社2002年版，第106页。

70年代中后期,《朝霞》等主流刊物虽曾以社论、征文等形式疾声呼唤"努力反映无产阶级文化大革命",却对红卫兵造反题材刻意回避,更鲜见可移作小说叙事学分析的"红卫兵叙述"——彼一特定时代扭曲了的知识分子叙事之文案。

点检彼时的文学创作,唯有1974年发表于《朝霞》月刊上的小说《红卫兵战旗》差强人意。作者姚真乃"赫赫有名的市六女中红卫兵造反派的一员干将"[1],曾在上海《红卫战报》工作。看似初生牛犊不怕虎,在《朝霞》月刊创刊号上高扬"红卫兵战旗",其内容却不无小心地框限于"文革"波谷收缩时期,围绕某中学红卫兵"学习毛主席的指示和外省朝阳纺织厂按部门按系统自下而上实现革命大联合的经验"后[2],实现全校大联合这一主题。

小说不仅一开头便悉心描写"区革命委员会筹备组领导成员、工人革命群众组织负责人苗师傅,召集中学红卫兵联络站的头头开会"[3],布置任务的情景;更在红卫兵"抱住山头不放"、内耗不断的关键时刻,刻意彰显苗师傅适时引导、掌控方向、指点迷津的工人阶级伟力。耐人寻味的是,《红卫兵战旗》作为"红卫兵叙述"凤毛麟角、硕果仅存的范本,其勉力塑造的"八一八"红卫兵指挥部负责人、小说的主人公金枣兰,虽号称"天不怕,地不怕"的"金猴",却已然不再是奋起千钧棒造反、大闹天宫的美猴王,而成了被套上"紧箍咒"、屈从规约的孙行者。其形式层面亦

---

[1]　陈翼德《生逢其时——"文革"第一文艺刊物〈朝霞〉主编回忆录》,香港时代国际有限公司2008年版。

[2]　姚真《红卫兵战旗》,《朝霞》月刊1974年第1期。

[3]　姚真《红卫兵战旗》,《朝霞》月刊1974年第1期。

缺乏与一度参政议政、指点江山的红卫兵激进意识吻合的"干预性"叙述，但见严格遵循政策，一丝不苟，俨若彼时中央文件的形象性图释。

有研究者注意到："事实上，绝大多数在1966—1976年发表作品的作家都小心翼翼地绕开1960年以来的政治发展。1967年，有消息传胡万春正着手写一部关于红卫兵的小说和一篇关于上海一月风暴的短篇小说。但由于官方对红卫兵和上海一月风暴的评价不断改变，所以，这两篇小说最终没有问世，其原因也就不难理解了。"①与胡万春同步，曾在铁路上工作过的工人作家萧木早在"文革"初始便"萌发了要写一部正面反映这场当时称之为'史无前例'大革命的长篇小说的决心"，至"文革"结束，那部"只写了一半的长篇小说《春江潮》"未及出笼，便自然成了"大毒草"②。然而，我们却可以从他1973年发表于《上海文艺丛刊》第1、2期上的短篇小说《初春的早晨》《金钟长鸣》管中窥豹，内中均出现了红卫兵形象。

《初春的早晨》塑造了一个名叫小兰的红卫兵，描写她在上海"一月革命"大潮中与工人、贫下中农、机关干部等群众组织的负责人并肩战斗的情景。鉴于作者系工人，而非红卫兵——激进知识者，小兰显然只能从属于"被叙述"的地位；同时，在人物设置中，小兰也纯属配角，一号人物则是那位名叫郭子坤的工人造

---

① ［美］R.麦克法夸尔、费正清编《剑桥中华人民共和国史·下卷1966—1982年》，中国社会科学出版社1992年版，第606页。
② 参阅萧木《忆老友徐景贤》，《记忆》2009年第2期。萧木不仅是《朝霞》杂志的创始人之一，亦是编辑部的灵魂人物。后奉调北京。

反派头头。

　　小说中，作者刻意矮化小兰及其红卫兵伙伴：描写其不理解郭子坤欲联合一度"保守"的老工人之良苦用心而胡乱"放炮"；揭示"革命大联合"令广场沸腾，以广大工人为主体的造反派口号声此起彼伏之际，"小兰和她的伙伴们显得落后了"；并不时借重郭子坤的循循善诱，纠正着小兰那"小资产阶级革命的狂热性"；直至篇末写她终于心悦诚服地对郭子坤取仰视的视角，在她心目中，"一月革命""最深刻的一笔是郭子坤画的。这个普通的工人，怎么会具有这样大的勇气、毅力和智慧呢？"眼下的广场直如"蒙马特尔高地"，"她好像是跟着郭子坤，又仿佛就跟着英勇的巴黎工人，亲手升起了那面鲜红鲜红的红旗……"①

　　而陈翼德署名"谷雨"发表的《第一课》，则无疑是毛泽东"凡是知识分子成堆的地方，不论是学校，还是别的单位，都应有工人、解放军开进去，打破知识分子独霸的一统天下，占领那些大大小小的'独立王国'"指示的形象性图解②。需要指出的是，张闳的《乌托邦文学狂欢1966—1976》及其他"文革"文学史著述中大都将《第一课》误植为萧木的作品③。据陈翼德《生逢其时——"文革"第一文艺刊物〈朝霞〉主编回忆录》称："《第一课》写的是工人毛泽东思想宣传队进驻高等院校宣传毛泽东思想，促使内战不息的红卫兵们联合起来的故事。是根据我一九六八年

---

① 清明《初春的早晨》，《朝霞》（上海文艺丛刊），上海人民出版社1973年版，第209页。
② 谷雨《第一课》，《序曲》（朝霞丛刊），上海人民出版社1975年版，第80页。
③ 参见《乌托邦文学狂欢1966—1976》，广东教育出版社2009年版，第131页。

参加工宣队时的生活体验创作的中篇小说。""当长春电影制片厂的同志来找我，说要把我发表在《序曲》上的《第一课》改编成电影，并邀请我一起参加时，我跃跃欲试。很想尝一尝改编电影剧本的滋味。"① 如果说，写于60年代初期的《大学春秋》《勇往直前》等小说曾触及工农学员"代表一个阶级"进大学，对知识分子队伍进行"换血"的历史进程；那么完成于70年代的《第一课》，则展现了彼时更其激进地派工人宣传队进入教育阵地，占领大学，领导上层建筑的"斗、批、改"的战略方针。

小说中，工人毛泽东思想宣传队政委、纺织厂挡车工夏彩云的形象被刻画得何其端庄威严、胸怀宽广。面对着成千上万人如此激烈的斗争场面，她却"站得这样高，想得这样深，表现得又这样沉着、坚定"；而其双胞胎女儿、分属纺织大学两派红卫兵的大双、小双"哪懂什么政治"，不顾大局，"内战"不休。甚至时过境迁，却还要坚执两年前高层"相信革命的红卫兵完全有能力自己教育自己"的权宜之说，以此反对工宣队进校……结局，自然是大双、小双在工宣队的教育下，终于意识到"原来的那些错误想法，多么幼稚可笑啊！"② 又一次地落入了工农兵群众是真正的英雄，而知识分子则是幼稚可笑的这一50年代至70年代叙事百试不爽的公式化的窠臼中。

点检"文革"小说中屈指可数的红卫兵形象，有一发现应非偶然：她们皆为女性。适如以上论及过的《初春的早晨》《红卫兵

① 陈翼德《生逢其时——"文革"第一文艺刊物〈朝霞〉主编回忆录》，香港时代国际出版有限公司2008年版。
② 谷雨《第一课》，《序曲》（朝霞丛刊），上海人民出版社1975年版，第62页。

战旗》《第一课》等三部代表作，金枣兰、小兰、大双、小双无一例外。这是否泄露出作者有意以"小知识分子"之阴柔衬托工人形象之阳刚？——工宣队团长老唐浓眉粗黑、熊腰虎背，工人造反派司令郭子坤更是一脸刚气、不怒自威；抑或红卫兵终难以避免身份暧昧的知识分子成分的阴影，其"造反有理，敢想敢闯"、狂妄不羁的雄强精神亦不得不被悉数阉割？

红卫兵造反题材及红卫兵叙事的空缺因应着1968年7月后毛泽东及中央文革小组对造反思潮整肃、规训的现实政治，但亦未尝不缘于"十七年"知识分子题材与知识分子叙述被边缘化的株连。八个样板戏中主人公皆为工农兵，唯独不见知识分子形象，纵然是那场声势浩大的红卫兵造反运动，亦无以颠覆知识分子阶层（包括青年知识者，即后来被称为"知识青年"的）接受工农阶级领导的既有秩序。体现在创作领域的，便是知识分子主角乃至视角的缺位。直至"红卫兵小将"退出"风口浪尖"的革命前沿阵地，化身为"接受贫下中农再教育"的"知识青年"，方能在70年代小说中合法叙事。

知青小说《征途》的编者曾在"编后语"中将知识青年上山下乡运动，表述为"这是叱咤风云的红卫兵运动的继续，是当代波澜壮阔的青年运动的洪流"[①]。这既可谓主流意识形态政治层面的逻辑自圆，亦何尝不是知识分子叙事内涵的移花接木。

为此，该小说刻意将知青上山下乡的起点定位为上海市中等学校红代会大楼[②]：1968年12月的某天晚上，平日里惯于用大嗓门

① 郭先红《征途》下，上海人民出版社1973年版。"编后语"未标注页码。
② 上海市中等学校红代会全称"上海市中等学校红卫兵代表大会委员会"。

争论问题的红卫兵们，此刻却屏息凝神，围坐在收音机旁，"仿佛伏在战壕里的战士在倾听着即将吹响的冲锋号"，每个人的面部表情都是那样严肃而又热切，"空中电波传来一个伟大的召唤，似高亢的冲锋号，声震天外，像滚滚的春雷，响彻寰宇。这澎湃的声浪，强烈地扣动着全国千千万万红卫兵小将和青年的心弦！"[1]大楼内外顿时一片沸腾，小将们如箭在弦上、蓄势待发……真仿佛等待青年知识者的不是一场"接受再教育"的下放，而是"红卫兵运动"的又一次新的"征途"！

然而，此时犹未能彻底醒悟的知青作者，对接受"再教育"的定位始终心有不甘，始终难于忘情"文革"初期曾跃居革命先锋的位置。《征途》中，主人公钟卫华上山下乡很久了，仍自称"我是毛主席的红卫兵"，引来贫下中农"关爷爷含笑谦逊地说：'咱们也得向红卫兵学习呀。'"[2]此处"含笑谦逊"一语饶有意思，暗含着立于更高站位的老贫农不屑与知青的政治幼稚一般见识、一笑置之的气度。

此外，在作为英雄人物塑造的知青的外形描写中也能见出端倪，其形象大抵头戴军帽，身着军装，腰束武装带，分明留恋昔日红卫兵的"英姿飒爽"。《剑河浪》的主人公柳竹慧更是时刻佩戴着红袖章，那"像火一样热，像鲜血一样红"的袖章见证了当年她在"一月革命"硝烟中的战绩；并预示着在随之而来的战天斗地中，在农村的"两条路线"斗争中，她依然一心争当"急先锋"的激进姿态。小说中，竟出现了当大堤决口时，只听柳竹慧

---

[1] 《征途》上，上海人民出版社1973年版，第2页。
[2] 《征途》上，上海人民出版社1973年版，第159页。

一声"快,冲!"便"像战场上吹起了冲锋号,箭一般地向前射去",把许多农村姑娘都甩到后面去了的描写①。幸得如是轻忽究竟谁教育谁、谁应向谁学习之僭越,只是一时忘乎所以,在更多的叙述中,作者则将贫下中农奉为知识者的"老师""救星""引路人"。如《剑河浪》篇首,特意设置了贫下中农严大伯堪为去剑河"大串连"的红卫兵的一字之师,改标语"反击"为"痛击",面对被受惊撒野的牯牛惊呆了的红卫兵,他挺身相救,泰然制服牯牛,以及在狂啸汹涌的激流中稳扎掌舵,担当红卫兵长征队的引路人等三个情节,让1966年正值红卫兵运动巅峰时期的柳竹慧不无超前地感悟到:"火热的战斗正在召唤自己!学习社会,学习工农兵,已经是一个亟待解决的问题了!"②预留了三年以后,红卫兵化身知青接受"再教育"的文本通途,由此生成了后置叙述语境与历史语境的错位。

与将红卫兵前事纳入知青接受"再教育"的"引子""前奏"中去、以作铺垫的结构范式相对应的是,塑造知青英雄的叙事中时或运用倒叙手法、借助回忆为红卫兵"招魂"。如写曾是上海市中学红代会干部的柳竹慧上山下乡征途中,犹"忆往昔,峥嵘岁月稠":"在伟大的'一月革命'风暴中,她拿着土喇叭和战友们一起走上街头,宣传毛主席的革命路线,批判刘少奇的反革命修正主义路线","和战友们一起走上码头,粉碎罪恶的'三停'阴谋。在那个沸腾的日子里,柳竹慧浑身上下都是使不完的劲。安亭车站的车顶上,解放日报社的门口,康平路的街头,处处都留

---

① 汪雷《剑河浪》,上海人民出版社1974年版,第64页。
② 汪雷《剑河浪》,上海人民出版社1974年版,第13页。

下了她战斗的足迹，处处都回荡着她激动人心的话音……"① 又如《不灭的篝火》描述同样"一身洗成淡黄色的军装，佩戴着红卫兵袖章"的梁笑烽刚到农场，便登高抒怀，回顾"脚下的前前后后的道路"，畅想农场那条宽广的公路"联结着山外，啊，一直联结着我们党的诞生地——上海，联结着那曾经席卷过一月革命风暴的人民大道"，"当他和红卫兵战友在校门口贴出第一张批判修正主义教育路线的大字报时，他就在砸碎着束缚他奔上这条道路的锁链；当他步行串联到达天安门广场，站在人民英雄纪念碑前宣誓时，他就在磨炼今后沿着这条道路继续前进的意志……今天，毛主席关于知识青年上山下乡的伟大号召，终于把他引到这条路上来啦！"② 然而，如此主体缺席的过去时态抒情又岂能于形式上弥合"红卫兵—知青"身份的裂变；"红卫兵不减当年勇，插队落户当先锋。"——口号中依稀留有昔日红卫兵追怀当年的英雄幻觉，暗含着备受压抑的青年知识者急欲施展抱负的纯真理想。

这究竟是"继续革命"的急进，抑或乃是激流勇退的策略？

① 《剑河浪》，上海人民出版社1974年版，第15页。
② 杨代藩《不灭的篝火》，《不灭的篝火》（朝霞丛刊），上海人民出版社1975年版，第2页。

《大师和玛格丽特》与中国当代先锋叙述的转型

一、一部翻译小说的沉寂与激赏

1987年，《大师和玛格丽特》的两个中文译本面世①。机缘凑巧的是，尽管有学者将1985年马原发表《冈底斯的诱惑》看作是中国当代先锋小说的起点，但其真正集束出现的时间却正是1987年。这一年众多中国作家携其先锋之作联袂登场：有苏童的《一九三四年的逃亡》《飞越我的枫杨树故乡》、余华的《十八岁出门远行》《一九八六年》《四月三日事件》、孙甘露的《我是少年酒坛子》《信使之函》、洪峰的《瀚海》《极地之侧》、莫言的《红蝗》、格非的《迷舟》、北村的《谐振》等。

彼时先锋小说的涌现，很大程度上得益于外国文学的译介，

---

① ［苏］布尔加科夫《莫斯科鬼影：大师和玛格丽特》，徐昌翰译，春风文艺出版社1987年版；［苏］布尔加科夫《大师和玛格丽特》，钱诚译，外国文学出版社1987年版。

这一点先锋作家自己也直认不讳①。有意思的是，被先锋作家以及批评家反复念叨的影响源大都是卡夫卡、罗布·格里耶、福克纳、乔伊斯、普鲁斯特以及拉美作家博尔赫斯与马尔克斯的作品。遍览80年代中期至90年代前期的文献，《大师和玛格丽特》这一部同步出现的翻译小说，却从未被先锋小说家提及；直至90年代中后期，先锋小说家与批评家方才纷纷将目光投向这部小说。格非、余华、苏童、莫言、残雪在自己的创作谈、随笔及札记中，或长篇宏论或微言大义地评价了它对自身的影响，汪晖、李陀等学者也不甘寂寞。从沉寂无声到激赏力荐的背后，内蕴着先锋小说作家创作观念的潜在转变，对《大师和玛格丽特》异质属性的认同以及先锋之后如何建构"文学场"等玄机。

《大师和玛格丽特》是俄罗斯白银时代作家布尔加科夫的最后遗作，其背后隐隐高悬着斯大林时期的意识形态之剑。作者借叙述对抗、撕扯意识形态，内含着知识分子深切的苦楚与焦灼，这与彼时的一些苏俄作品并无殊异。小说的独到之处在于其奇诡幻魅的叙述形式与魔幻现实主义的怪诞手法，它甚至比马尔克斯《百年孤独》的相类形式实验更早。叙述与意识形态啮合交错，互为映照，此般"形式的意识形态"兼具"写什么"与"怎么写"的双重诉求，因此一度被先锋小说弃之不顾。

中国当代先锋小说的核心特征是轻视"写什么"，而注重"怎么写"。拉美文学的魔幻缘于其政治历史的光怪陆离、民族血统的异质杂交，其魔幻、超拔的形式指向，专属特定地域不无神秘的

---

① 格非、李建立《文学史研究视野中的先锋小说》，《南方文坛》2007年第1期。

历史文化语境。而中国先锋小说自诞生之初即始终流连于意识形态缺席的形式舞蹈，与拉美文学所表征的地域文化越隔膜，社会语境越错位，意识形态反差越大，似乎便越有助于先锋作家只顾轻松地拿来"怎么写"，而大可忽略不计其"写什么"的内容。

同为魔幻特质的创作，布尔加科夫《大师和玛格丽特》的叙述里却有着中国知识者似曾相识甚至感同身受的写作的艰难历程与意味。如是对布氏叙述形式的汲取，便始终无法剥离其"写什么"的内容，"写什么"与"怎么写"如同一张纸之两面，难以割裂。如上所述，恰恰缘于中国当代先锋小说与布尔加科夫小说政治文化语境的潜在契合、与拉美小说语境的相对隔膜，这反而促成了先锋小说家要马尔克斯而不要布尔加科夫的偏向——《百年孤独》受追捧的背后，恰意味着《大师和玛格丽特》的沉寂寥落。

80年代末，先锋小说家将"怎么写"视为重心的写作策略已然疲态纷呈，"形式的疲惫"促使其开始注重"写什么"。不过比照那些未曾"先锋"过的作家，昔日对于叙述形式的敏感与熟稔依然让他们重视"怎么写"，叙述形式与文本内容的微妙互动也或隐或显一并融入了苏童、余华、格非、莫言等新的创作中。此时，马尔克斯、博尔赫斯与中国社会、政治、历史文化语境的隔膜便日渐突出，于是，《大师和玛格丽特》方才真正成为先锋小说家20世纪90年代后乃至21世纪以还小说创作的重要影响源。在某种意义上，"先锋之后"作家将布尔加科夫视为马尔克斯之体与帕斯捷尔纳克、索尔仁尼琴之魂的合而为一，而《大师和玛格丽特》则意味着两种极为重要的域外文学影响源的融会贯通。

二、叙述连通"现实"

20世纪90年代伊始，先锋作家纷纷试图促使"怎么写"与"写什么"这两翼并驾齐驱。有评论家问及在纯文学语境中，90年代的中国为何无人写出像"《大师与玛格丽特》这样在艺术水准和思想高度上都非常伟大的作品"，这一看似突兀的发问，无意中洞穿了《大师和玛格丽特》与先锋文学的内在联系。正如李陀所言，"纯文学"的探究一度成为文学抽离政治的假想体，以此反拨"政治对文艺的直接干预"，其弊端是削弱了"作家坚持知识分子的批判立场，以文学话语参与现实变革的可能性"[①]。先锋文学无疑是最吻合"纯文学"取向的一种文学实验。当其退潮之后，当文学不再试图从政治与历史的范畴中抽离，叙述这一形式如何接地气？如何巧妙地对接时代与社会、历史与政治？如何主动"参与现实变革的可能性"？上述种种疑问，无疑是严肃作家与批评家在重视"写什么"之后念兹在兹的问题。它们如同一座座坚固的堡垒，迫切需要叙述"正面强攻"。

概而论之，叙述连通"现实"是所有问题的核心。"现实"并非只限于当下，它在时间上遥指历史与未来，在空间上既是民族的亦是世界的，是一切人类时空中绕不开的关节点与重要问题。

残雪掩而无视连通"现实"的问题，仅从小说的艺术性着眼，认为布尔加科夫并非如友人所言那般出色，不过是三流作家。此处所谓"友人"未指名道姓，不过可推测似是格非或其他先锋作

---

① 李陀、李静《漫谈"纯文学"》，《上海文学》2001年第3期。

家。残雪认为,《大师和玛格丽特》中,俄罗斯广袤大地上的芸芸众生都被魔王的无边法力压抑得失去了人的自我力量,被动无能,了无生机。而大师亦未能靠写作救赎自己,只能祈求魔王恩赐重生。整部小说出彩的人物只有玛格丽特与彼拉多①。撇开此观点是否偏激不论,至少她未能体察前述先锋小说家与《大师和玛格丽特》之间联系的深层密码。事实上,残雪看待布尔加科夫的目光是歌德式的,在靡菲斯特面前,唯有激扬的生命人格方能彰显意义。她忽视了《大师和玛格丽特》创作的现实语境——斯大林时代。多少有些"大师"影子的布尔加科夫,在现实中试图靠写作完成精神救赎,却终因前面本没有路而更多地只能反抗绝望。《大师和玛格丽特》也在其死后多年方得以出版。与时代、社会、政治、历史的啮合关系恰可谓体现了小说的思想高度。事实上,残雪看《大师和玛格丽特》的盲点也正是其自身创作以来一直存在的症候:从最初的短篇《山上的小屋》、中篇《黄泥街》,到90年代初出版的长篇小说《突围表演》,她的文学世界如梦如魇,阴暗幽冥,始终是一个超"现实"的务虚之境。其荒诞的笔调也因此多了几分卡夫卡、博尔赫斯式的神秘与虚无,而少了"俄国态度"中小说与社会的荒诞的有机性联系。

比照残雪的游离,苏童则渐次贴近"现实"。1992年发表的《我的帝王生涯》已然于历史的虚构、看似天马行空的魔幻中透露出较多的"在一些根本方面似曾相识"的现实感②;而到了沉寂数年之后创作长篇《蛇为什么会飞》时正如作者自述"是我一次

① 残雪《因何无缘经典——和友人谈论〈大师与玛格丽特〉》,《山花》2009年第9期。
② 苏童、林舟《永远的寻找——苏童访谈录》,《花城》1996年第1期。

有意识地'靠拢'现实"①。作者明示此次创作的大决断与大憧憬："我想改变，想割断与自己过去的联系。把以前'商标化'了的苏童全部打碎，然后脚踏实地，直面惨淡人生。"②也就在小说完成后不久，苏童在随笔中看似不经意地泄露了《大师和玛格丽特》对其创作转型的影响，称其为"伟大作品"③。尽管《蛇为什么会飞》面世后，社会几乎以一种集体冷默以对的方式宣告了苏童直面惨淡人生之后，欲播下龙种、却收获跳蚤式的尴尬；评论界少有的回应也大都是负面的："滞涩感""生硬感""浮光掠影""叙述笨拙""琐碎平面化"……如此这般云云。

而余华对《大师和玛格丽特》更是推崇备至，从中他"第一次发现社会主义国家里出现了一位真正的大师"④，由此领悟了叙述应与现实建立起什么样的关系。余华指出，《大师和玛格丽特》俨若"道路"，将布氏"带到了现实面前"，"与现实建立了幽默的关系"。"不是人们所认为的实在的现实，而是事实、想象、荒诞的现实，是过去、现在、将来的现实，是应有尽有的现实。"⑤《兄

---

① 苏童《回忆·想象·叙述·写作的发生》，《当代作家评论》2005年第6期。
② 苏童、陆梅《把标签化了的苏童打碎》，《文学报》2002年4月18日。
③ 参阅苏童《去小城寻找红木家具》："皮利尼亚克在呼吸着苏维埃政权的空气时写出《红木》，就像布尔加科夫写《大师和玛格丽特》一样不可思议。两部诞生于苏维埃政权时代的伟大作品命运相仿，批判，批判，再批判。"《小说选刊》2003年第10期。
④ 余华说："布尔加科夫是格非向我推荐的，当时我也跟你一样，从来不知道有这么一个作家，格非告诉我，人民文学出版社出过他的一本小说，后来我从人民日报一个编辑刘海虹那里找到了他的《大师和玛格丽特》，读完以后，我感触太深了，第一次发现社会主义国家里出现了一位真正的大师，帕斯捷尔纳克不算大师，布尔加科夫才是真正的大师级人物。"参见余华、洪治纲对话《火焰的秘密心脏》，《余华研究资料》，天津人民出版社2007年版，第10页。
⑤ 余华《布尔加科夫与〈大师和玛格丽特〉》，余华《我能否相信自己》，人民日报出版社1998年版，第76页。

弟》的叙述方式异于此前的《许三观卖血记》，显然受到了《大师和玛格丽特》的深切影响，只是尚未有研究者对此展开比较研究而已，对此余华自己却直认不讳。余华还谈到："80年代对我来说很重要，那时候我的能力是将叙述变得若即若离。到《活着》和《许三观卖血记》，我的叙述是直接进入，到了《兄弟》，叙述的强度增强了。"《兄弟》后记中，余华更言及要"强攻现实"。在某种意义上，运用独特的叙述形式强攻"现实"，最终达到如格非所言的"既注重史诗般的规模"，"也注重文体的形式特征"[①]，是《兄弟》试图达臻的《大师和玛格丽特》式的境界。

布尔加科夫的叙述高邈无形：他不着意重笔书写时代，却令其叙述起承转合，贯穿着俄罗斯的过去、现在与未来；他并不回避对意识形态的影射，却在包容万象的宏阔叙事中不让小说囿于从属政治的小格局；他看似翱翔于虚幻的怪诞世界，却并不躲闪俄罗斯宗教与历史中蕴含的"现实"问题，并不时将它们引入思想的深邃中；他笔下的人物尽管大都被魔王操控得心理失常、气若游丝，却犹不脱俄罗斯民族那极其纠结的思索、几近偏执的敏感、忘情的真诚、类病的神经质等复杂精神气质的呈现。而反观余华的《兄弟》，不少评论者批评其未能贯通"两个时代"，文本的"断裂感"始终存在，应非言过其实。昔日先锋小说中所谓余华式的残酷书写，被贴上"现实"的肤浅标签；而曾经隐逸于字里行间中小打小闹的世俗与粗鄙，在当下时代的叙述中却一并壮大、喧哗、泥沙俱下，成为时代原本就粗鄙的"现实"的理由。

---

① 格非《长篇小说的文体和结构》,《当代作家评论》1996年第3期。

尽管《兄弟》的叙述"不躲闪"实在的问题，可更多地流于浮光掠影、蜻蜓点水，笔下的次要人物也大多脸谱化，恍若先锋小说式的"空心人"，稍加变形即被拉入"现实"的书写。

《兄弟》《蛇为什么会飞》未能尽然如愿达臻《大师和玛格丽特》的高度，一定程度上折射出了昔日的先锋作家试图将叙述连通"现实"之后衍生的共同症候：叙述形式的怪诞、奇幻、超脱，常因缺乏内心的沉重、坚实，而游于漫不经心的"飘浮"抑或随心所欲的"飞翔"。

三、叙述的"飞翔"

《大师和玛格丽特》通过聚焦两个中心人物，进而揭示大时代、大社会、大政治的动态万象。苏童、余华、格非"先锋之后"创作的长篇小说笔法与其几乎如出一辙。苏童自述："从《河岸》到《黄雀记》，我写的其实都是时代背景下的个人的心灵史。这当然很重要，因为个人的心灵史，构成民族的心灵史。"[1]有学者指出：《山河入梦》中，"格非是想通过一个人的命运，一个村庄的命运索源或暗示出一个国家、民族的兴衰"[2]；或谓"从个体心灵介入历史"[3]。而余华的《兄弟》更无疑意在经由李光头与宋刚两兄弟的人世沉浮，打通"文革"与"当下"两个时代的沧桑变幻。李光头被塑造得极为喧腾、"狂欢"、生机勃勃，适如玛格丽特的

---

① 苏童、吴越《从〈河岸〉到〈黄雀记〉》，《文汇报》2013年6月15日。

② 张学昕《"乌托邦"的挽歌——评格非的长篇小说〈山河入梦〉》，《光明日报》2007年2月9日。

③ 张清华《〈山河入梦〉与格非的近年创作》，《文艺争鸣》2008年第4期。

容光耀眼、生命张扬；而宋刚的懦弱、委顿则形似大师的疲沓与脆弱。

更为内在的影响，则是一种叙述的"飞翔"。它是小说中心人物的"飞翔"，在叙述看似的"失控"与"放任自流"中，迸发出璀璨夺目、电闪雷鸣的叙述能量。《大师和玛格丽特》最辉煌的章节普遍被先锋小说家认为是玛格丽特骑着扫把满世界飞翔的那部分。这是一种自由精神的极度膨胀，一种心灵备受压抑后的纵情释放。先前小说中受魔王摆布死气沉沉的氛围，人类的一切委顿与唯唯诺诺全都消逝不见，唯剩玛格丽特的肉身，在飞翔中愈发生命充盈，通体透亮，灼灼生辉。《大师和玛格丽特》的这一叙事魅力被余华理解为"失控"与"放任自流"①，其背后共享着巴赫金所谓的"狂欢化诗学"精神；从叙述角度而言，则更是一种狂欢的"飞翔"：它是翱翔在彼岸世界，借由上帝之眼俯视大地的全景视角，一种创作情绪过于旺盛而爆发出的叙述的闪电，神性的光晕与光泽也一并折射其间。己身如梦如幻的憧憬与祈愿，纷纷化作叙述的力量，击碎了此岸世界中重峦叠嶂的苦楚、磨难与禁锢。

笔涉"现实"，先锋之后作家频频模仿布氏叙述的"飞翔"姿态。苏童的《碧奴》借助叙述的"飞翔"来表达神话的现实，或如其自述"神话是飞翔的现实"。恰如识者一语中的指出的，在《碧奴》中，"苏童的叙述就是以超然的外在化的视点去透视那个

① 余华谈到读《大师和玛格丽特》时称："我发现有些辉煌章节的叙述都是布尔加科夫失控后完成的，或者说是他干脆放任自流。这给我带来了一点启示，那就是一个作家在写作的时候，不要剥夺自己得来不易的自由。"参见余华、杨绍斌《我只要写作，就是回家》，《当代作家评论》1999年第1期。

神话般的历史。他把叙述带到了一种纯粹话语的状态，他让故事中的人物都有着自由飞翔随心所欲的姿态"①。曾经"先锋"的莫言，其颇引人注目的长篇小说《蛙》一转入当下时代，叙述便亦变得无比戏剧化、狂欢化，或许为了隐喻这个峥嵘的时代需要棱角峥嵘的叙述，故而作者无意为其安放一个形式精致的瓮瓶。作品自然有着多种影响源，而将《大师和玛格丽特》视为其中一种，应非空穴来风②。余华的《兄弟》中，"处女膜大赛""贩卖假胸"等场景屡屡被批评家诟病为"失控"与"放任自流"，却不知此乃余华有意为之，特意让自己的叙述在强攻现实中自由"飞翔"。只是小说未能恰如其分地掌控那所谓"得来不易的自由"与艺术节制之间的度，加之想象的翅翼乏力，竟以矫情填充，终流于效颦之憾。

而在某些时刻，这种"飞翔"确能让先锋作家的叙述闪耀出光芒，叙述基调从朴素平实、波澜不惊陡然转为华丽绚烂、奇思奔涌。譬如《许三观卖血记》中的一路卖血情节，特定年代黯淡、习见的平民苦难经由复沓呈现且圆融一体的叙述结构，顿时彰显出飞翔的华彩；莫言《蛙》后半部分戏剧体式的"叙述的飞翔"，凸显了民间怒放的生命能量与计划生育理念之间的强烈冲突；苏

---

① 陈晓明《这是一个关于"哭"的寓言——苏童长篇小说〈碧奴〉》，《文艺报》2006年9月12日。

② 王瑛称，莫言"在一个时期内桌上总有那么几本书，是会反复翻阅的。他称这些书为发酵的酵母，能给他一种语言感觉，语言感觉是水的源头"，"现在，在莫言书桌上放着的是布尔加科夫的《大师和玛格丽特》、西·伦茨的《面包与运动》和《德语课》，每本书里都有红色铅笔划出的地方，莫言说，那是写得诱人之处"。王瑛《莫言：生活·书·文学》，方方、童志刚主编《文人雅士》，中国地质大学出版社1991年版，第345页。

童《我的帝王生涯》中的男主人公无论是少年时期的帝王生涯抑或被贬之后的庶民身份，精神维度始终委顿绝望，直至成为高空走索王，一个高贵且自由的灵魂蓦地绽放、升华，在叙述的飞翔中完成了精神的救赎——"我的两只翅膀迎着雨线訇然展开"，"变成了一只会飞的鸟"①。

在某种意义上，叙述的飞翔需要保持更为紧张的创作心态与更强大的蹬地力量，它是正面强攻现实必不可少的素质。适如格非所言：无论古今中外的作家，促使"他们写作的基本动机就是生活中个人时刻感到的、难以摆脱的紧张感。一个作家的成名会从另一方面缓释这种'紧张感'，会使得一部分作家在所谓的'舒适'中丧失勇气，失去对'真实'生活的感觉能力"②。亦如另一位同时代作家的慧悟："实与虚的关系，是表面上越写得实而整体上越能表现出来虚，如人要飞得高，必须用力在地上蹬。如果没有实的东西"，"只能是高空漂浮，给人以虚假的编造"③。

概而言之，叙述的飞翔应怀揣着"现实"的重负与内心的张力，此外，还需有着不断超越的后续力量。布尔加科夫式叙述的飞翔即是如此这般不断高飞、高潮迭起的过程：从玛格丽特骑扫把飞翔，到魔王舞会的彻夜狂欢，直至最后莫斯科高楼上的黑夜审判，斯拉夫民族精神气质中情感的狂野与理性的澄澈彼此冲撞、糅合，促使叙述的飞翔不断有着向上升腾的伟力。

然而，如此这般飞翔的后续能量却未能充分体现在先锋作家

① 苏童《我的帝王生涯》，花城出版社1992年版，第137页。
② 格非、胡彦《格非访谈录》，《作家》1996年第8期。
③ 贾平凹《文学的大道》，《文学界》2010年第1期。

的创作中。布尔加科夫的荒诞与谐谑也并未被汲取为一种深邃且超然地洞察时代、横穿历史的目光。先锋小说家们一味试图超越"现实"，凌空高蹈，这一姿态却无助于如他们奢想的那样视野浩瀚、俯瞰大地，反而因着心气浮躁、过于超拔，而犹如透过飞机舱看世界，唯余窗外一片云雾迷茫。

昔日先锋作家的长篇小说看似都有"现实"背景，然而事实上这个背景始终是虚化的"现实"。借用学者对苏童《河岸》的论述，"仿佛穿透了历史烟云而陷入现实迷障"[①]。而《人面桃花》中的主体隐喻空间"桃花源"，更是有了先在的躲避"现实"、亦真亦幻的理由。文学的悖谬有时恰在于想要创作应有尽有的"现实"，反而沦为轻浮空洞的"现实"。当再次衡量苏童、余华、格非、残雪等昔日的先锋作家与文学大师之间的距离，适可发现在布尔加科夫乃至陀思妥耶夫斯基等大师笔下，即便幻视、务虚中的"现实"，也一样有着坚实且笃定的强大内心，而从未成为一种轻舞飞扬的姿态。先锋作家飞翔时的"失重"与"虚浮"，如同《兄弟》中的李光头最后想搭乘"俄罗斯联盟号飞船上太空去游览一番"："闭上眼睛开始想象自己在太空轨道上的漂泊生涯"[②]，茕茕孑立，形影相吊。

苏童的《蛇为什么会飞》、余华的《兄弟》、格非的《人面桃花》是真正十年磨一剑的作品，而《山河入梦》《碧奴》《河岸》《突围表演》亦是历时数年的苦心经营之作。他们创作一度沉寂的背后是多重小说创作理念及价值观的冲突与碰撞。苏童、余华、

---

① 王干《"编者感言"》，苏童《河岸》，人民文学出版社2009年版。

② 余华《兄弟》，作家出版社2008年版，第3页。

格非、残雪都有着较为复杂的文学观念，它们时有抵牾，时有冲突。最本质的一些问题仍是文学中的常识理念，即刻意务实与着力务虚、直面当下时代与遥指过往未来、强攻现实与诗意的超脱之间的悖论。作家们未能心明如镜、历历可辨，而是在其论述中左右摇摆、交互偏侧，投射到作品中也不时体现为多种创作心态的交相博弈、彼此拉锯。反观《大师和玛格丽特》，它尽管也有着两方面的张力，但就作家而言，是偏侧一方的：布尔加科夫极力用最诗意的超脱去强攻"现实"；用直面时代、隐喻当下来遥忆历史，面向未来；用最怪诞虚无的叙述形式承载铭心刻骨的实感经验；用最失控、最放纵的叙事操控、聚敛内心的沉笃与坚实；用最舒缓、放松的幽默机趣凸显内心与社会环境之间的紧张与压抑。如此笔锋双刃、合而为一未必尽然能贯穿始终，细细辨察，有时裂缝依然存在，比如玛格丽特"飞翔"的激情，一定程度上削弱了作品中另一个中心人物——大师形象的表现力。而中国先锋作家的长篇小说却更扩大了强攻现实与诗性超脱间的这种裂缝，在某些时刻它们甚至完全分割、断裂、碎片化。

当叙述连通"现实"之后，同是作为叙述的"飞翔"，而内心的沉实抑或失重之迥异，却恰恰构成了《大师和玛格丽特》与"先锋之后"作家创作的高下之分。

2000年：一个时间点的分野

——兼论革命历史叙事在新世纪十年文学中的衍变

　　"新世纪文学"作为一种命名，尚属"现在进行时"，以2000年为开端，及至当下，亦不过十年。迄今为止，它仍只是一个时间范畴，而未全然衍为概念范畴。其尚不具备更多的"共名"，能于宏观层面整合、概括这十年来草长莺飞、扑朔迷离的文学现象。而倘若将这些林林总总的文学现象一并归纳为"多元化"，则势必如程光炜所言："将韩寒、余华、三驾马车、赵丽华全部纳入新世纪'多元化'的情形中，并没有太大的意义。"① 鉴于此，笔者无意就新世纪文学的整体面相作通观审视，而试图通过考察革命历史题材长篇小说在新世纪这十年中的兴衰存亡，捕捉世纪交替这一时间分野对"革命历史叙事"可能生成的微妙影响。

---

① 程光炜《新世纪文学"建构"所隐含的诸多问题》，《文艺争鸣》2007年第2期。

一、一个时间点与一种叙事题材

关于新世纪十年文学，陈思和先生曾有一个很有见地的观点，认为"贾平凹、莫言、王安忆、张炜、韩少功、林白、阎连科、张承志、苏童、余华、李锐"等这样一批20世纪50年代出生并且在80年代就初具文学影响的作家，较之前几辈作家那不无短暂的创作周期，他们更其有幸笔耕不辍创作了三十年，且至今宝刀不老。适是时间优势，助成其成为新世纪十年文学的"中坚力量"①。事实上，上述作家在文学价值取向上亦有着彼此相通的坚守：他们始终关注人类的精神问题，恪守文学的"精英立场"，有意无意地抵制文学商业化、功利化、娱乐化的价值趋向。而其长篇小说创作无疑最能体现这种文学信仰，在新世纪十年文学中占据着极大的分量。

较之中短篇小说，长篇小说更具有"历史性"，更不容易撇清历史的轮替更迭、时代的风云际变，叙事的起始时间点在长篇小说尤为重要。据此，笔者拟将上述作家的长篇小说创作作为重点加以考量。

纵观十年来这数十部沉甸甸的长篇小说，一个有意思的现象于焉浮现：小说叙事时间的起点绝大多数都置于1949年新中国成立之后，仅有刘醒龙的《圣天门口》、铁凝的《笨花》以及格非的《人面桃花》等寥寥几部小说将叙事时间放在了1949年之前。与此时间点之吊诡相伴而生的则是某种叙事题材的被冷落，那个曾

---

① 陈思和《对新世纪十年文学的一点理解》，《文艺争鸣》2010年第4期。

经在"十七年"间达到顶峰的"革命历史叙事",自新时期以来却渐次走下坡路,直至新世纪竟濒临式微。此中意味值得关注。

此处所谓的革命历史叙事,其时间界限仍沿用黄子平对"革命历史小说"的定义,即以"1921年中共建党至1949年中华人民共和国成立这段历史为题材的小说作品"①。然而,黄子平笔下的"革命历史小说"其旨"在既定意识形态的规限内讲述既定的历史题材,以达成既定的意识形态目的"②;而笔者意欲探讨的"革命历史叙事",其主题却未必再囿于既定意识形态的规约之中,相反,时有作品试图从既有藩篱中突围而出,冲破思想的牢笼,在与多元政治文化包括新意识形态的交锋辩驳中,呈现出其复杂多义的思想张力乃至碎状的裂隙。

耐人寻味的是,缘何较之20世纪八九十年代文学,"革命历史叙事"在新世纪十年文学中愈加呈现为一种式微衰退的态势?同样是这些20世纪50年代出生的中坚作家,在其八九十年代创作的长篇小说中,叙事时间早于1949年的并不鲜见,譬如80年代的《红高粱家族》《苍河白日梦》,90年代的《丰乳肥臀》《白鹿原》《故乡天下黄花》《旧址》等,多多少少还闪现着彼一时代"革命历史叙事"的刀光剑影。然而,时至新世纪,这些作家中的大多数却似乎有着某种默契似的不约而同地将长篇小说的叙事时间后移到1949年之后,以至于先在地隔绝了"革命历史叙事"的全部可能。而那些早于1949年的情节,也只是零星地内嵌了革命历史的记忆碎片,其作为主体性内容的出现几近于无。

---

① 黄子平《"灰阑"中的叙述》,上海文艺出版社2001年版,第20页。
② 黄子平《"灰阑"中的叙述》,上海文艺出版社2001年版,第2页。

二、"红色经典"情结与"姿态写作"

莫言在新世纪初的一次访谈中说过这样一段意味深长的话："我的《红高粱家族》，张炜的《古船》，陈忠实的《白鹿原》，刘震云的《故乡天下黄花》"，"都有一种对主流历史反思、质问的自觉，为什么大家都不约而同地都有这种想法，我觉得这就是对占据了主流话语地位的'红色经典'的一种反拨"。倘若循此观念进一步发问，为何会不约而同对"红色经典"予以反拨，莫言没有明言，却可以经由他的另一段话得出结论。在回溯20世纪80年代《红高粱》的创作时，莫言如是说："如果我没有读过《苦菜花》，不知道自己写出来的《红高粱》是什么样子。所以说'红色经典'对我的影响不仅仅是很具体的。"在访谈中，莫言也一再地谈到了"我们这些五十年代出生的作家，最早受到的文学影响"，就是"红色经典"。少年时期读过"《红岩》、《红旗谱》、《林海雪原》、《保卫延安》、《踏平东海万顷浪》等"，"终身难以忘怀"①。

在此，不妨将莫言的这种特殊情感，视为五六十年代出生的作家常有的一种"红色经典"情结：事实上它在这一代作家的心目中，于最为天真浑蒙的少年儿童时代作为一种"经典"加以接受，成年以后，又作为一种"革命浪漫蒂克"的形象表征予以拒斥。它最终合成为一种游走于接受与拒斥两极间的情感张力，如同一个挥之不去的幽灵，蛰伏于他们的内心，亟待理清、反拨、超越；却在反拨、清理的同时仍不免隐含着无意识的亲近与依恋。

---

① 莫言、王尧《从〈红高粱〉到〈檀香刑〉》，《当代作家评论》2002年第1期。

由此，当我们阅读莫言的《红高粱家族》、陈忠实的《白鹿原》时，不难发觉其人物塑造、修辞策略时有昔日"红色经典"的掠影。《红高粱家族》中那些混合着英雄气与草莽气的好汉，《白鹿原》中那些走马灯般在红军与土匪之间身份轮换的人物，不过是将《林海雪原》中的剿匪英雄与山林土匪的气质合二为一了（杨子荣便是其先例）。正是因着这些作家曾有的那段"革命历史"启蒙教育与"红色经典"童年记忆，1949年前的革命历史题材在八九十年代的长篇小说中并未呈现出明显的颓势，对"红色经典"自觉反拨，不自觉依恋，剪不断、理还乱的情结，遂使50年代作家在叙事上不时驻足于"革命历史叙事"的时间段。

程光炜的提示应有助于我们进一步拓展思路，他将新时期文学创作视为一种"姿态写作"，而认为新世纪文学则更多地体现为一种"无姿态写作"。"姿态写作"难以摆脱"对外部因素（社会、观念、市场、文化气候和出版制度等）的屈从和依赖"；无姿态写作则更多地拥有了一种文学的"自律意识"。他指出："'新时期'以来，几乎所有的文学现象都将对50年代至70年代文学规范的颠覆和改写视作自己的文化使命。换言之，它们都在将'摒除'这一当代文学的'传统'，作为新的'理想文学'或'纯文学'的革命性的开端。鉴于背负着这一历史压力，'新时期文学'一开始就为自己预设了一个强大的对手。"①

在某种程度上，程光伟的观点恰是对莫言自述的一种穿透，道出了不约而同地改写"红色经典"这一"姿态写作"的社会、

---

① 程光炜《姿态写作的终结和无姿态写作的浮现》，《文艺争鸣》2005年第4期。

观念、文化气候诱因。自然，影响着"姿态写作"的外部因素何其复杂，诸如对主流意识形态的反拨心理，对五六十年代出生的读者群的依赖，对新时期语境中的那种文学轰动效应的追求……切忌简单化地判定。

大致可以认同的是，促成"姿态写作"的外部因素，加之"红色经典"的内在情结，二者相辅相成，助成了八九十年代《红高粱家族》《白鹿原》一类小说热衷将革命历史"故事新编"的动因。

进入新世纪以后，整个社会大环境的变化，包括文学的自甘边缘化、市场运作的集中化、主流读者群的转化等一系列因素，尤其是文学的自律意识的觉醒，致使"红色经典"情结渐次被压抑到了更深层的角落，而由"红色经典"情结与"姿态写作"这两个重要因素所支撑着的"革命历史叙事"，也随之日趋边缘化。

三、"史诗性"与"亲历"历史

贾平凹、莫言、王安忆、张炜、韩少功、张承志、史铁生、苏童、余华、刘震云、李锐、叶兆言、林白、阎连科、铁凝等皆非1949年前那段"革命历史"的亲历者，却是共和国的同龄人。之所以舍近求远，一度跨入共和国的前史，除却前述反拨/依恋"红色经典"情结，另一个重要诱因便是"史诗性"追求作祟。

中国现当代作家向来注重长篇小说的"史诗性"。"史诗性"对小说时间跨度、场景广度的要求，使得这批作家一度需要将1949年前的历史一并揽入，以便让其创作得以成为"史诗"。此外，就长篇小说的情节设置而言，亦需要关涉一些历史长河中的重大转折点，从而在前后历史的反差与对比中，得以凸显小说的跌宕起伏。

黑格尔有言："战争情况中的冲突提供最适宜的史诗情境，因为在战争中整个民族都被动员起来，在集体情况中经历着一种新鲜的激情和活动。"①1921年至1949年可谓是"战争进行时"，中华大地战火四起，硝烟弥漫。短短几十年间，历经军阀混战、北伐战争、抗日战争、国共内战，足以构成长篇小说多重的"史诗情境"。这一时段历史资源的舍弃，对于八九十年代的创作而言，无疑将是史诗性要素的重大错失。

自然，1949年后，时至1978年中共十一届三中全会之前，政治运动一直此起彼伏，阶级斗争一直剑拔弩张，仍可谓"没有硝烟的战争"，"现实题材"一样不乏史诗质素。这便导致了改革开放之后，"现实题材"开始有限度地在文学中得以表现。然而，由于现实的敏感性，也由于一些人为设置的禁区，作家们即便不再情愿"在既定意识形态的规限内讲述既定的历史题材"，也难以拥有自由放松的心态去大胆地书写那"没有硝烟"却照样充满火药味、波澜壮阔的"史诗情境"。于是，一些作家宁可选择遁入历史，讲述"我爷爷我奶奶的"革命故事。

时至新世纪，当共和国建立已逾六十年，新时期改革开放亦弹指三十年，当曾经还被称作"现实"的八九十年代随着这跨世纪一页的翻过而最终衍为"历史"，1949年以后的共和国史俨然

---

① 黑格尔《美学》第三卷下，商务印书馆1981年版，第126页。

成了"上世纪"发生的事件，土改运动、反右运动、"大跃进"、人民公社、三年困难时期、"文化大革命"、改革开放也皆已衍为"故事"。这便使上述作家反映自己亲历的"史诗"成为可能。

2000年人为地使作家与翻过一页的20世纪事件保持了必要的距离。世纪回眸，状如"隔岸观火"。即便曾经不无敏感的"现实"题材，也因历史化了而脱敏，如莫言《蛙》对20世纪计划生育运动的反思。

倘若说，新编"革命历史叙事"，即便有意拒绝了传统革命历史小说那套不言自明的历史与叙事，亦极易蹈入新意识形态想当然的历史预设中，我们一度激赏想象历史的自由，却少有对由此可能引申出的过度理想化的历史理想主义的警醒，其最大的局限便在于"讲别人的故事"，援引别人的思想评判，那么选择自身亲历的共和国史叙事却易于独立思考。历史在那里不再是出自故纸堆的二手量贩，而是一段段活生生的"记忆"。它感同身受，刻骨铭心。

这便解释了新世纪以来何以有如此之多的回忆某一历史时期的回忆录出现，前有查建英编《八十年代访谈录》①，后有北岛、李陀主编的《七十年代》。邀约了20世纪50年代前后出生的"知青群体"，大有一种讲述"我们自己历史"的冲动。这些叙事的背后，有一种楔入了亲历者"情感结构"的多重纠结，渺小的个体与宏大的历史之间竟似搭着血肉相连的同一脉搏，借用陈丹青的一句话："回顾七十年代的艰难是在个人遭遇和政治事件、青春细

---

① 查建英编《八十年代访谈录》，生活·读书·新知三联书店2006年版。

节与国家悲剧，两相重叠，难分难解。"①同理，对于50年代出生的中坚作家而言，2000年之后正是经由文学叙事，回忆、重返这段亲历的历史的大好时候。韩少功曾在新世纪做了一个关于创作与历史的访谈，谈到"文革"以及80年代初期的那段历史，反映在小说中仍然过于肤浅、简单，仍过多地囿于"妖魔化"与"美化"之贬与褒的两个极端。恰是新世纪，为作家们触探历史深层意蕴提供了可能。如王安忆的《启蒙时代》、苏童的《河岸》等，不约而同地将"文革"作为自己小说着重描写的历史时段。他们或许都有着那么一种共通的创作心态："作为亲历者的叙述，我们没有理由对'文革'做一个简单的想象与判断，我们作为过来人，和某些局外人以及外国人不大容易一样。"②

世纪之交，数位学人"告别革命"的提法自待思想界榷论辩，然则50年代中坚作家在创作选题上"去革命历史叙事"（取黄子平定义）、题材范畴的"告别革命"却着实意义不凡。回到共和国史，回到现实生活，回到民间，回到人性、人心深处，以更独立的思考与更血肉化的艺术感受去表现1949年以降的社会演变，依稀间似已见出柳暗花明新境。

四、"新历史主义"之后如何"革命历史叙事"？

前述《红高粱家族》《丰乳肥臀》等小说，与"红色经典"的情节内容不乏相似处，而其最大的差异则主要凭借曾经盛行一时

① 北岛、李陀主编《七十年代》，生活·读书·新知三联书店2009年版，第79页。
② 韩少功、王尧《在妖化与美化之外的历史》，《当代作家评论》2003年第3期。

的"新历史主义"言说方式成就。受西方新历史主义观念的影响，新历史主义叙事派生出解构、戏仿等特征，所谓"客观性"这一神话、"经典性"这类定见陆遭摈弃，不同的创作主体、多维的切入视角径自营造出一派"感觉"的历史、分崩离析的历史。

笔者认为，在某种程度上，新历史主义式的解构与"红色经典"范式的建构功能恰恰构成了八九十年代革命历史叙事的两大话语方式，共同折射出戏谑与庄严、破碎与雄浑等多重元素的并置。值得注意的是，新历史主义的言说方式在新世纪未尝没有受到质诘：对历史一味地强调"感觉"，偏重"主观"，在解构了昔日"红色经典"的意识形态桎梏之后未能建构出新的历史图景。对于不失文学使命感的中坚作家来说，它应是不能承受之轻。

循此发问，刘醒龙的《圣天门口》、铁凝的《笨花》等新世纪长篇小说中鲜有的革命历史叙事实践就显得尤为可贵[1]，尤为意味深长：在这样一些恪守"纯文学"立场的严肃作家的笔下，"革命历史叙事"能否获得新的突破？较之八九十年代文学，其文学性品质又如何提升？……类似的问题自然受到关注。

新世纪诸种话语资源、思想学说勉力演进，当"红色经典"情结与新历史主义意念一并突破，新的价值理性与言说方式便向革命历史叙事最大程度地敞开了，使得新世纪长篇小说的此类叙事从"一家独白"到"众声喧哗"，在某种程度上，确实较之八九十年代有了一定的拓展。

八九十年代的革命历史叙事，其革命的品质虽然同样不尽

---

[1] 刘醒龙《圣天门口》，人民文学出版社2005年版；铁凝《笨花》，人民文学出版社2006年版。

"纯净"，却往往侧重于表现大善与大恶、英雄豪气与草莽匪气等一系列极端性格、情感的二重组合，而缺少了对两极间人性宽度的注重。或许是受影响于近年来思想界、史学界对革命思想内质的新的开掘，新世纪以来某些作家的革命叙事渐次有了一种观念的自觉：将革命视为一个善恶交错、理欲驳诘的整体；革命的内涵更加丰富，开始真正成为某种人性维度的表征，勘探人性深广的量器。因此在革命的动因与结果、信仰与摈弃之间，开始衍生出人性的厚重与复调。在上述两部小说中，革命已被进一步地"祛魅"，不再被视为一个高悬在上的、犹如宗教般的终极之物，而是降落人间，沾染了更多的烟火气、风尘味。革命与人性之间的辩证维度被进一步地凸显出来：革命动因的高洁背后，时或暗藏着利己的私念；而因情欲的压抑亢奋，又不经意间引燃了意识形态的激进冲动。隐约可见，正是对共和国历史中诸种革命运动、事件的切身体验与感受，促成了新世纪小说家在展开共和国前革命历史叙事时对革命、历史的反思、醒悟。

此外，革命历史空间也被进一步地敞开。革命与自然社会、民俗神话、宗教信仰、文化传统、宗族制度之间的边界被进一步地打破，从而以一种"复合体"的形态呈现于小说中。值得注意的是，这种复合的思维方式，每每令小说引发的思考更加大度、大气；革命与诸种价值向度之间的碰撞与纠葛，也在在拓深了小说的意蕴。当然，从另一方面来说，这也对作家的驾驭能力提出了更高的要求。纵观两部小说，纠结了其他维度的革命不时呈现出一种浑蒙丰饶的品质。譬如《圣天门口》不时插入民间说书人讲述历史故事的古奥之言，虽则在某些片段中，它与作品中的现时态历史隔膜、断裂，乃至有刻意凸显民间本位之嫌疑，却在主体层面平添了几分古今对读、"警幻仙曲"般的谶语之意。说书人语屡屡点破小说现时态的革命乐观主义那种种希望与许诺后的险境，从而为单向度的历史律动植入了复调式的深层质素。此外，二者因话语间离而生成的那一种文本"陌生化"效果、"互文性"意义，也在在令人回味。

20世纪革命大潮潮起潮落，迄今虽已渐行渐远，日趋"历史化"，但时至新世纪，对1949年前那段影响极其深远的"革命历史"，仅有寥寥几部长篇直面却未免显得过于冷落、疏离，虽事出有因，但仍不能不让人追问作家的视野与胆略，乃至直逼文坛思想的贫乏。在以上述两部小说为代表的"革命历史叙事"中，多重价值取向与叙事伦理如何整合在"大叙事"中仍有待摸索，呈现在两部小说中便形成了言说的焦虑：不时产生出一些奇特的观念互诘；或于多向冲突撕扯中，留下文本间的裂隙处处。而在其他偶有笔涉的长篇中，"革命"更已幻化为梦境，或谓历史碎影，缺乏对其合理性与局限性更深刻透彻、剔骨见血的正视、反省。一言以蔽之：新世纪"革命历史"如何"叙事"，仍是个问题。

小说叙事与电影叙事的吊诡

——以莫言小说《白棉花》的电影改编流产为视点

中国当代先锋作家一度注重"怎么写"而成为最善于叙事的一代，他们与第五代导演尤其是张艺谋的电影创作也最具互动关系。先锋作家的作品经由张艺谋改编而声名远播促使其屡屡为电影"量身定制"，莫言的中篇小说《白棉花》便是其中一例。然而，纵观已有研究，对这一改编的最终"流产"或语焉不详，或零敲碎打，无论翔实性还是丰富性都不及莫言的"自述"，更遑论经由"自述"展开更深入、更开阔的审美分析与学理探究。有鉴于此，笔者拟以《白棉花》的创作与改编为考察中心，以莫言、苏童、余华等先锋作家的集体性"触电"现象为背景，窥探使《白棉花》之改编"流产"的多重动因；以及小说叙事试图贴近电影叙事，作家试图迎合导演之后，因着两种不同叙事媒介之间的阻隔与电影内外主体的变化无常而衍生出的复杂的叙事问题。

一、为张艺谋量身定制小说《白棉花》的缘起

20世纪90年代初，张艺谋继刚刚经历了80年代《红高粱》从小说到电影的成功改编后，再度联系莫言，希望他能为自己写一个大场面的农村题材的剧本。扎根于农村的莫言对此类题材自然驾轻就熟，谈及曾有三年棉花加工厂的工作经验，想营构一个人民公社时期大批农村青年加工棉花的宏大场景，他甚至为导演想好了电影的叙事基调："你拍完一个鲜艳火爆、张扬狂放的红高粱，接下来拍一个苍白的、冰冷中含着温暖的、压抑的《白棉花》，无论从视觉上还是思想上都会有强烈的反差和对比。"[①] 张艺谋对此很感兴趣，让莫言放开写，写成小说。

因着此前合作的大放异彩，彼此可谓信任有加；至于张导之所以力主弃剧本而先写成小说这一初衷的改变，想来缘于他被"苍白的、冰冷中含着温暖的、压抑的"这一叙事基调深深吸引，以至于担心电影剧本的形式会束缚尚未熟谙此道的小说家的叙事能力，从而不能闪耀出如预期那般与《红高粱》具有强烈反差的光彩。然而如此体贴并未能尽然让莫言放松，他谈及叙事中仍有无形的约束以及由此而生的多重顾虑，譬如处处念及张艺谋的电影路数，而女主人公方碧玉则"基本上是按着巩俐的路数写"[②]。未料莫言虽如此迎合，最终张艺谋看过草稿后，却"用很委婉的理

---

① 莫言《文学与影视之关系》，收入《窗口与桥梁——中国作家演讲集锦》，作家出版社2010年版，第83页。
② 莫言《文学与影视之关系》，收入《窗口与桥梁——中国作家演讲集锦》，作家出版社2010年版，第83页。

由否定了《白棉花》"①。从小说到电影的第二次合作遂告"流产"。

耐人寻味的是，对于否定《白棉花》的真正理由，张艺谋三缄其口，直至2014年为电影《归来》做宣传，两人再度相聚于公众舞台，就小说与电影展开深入对话，谈及当年专门为自己定制的《白棉花》之际，张艺谋才一语搪塞："我还没改。"②此时一位已然是蜚声国际的大导演，而另一位则已成为中国第一位获得诺贝尔文学奖的大作家，多年的情谊与彼此的功成名就让此刻这场面对公众媒介的对话，自然而然散发出情理之中的互为激赏的基调，时隔十多年而"没改"显然是一种委婉的托词。莫言对此则有两个不同的解说版本：一为小说所涉历史背景是敏感的"文革"年代，张艺谋觉得不宜拍摄③；二是《白棉花》本身是一部失败的小说，创作中"记住了张艺谋和巩俐"，忘记了作家的个性包括"语言的个性"，作家自身的喜怒哀乐，以及那些体现自身特征的"丰富的、超常的、独特的对外界事物的感受"④。已有研究基本忽略第一种解释而直接承袭了第二种说法，对《白棉花》作为"小说的失败"给出先验的价值评判。譬如王德威论及"这篇小说原为张艺谋电影企划所作，难免凿痕处处"⑤；更有研究者不无偏执地斥其为"无论在哪方面，都显得陈旧、落俗，只不过是一部很吸引人的通俗作品"⑥。大抵未能对此细加辨析，深入探究。

---

① 莫言《文学与影视之关系》，《窗口与桥梁——中国作家演讲集锦》，第83页。
② 莫言《看完〈归来〉对话张艺谋》，《大河报》2014年5月19日。
③ 莫言《小说创作与影视表现》，《文史哲》2004年第2期。
④ 莫言《文学与影视之关系》，《窗口与桥梁——中国作家演讲集锦》，作家出版社2010年版，第83至84页。
⑤ 王德威《当代小说二十家》，生活·读书·新知三联书店2006年版，第226页。
⑥ 王彬彬《为批评正名》，时代文艺出版社2000年版，第198页。

其实，张艺谋那一时期的电影，并不那么忌讳所谓"文革"叙事，譬如紧接其后的1993年改编自余华同名小说的电影《活着》，"文革"年代可谓其绕不开的历史背景，即便最终电影确因意识形态之敏感未能在内地公映，也绝不会先在地打消导演的拍摄意图。而纵观彼时张艺谋的一系列电影《菊豆》《大红灯笼高高挂》《秋菊打官司》《活着》《摇啊摇，摇到外婆桥》，巩俐正是其一以贯之的御用女主角，莫言的"量身定制"可谓貌合神契。因此，究其原因无他，"小说的失败"才是导致电影改编半途而废结果的核心症结。具体而言，莫言亦步亦趋地汲取《红高粱》改编成功的叙事经验，并依照从小说到电影的预设理念"戴着镣铐"写作，二者皆让《白棉花》过度地迎合张艺谋的电影叙事，从而造成小说《白棉花》自身基调、气韵的空泛。

二、片面追求小说可视化、图像化、场景化之误区

1990年初，莫言自述陷入了创作的困境："脑子里似乎什么也没有了，找不到文学的语言了。"[①] 至来年寒假方才一口气写了包括《白棉花》在内的五个中篇。此时距其1981年发表处女作刚好十年，中国的先锋作家也正面临从"叙事"到"故事"的整体性转型。《白棉花》在此时间节点应运而生，可谓潜藏着作者叙事剧变的双重可能。

回顾那十年，莫言的两大叙事特质曾为评论界广为称道：一

---

① 莫言、王尧《莫言王尧对话录》，苏州大学出版社2003年版，第147页。

是1985年短篇小说《透明的红萝卜》通过主人公黑孩的视角所展现的极为纤敏、丰富、超拔、独特的内在视觉；二是经由1986年的《红高粱》所绽放的繁缛多元的叙事层次以及与此相伴的汪洋恣肆的话语风格，其与主人公"我奶奶""我爷爷"式的民间强力及生命狂欢构成了无可分割的形神合一。《红高粱》进而与《红蝗》《红树林》汇成了一种激情燃烧、炽热夺目的血色基调。

反观莫言《白棉花》的叙事则为其中异数，甚至置于此后十五年里也颇为稀罕：汪洋恣肆却也难免泥沙俱下的话语风格被相对干净平展的文风替代；第一人称叙述者的内在视觉单调且俗常；"隐含作者"则超然于外，冷静旁观，近似于彼时方兴未艾的新写实主义所谓的"情感的零度叙事"，以至于有研究者惑于表象，滋生《白棉花》"向'新写实'妥协"的误读①。

《白棉花》的叙事设置与《红高粱》貌似，两篇小说都以第一人称"我"作为叙事者；然而《红高粱》有着较为复杂的叙事层次，不时跳出作为孙辈的"我"的限知叙事，以全知视角对"我奶奶""我爷爷"进行内心聚焦，且能任性自由地穿插对一切人事的思量与评说。对此，莫言自己也有所意识："比较满意的地方是小说的叙事视角"，"既是第一人称又是全知视角"，"写到'我奶奶'，就站到了'我奶奶'的角度，她的所有的内心世界都可以很直接地表达出来"，"这就比简单的第一人称视角要丰富得多开阔得多"②。这一手法上升为西方叙事理论即是一种全知与限知的叙事

---

① 朱向前《寻找合点》，解放军出版社1994年版，第233页。
② 莫言《我为什么要写〈红高粱家族〉——在〈检查日报〉通讯员学习班上的讲话》，杨扬编《莫言研究资料》，天津人民出版社2005年版，第45页。

视角的叠加，单就技巧而言，在先锋小说中并不鲜见；然而，叙事视角的叠加自采用以来却逐渐成为最能契合莫言创作特质的形式：绚烂艳丽的色彩与亢进饱满的情绪一并汹涌，神奇诡谲的文思与斑斓多姿的词锋互促互生——在某种意义上，莫言这十年创作中的那些特质毕现、容光华彩的小说的成功，大都因其叙事形式的得心应手。

反观《白棉花》，则完全囿于叙事主人公"我"的单一叙事视角中，经由"我"的限知视角去看待与评价一切人物、事物，其叙事风格异质的背后显然有着作者身处创作瓶颈、急欲逸出的先在动因，一并混杂小说叙事试图贴近电影叙事的预设之念，以及因着两种叙事媒介的阻隔而引发的枝蔓纠结的内在焦虑。

借重西方电影叙事理论对于"讲述"与"展示"的区分与辨析，有助于我们进一步窥其深意："讲述"能自由穿越一切空间与时间，洞察人物的外在体态与内心活动；而"展示"则放弃全知全能，放弃叙述者的旁白、议论，而"尽可能将话语交给人物"，将一切能力交给人物。[①]就叙事本身而言，二者并无优劣高下之分，然而在小说与电影这两种不同的叙事媒介中，却会有形式的适从性的区别。

小说叙事立足于文字的营构，可在多维视角的切换与叠合中，自由地"讲述"与"展示"；电影叙事则更多地依赖于摄影机聚焦的直观呈现，相对拙于"讲述"而长于"展示"。小说中有涉大段大段的内心独白与自由穿插的抽象议论往往是电影改编的最

---

① ［加］安德烈·戈德罗《从文学到影片——叙事体系》，刘云舟译，商务印书馆2010年版，第90页。

大难题，如同一个让导演屡欲回避却极易深陷其中、不能自拔的泥沼，任何削足适履抑或掩耳盗铃式的被动改编都会造成原作深度的流失。这也正是诸如通篇内心独白的意识流小说《尤利西斯》与陀思妥耶夫斯基的那些糅合潜在作者议论、人物内心独白、无意识梦魇的恢弘巨作难以改编成电影的核心原因。对此，优秀导演每每竭尽所能：譬如张艺谋为表现小说《红高粱》中极为关键的"我爷爷"与"我奶奶"野合、我奶奶"神魂出舍"等一系列心理活动，在其电影中借助仪式化的祭坛造型、嘹亮高亢的唢呐声、摇曳怒放的红高粱等元素，将颂赞心灵不羁的小说内蕴曲折地代之以"音画图式"彰显，从而有声有色地逼近了莫言小说的刻画力度与境界。

在《白棉花》的创作中，莫言却扬"短"避"长"，放弃了熟稔自由地穿梭、游走于"讲述"与"展示"、全知叙事与限知叙事之间的多维叙事视角，而选择经由单向度的限制叙事，直观、平易地"展示"小说。其动因显然是为了能让张艺谋避难趋易，不用殚精竭虑地转换小说叙事中的那些难度模式与深度模式；此外，一定程度上亦未尝不含有希图借此"十年一变"，而赢得驾驭一种新的叙事风格的新鲜感。

《白棉花》的小说呈像直观可见，大量的文字不经转换即已达臻可视化、图像化、场景化的境地，其旨归如同先锋作家苏童谈及自身的一些小说天生适合改编成电影的缘由时所言："如果我自己要拍电影，我自己也会对我的小说感兴趣，说到底，可能就是因为我对图像的迷恋，将其带入到了我的小说当中。"[①] 在某种意义

---

① 苏童、张学昕《回忆·想象·叙述·写作的发生》，《当代作家评论》2005年第6期。

上，《白棉花》大量运用限知视角与"展示"，让一切文字趋于可视化、图像化、场景化，就是出于让小说叙事易于转化为电影叙事的创作策略。

受此限制的莫言难免捉襟见肘，不能自如地对包括女主人公方碧玉在内的众多人物复杂的内心活动作细腻的刻画。杂语喧哗的廓大丰富被言说的狭隘与单调替代；叙事的干净洗练虽然避免了泥沙俱下，却每每清浅见底、内涵空乏。"白棉花"更多作为一种造型物象呈现于外，而作为象征意涵的凸示则付之阙如。人物则聚散无由，每每止于外在化的动作形态与观念化的直白言说，不及《红高粱》人物的丰腴饱满、内心奔放。

张艺谋却偏偏无意避难趋易，他并不惮转换小说叙事形式的难度，在电影《红高粱》大红大紫之后，更是每每迎难而上、择难导之。改编的动因也大都被小说的某种抽象化内质骤然击中：譬如谈及小说《红高粱》，很喜欢"那种浓郁和粗犷"的风格，那种"强烈生命意识"与"如火如荼的爱情"；谈及之所以选择余华的《活着》，"在于它写出了中国人身上那种默默承受的韧性和顽强求生存的精神"①；谈及选择苏童的《妻妾成群》，则特别看重其旧瓶装新酒，在对一个传统的封建大家族的描绘中，跳出了"五四"文学的叙事范式，酝酿出一个特别现代的意识②。因此，莫言小说叙事的转变用心良苦却偏偏用错了方向，非但未能赢得张艺谋的好感，反而削弱了自身的优势。

---

① 李尔葳《张艺谋说》，春风文艺出版社1998年版，第14页，第92页。
② 李尔葳《张艺谋说》，春风文艺出版社1998年版，第23至24页。

三、"写小说时一定不能想到改编电影的问题"之醒悟

《白棉花》表现的是非常年代备受压抑的青春与情爱。叙事者"我"与方碧玉如同愁云惨雾下的"白棉花",两个朝气蓬勃的生命在极端年代屡遭打压,终至凋零。其主题思想在既有的"文革"叙事中似无太多新意。然而,小说经由对方碧玉至美女体的想象,折射出叙事者"我"的青春盎然的生命诉求,令人不由联想起同年11月,王朔小说《动物凶猛》中那个懵懂少年兼第一人称叙事者马小军与其思慕的女孩米兰。有趣的是,2000年《白棉花》被台湾导演李幼乔改编成电影,方碧玉恰好由姜文改编自《动物凶猛》的电影《阳光灿烂的日子》中米兰的扮演者宁静出演。许是因着莫言创作《白棉花》时原先属意的巩俐此时已青春不在;抑或让一样天真无瑕却别有一种生鲜泼辣气质的女演员宁静成为表征作者青春期渴欲的肉身化替身更来得活色生香?

不同于《动物凶猛》耽溺于青春期少男少女情怀的懵懂,使随之生发的"阳光灿烂"这一主题意象洋溢着迷梦般的暧昧情调与反讽意味,《白棉花》试图更清晰地呈示青年男女情欲奔涌与生命力勃发二者之互动,其意识形态旨归显然还是小说或电影《红高粱》的路数。《白棉花》原本或许还可能蕴含的80年代莫言惯有的描绘情欲的杂语喧哗、精华与污垢并存的多维立场,却都让位给了电影《红高粱》式的对情欲的正面张扬。在此方碧玉周身散发出的青春火热的光华,以及男主人公对至美女体思慕的青春期症候,成为得以正面书写情欲的叙事的策略,因其能让原本中性的情欲柔情化、诗意化、浪漫化,充满馥郁芬芳的正能量。小

说设置了两次野合，生命狂欢（抑或视作"生命祭奠"）场景不过是由高粱地挪移至棉花垛——视觉上一样的张扬狂放，一样闪烁着禁锢的火焰色调，俨若《红高粱》的翻版；而作者曾构想的、亦是令张艺谋为之吸引的那"苍白的、冰冷中含着温暖的、压抑"的"白棉花"形象、意象，却始终未能如愿呈现。

小说《红高粱》经由情欲的宣泄促成刚经历十年浩劫、倍受压抑的国人精神的一次集体性释放，《白棉花》则直面"文革"的压抑。在此意义上，《白棉花》是《红高粱》的前传，或谓追根溯源。极端年代难免引发不可承受的生命之重：方碧玉最终重蹈一棉厂女工的覆辙，头发连带美丽的头颅被卷入棉花机里，死状惨不忍睹。在此，小说叙事的单向度的"显示"，放弃自由无界的叙事权力，放弃一切任意进入人物内心自由评说的率性之能，未免让恣肆放浪惯了的"隐含作者"深受羁束。依据叙事学对"隐含作者"这一叙事概念的界定，"就编码而言，'隐含作者'就是处于某种创作状态、以某种立场和方式来'写作的正式作者'"[1]，"'隐含作者'与'真实作者'的区分只是在于日常状态（一个人通常的面目）与创作状态（这个人创作时的面目）之间的区分"[2]。处于《白棉花》创作状态下的莫言确实比任何一次都憋屈，这种禁锢与压抑的基调由形式到内涵，由视点到站位，互相感染、彼此渗透，恰可谓画地自限，心为形役。《白棉花》篇末不无突兀地

---

① 申丹《叙事、文本与潜文本——重读英美经典短篇小说》，北京大学出版社2009年版，第37页。

② 申丹《叙事、文本与潜文本——重读英美经典短篇小说》，北京大学出版社2009年版，第41页。

运用传奇笔墨，借他人之口叙说方碧玉其实乃诈死，化身厉鬼惩治小人，临了萍踪侠影，远走高飞的或一可能。极生硬地将神秘、浪漫元素植入小说的写实语境中，未尝不含有作者试图借此离奇之举舒一口气的奢想。

前述种种，皆缘于莫言对电影《红高粱》中张艺谋的叙事基质的潜在揣摩，且在创作《白棉花》时有意无意地迎合对方。借助电影叙事学中的"最高叙述者"这一理念，有助于我们进一步辨清其中微妙。在某种意义上，电影叙事中的"最高叙述者"等同于文学叙事中的"隐含作者"，却因其制作机制不同而略有差异：小说绝大多数系作家一人所作，电影则是一个牵涉多方面的集体创作过程。因此"最高叙述者""是一个不可见的虚构人物，'他'不是导演，也不是任何摄制人员，而是这一集体的创造物"①。在某些情况下，"最高叙述者"与导演相差甚远，因其是一个从编剧到导演、从演员到摄影的多方意志碰撞博弈、杂糅而成的抽象体。张艺谋彼时的声望外加强势的性格则让自己几乎等同于电影制作全过程中的"最高叙述者"。换言之，张艺谋在电影的集体意志中始终拥有最高的叙事权力，能调度一切叙事元素包括剧本、演员、摄影，掌控一切与编剧、拍摄、剪辑有关的全部活动。在《红高粱》从小说到电影的改编过程里，莫言曾处身其中，对此自然深有体悟。譬如莫言谈及原本觉得小说中的"我奶奶"形象应是一个丰腴壮实的中年妇女，觉得巩俐这个小女孩会将此角色演砸，但最终还是屈从于张艺谋的意志。概而言之，小说

① 刘云舟《电影叙事学研究》，北京联合出版公司2014年版，第83页。

《白棉花》的"量身定制"，在某种意义上可谓"隐含作者"的思想观念与审美旨趣无限迎合《红高粱》的"最高叙述者"的过程。

90年代初亦是张艺谋十年求变、试图转型的时期。在1993年的访谈中，其坦陈想要"与自己的惯性做斗争"①，并直言："我现在创作上最大的障碍，是告别我自己。""我觉得，再拍《红高粱》那样的东西，对我来讲已经没有多大意思了。人应不断改变自己，不断有新的想法。"②谈及余华小说《活着》，强调电影改变了其中些许"异态"的元素：譬如"一家老小全都死光"，只剩主人公福贵与一头老牛形影相吊那些过于偶然性、戏剧性的情节，改编之后则只让福贵死去两个孩子；并谈及转型之后的执导理念："不去造势，不用造型、意念的方法去营造氛围，不搞民俗、不猎奇，老老实实，实实在在地讲故事。"③90年代后，张艺谋的文艺片确实大都循此自述，意识形态转向"大众化""生活化""常态化"，与之相应的叙事形式则趋于朴素、平实、简洁；昔日由《红高粱》开启的种种传奇化、戏剧化与其他一系列的极态化元素则让位给了其执导的商业性电影。

真是计划赶不上变化。作为当年电影《红高粱》"最高叙述者"的张艺谋的叙事权力永远不变，但90年代张艺谋的执导风格却陡然转变。莫言却误将电影《红高粱》的"最高叙述者"等同于张艺谋本人，如此以不变应万变，终难免误入歧途。后知之明应能让我们洞若观火：2000年张艺谋执导了《我的父亲母亲》，

---

① 李尔葳《张艺谋说》，春风文艺出版社1998年版，第98页。
② 罗雪莹《向你敞开心扉——影坛名人访谈录》，知识出版社1993年版，第165页。
③ 李尔葳《张艺谋说》，春风文艺出版社1998年版，第100页，第112页。

2010年再次执导《山楂树之恋》，十年一轮，叙事基调却回旋往复，两部表现"文革"时期的爱情小说尤其是改编后的电影，均是发乎情止于礼，有情无欲的"柏拉图式恋爱"故事和与此相应的清纯、恬淡、含蓄的中国传统审美情趣的浑然契合。如果说，这恰是转型之后张艺谋钟情的风格，那么，显然与《白棉花》情欲勃发、悬念纷呈、神秘离奇的内容及形式相去甚远。

《白棉花》改编"流产"后，莫言最终感悟："写小说时，一定不能想到改编电影的问题"①，小说的准则才是最高的准则。而紧随其后的余华对张艺谋电影《活着》的改编则毁誉参半，多年之后余华略带不屑地说："小说改编电影的问题，最好的回答，就是一次交易而已。"② 1993年张艺谋曾就拍摄武则天题材的电影布置"命题作文"，邀来六位作家同台竞技，其中苏童、格非、北村三位皆是中国当代先锋小说的先驱者，可叹这一次六部小说的改编全部流产。此后苏童谈及这部奉命而作的《紫檀木球》不无感慨："这个长篇写得很臭"，"命题作文不能作，作不好"③。

围绕从小说到电影的改编，以上三位先锋作家如是发言的背后撇除其中所掺杂的些许不无简化的文学精英立场、电影改编纯属商业运作的价值理念等成见，更多地却能见出莫言等作家已然从挫折中渐次体悟应始终保持自身的创作主体意识之觉醒。与其

---

① 莫言《文学与影视之关系》，收入《窗口与桥梁——中国作家演讲集锦》，作家出版社2010年版，第87页。

② 《余华访谈录》，http://blog.sina.com.cn/s/blog_4be686d8010009es.html，2001-8-8。

③ 林舟、苏童《永远的寻找——苏童访谈录》，汪政、何平编《苏童研究资料》，天津人民出版社2007年版，第99页。

将从小说到电影的改编这一系列复杂过程寄愿于机缘巧合的偶然缘分，不如不亢不卑地摸索小说叙事与电影叙事这两种媒介迥异又不无相通的主题呈示、审美意趣、表现手法等规律，即便为电影量身定制时也毋忘小说与电影艺术的平等站位，如此方是深入对话、深层碰撞与化合的前提。

小说的胜利

——重读叶兆言《苏珊的微笑》之启示

一、小说是虚构，是想象

20世纪80年代那场思想的盛宴，至90年代便风流云散，转而衍为思想的真空。曾由知识精英们勉力担当的"启蒙"使命的流产，致使大众去蒙的任务任由流行小说、热播电视以及网络传媒一类的快餐资讯充当。流行小说、影视中的人物、事件由于其肤浅可感，遂使现实生活竞相模仿，于不知不觉间沦为文学艺术的某种拟像；而日渐丧失独立思想能力的文学家、艺术家们，又屈从乃至认同了社会现状，对现实生活一味照搬、模仿。如此恶性循环，流弊匪浅。

近年来出现的长篇小说《蜗居》，便是这一循环的直接产物，作者曾坦言，"小说中的素材大多是从网上浏览社会新闻得来的"①。故而，与其如媒体热捧的那般称道它为生活的"最真实的蓝

---

① 六六《我对八卦无比热爱》，《京华日报》2009年11月6日。

本"，不如将其视之为模仿的模仿、拟像的拟像。——存在的便是合理的、习惯成自然的社会新伦理与潜规则，类型化的故事，连同那驯顺好读的话语方式，从内容上与形式上合力保证了《蜗居》这部小说的畅销性。

有感于庸俗现实主义的生活观念与文学观念的盛行，在一次获奖演说中，王安忆如是说："生活在模仿艺术。现实迅速地消耗着虚构。一种虚构产生，立即被现实复制。想象的空间被蚕食、占满，越来越壅塞着现实，当然，是第二手的现实，于是，想象力受到了挑战。似乎是，为了与艺术化的现实划分界线，我们开始转向更具象的现实，放弃了虚构的权力。令人诧异的，在生活越来越变得假想的同时，艺术则惊人地写实。""现实和艺术作了重新的分工，现实是行为艺术，艺术呢，是生活的复制。这是我们的处境，就像一个陷阱，生活蹈入虚构，艺术则蹈入现实。"如何应对上述陷阱，王安忆提出了"在现实中坚持虚构"这一反拨[1]。

以上社会文化背景，应有助于理解叶兆言在写毕《后羿》后的别一小说样式追求。他说："《后羿》是神话中的现实故事，我一定要再写一个现实中的神话故事，这样在形式上就会有非常强的共融性。"[2]预告了接下来所写的长篇小说《苏珊的微笑》，将具有"现实中的神话故事"品性。

叶兆言最懂得，小说应是一种虚构，一种想象。表面上看，《苏珊》的故事似乎囊括了时下最流行的"故事素"，诸如"凤凰男""小三""官场""潜规则"等等，这些元素使其亦具有了畅销

---

① 王安忆《获奖演说》，《南方都市报》2008年4月15日。
② 《叶兆言谈新作〈苏珊的微笑〉》，《石家庄日报》2010年1月18日，第3版。

小说的某些特质，甚至一度被媒体误读为一部新版《蜗居》。然而，与《蜗居》分道扬镳，《苏珊的微笑》不再对现实生活亦步亦趋地予以模仿，不再向现实妥协，凭借着不凡的虚构与想象能力，作者超越了既有都市欲望叙事中那些约定俗成的惯性叙述、突破了人物塑造"类"的模式，令一个司空见惯的事件，衍变为"一个现实中的神话故事"。

所谓"神话"，按照弗莱的定义，其"主人公本质上"应"优于其他人和这些人的环境"①。苏珊这一人物的超尘脱俗，恰可印证小说作为神话所具有的上述规定性特征。

如果说，《蜗居》百般辩解，费心使笔下人物向现实、金钱、权力的屈服顺理成章，那么，《苏珊的微笑》则不时反拨，纵容着苏珊对社会既定成规、价值观念及习惯理路的倒行逆施。

二、写小说，不写历史

世界文学史上，鲜有如中国小说传统者，如是恒久不变地独取史家式历史书写的叙事模式与理念。及至20世纪初叶新文学伊始，以茅盾的《子夜》为表征，长篇小说的"史诗性"特质更是被强调至具有普遍性、典范性的意义，以至于一部中国现当代文学史中，屡见长篇小说作者刻意比附历史，印证历史，图解历史。流风所至，"史诗的动机"至今不息。鉴于此，陈思和先生曾在一次访谈中，着力反拨上述倾向。指出"这种风气，还是跟《子夜》

---

① ［美］华莱士·马丁《当代叙事学》，北京大学出版社2005年版，第20页，第164页。

模式有关"，"要从茅盾的创作开始反省，他认为长篇小说就是要写历史"；进而感慨"我们现在就没有这种人有勇气写一个家可以不写历史"①。

恰是在上述文学史背景前，凸显出《苏珊的微笑》独辟蹊径之意义。叶兆言声称："《苏珊的微笑》跟我以往的作品都有所不同。我曾经写过《别人的爱情》，那是写几代人的历史故事。而《苏珊的微笑》是完全没有历史的小说。我一开始对它的定位就是，它是一部新世纪的小说，和旧的世纪完全没有关系。所以在《苏珊的微笑》中，凡是旧世纪的东西我都损灭掉了。"②

何谓"新世纪的小说"？反观文本恰有一段关于"新世纪"的议论耐人寻味：2000年"这一年究竟意味着什么？是新世纪的开始，还是上个世纪的结束？对于很多人来说，新世纪从哪天开始并没有太大意义，但是对杨道远却不一样，多年的媳妇熬成婆，杨道远终于真正地扶正了，终于真正地大权在握"③。此段话语将宏大的历史时间关节点移作个体时刻的界标，而文本的"隐含作者"对前者不甚关心，反倒对个体意义念兹在兹，如此心态隐隐透露着消解宏大历史、回归个体本位的意味。这适可表征"新世纪的小说"的别有幽怀。

对于所谓"旧世纪"的历史，作者少有纪念。"杨道远出生那一年，是20世纪的60年代初，正好是最困难的年头。村上很多人饿死了，能活下来的都是人精。对于自己的童年和少年，杨道远

---

① 黄发有《困境中往往隐藏着生机——陈思和访谈录》，《当代作家评论》2009年第3期。
② 叶兆言《马文战斗完，苏珊微笑了》，《东莞时报》2010年2月1日，第C8版。
③ 叶兆言《苏珊的微笑》，江苏文艺出版社2010年版，第11页。

更愿意处于一种失忆状态，他很少去回忆过去，最烦别人跟他谈起故乡。"[①]"很少去回忆过去"、宁愿"失忆"，似乎亦成了作者自身心态的一种移情。纵览全书，除此以外仅出现如下一个历史时间节点："她是1989年秋天进的大学门，对于这一时期的大学生，学校辅导员有个基本判断，认为正好是分界线，此前的学生读书都用功，很在乎自己的前途，此后的学生便潇洒爱玩，根本不把未来当回事。"[②]小说立此存照，甘于"苟活"？"为了忘却"？

悉心将历史时间轴淡去的叙事又如何营建新的秩序？叶兆言的下列一段话应已透露端倪，他说："其实在我心目中，历史和当下并没有太大差别，同样的故事也可以放到历史中去。唯一改变的只是，在奥赛罗所处的那个时代，杀死女主角是用野蛮的手段，活活地把她掐死，放在当下则是用看上去更文明的办法，但是在杀死女人这一点上是一样的。在我看来，时间空间是可以打通的。"[③]叶兆言有意忽略历史时间，而专注于作品超越时代的原型意义、审美空间。神话—原型批评理论认为，小说的母题元素始终处于一个高于历史时间的空间中相生互动，或可助成我们对这部"现实中的神话故事"的诠释。例如奥瑟罗因嫉妒用手掐死了苔丝德梦娜；同样起因于嫉妒，杨道远与社会成见、习惯思维共谋，以无形的流言与臆断合力谋杀了苏珊。两部作品超越四百年历史而遥相呼应，在此，因着原型的亘古永存，历史时间业已悄然凝定为宇宙时间。

---

① 叶兆言《苏珊的微笑》，江苏文艺出版社2010年版，第192页。
② 叶兆言《苏珊的微笑》，江苏文艺出版社2010年版，第155页。
③ 叶兆言《写作就是寻找并冲撞"柏林墙"》，《上海电视》2010年7A期。

三、诗性小说？世情小说？

小说《采红菱》中，叶兆言曾借叙事主人公之口如是说："我写小说通常先有小说名字，然后才有了要写的内容。……我无端地喜欢上了'采红菱'这三个字。"[①]而在《艳歌》自序中，又称："我喜欢'艳歌'这两个字，放在一起，有些俗气的好看。当然更喜欢它的来头和含义。在决定定它为小说名的时候，事实上我根本不知道要写什么……"无独有三。论及《苏珊的微笑》的写作诱因，叶兆言自谓："写《苏珊的微笑》时，有一张美丽的面孔一直在我面前微笑。编辑曾跟我说，能不能换一个书名？我说不行，这个词太重要了。小说很多细节都跟它有很大的关系"，"'微笑'是个关键词，换别的词我就找不到感觉了"[②]。又称："我确实在电视上看到一个女孩儿笑着谈她曾经自杀过一次，我当时也没有动情感，确实在半个月以后她自杀了，死亡是对我们很沉重的事情，为什么在她的面前完全是一种以微笑的形式出现，这个对我很震撼。"

有别于"主题先行"的自觉，《苏珊的微笑》《采红菱》等小说的写作均始自一种非自觉的灵感突发，萌生于对某一物象（或事相）的若有所感，怦然心动，及至情有独钟；渐次于无意识中组合成型，衍为"意象"。这近似一种文人式的兴之所至，随感而发。然而，与其说是纯因物象而生感动，不如说是作者心中既有的心象、心智、心性与客体在某一瞬间的神会冥契、随物赋形。

---

① 叶兆言《采红菱》，《钟山》1991年第1期。
② 叶兆言《马文战斗完，苏珊微笑了》，《东莞时报》2010年2月1日，第C8版。

名为物之始，名正而言顺，"苏珊的微笑"一旦命名，别一小说世界自此无中生有。

"微笑"确是个关键词，小说中但见作者运用多种笔墨予以状写：苏珊忍俊不禁，乐不可支，破泣而笑，且啼且笑——那是一种"意味深长的微笑"，"一种非常灿烂的笑，绽放在一个女孩子的脸上"。

然而，"苏珊的微笑"究竟意味着什么？她是灰色人生中的惊艳？是情渐稀薄时代的未泯温情？是少女直面死神映照对比生出的莫名神异？是平淡无奇、了无新意的新世纪的一袭魅影？……纵览全书，作者始终含而不露，而读者也依稀莫辨。但有一点却是鲜明可感的，"苏珊的微笑"不止是作者的灵感源泉，同时已衍为小说的核心意象。

叶兆言却无意在此基础上将《苏珊》写成一部写意小说、诗化小说。

曾记否，《采红菱》中，女主人公张英也一度化作"纸上的幻影"，寄托着小说中男作者不无奢望的绵绵痴情；同时，叶兆言又有本事让其跃然纸上：见其食欲良好，性欲饱满，甚至能让人感觉到她的"香汗淋漓"。无独有偶，苏珊虽几近"梦中的情人"，一派娇憨天真，同时却又别具俗骨凡胎，活色生香。这诚然可归因于预设读者欲望的客体化投射，但又何尝不亦缘于作者自身的世俗审美情趣的显影。

传统小说中也写"梦中情人"，借此意淫陶醉于人生的自足美满；而叶兆言的虚构"苏珊"却陡然增其可望而不可求的隐痛，苏珊色授魂未予，作者唯恐她乘风归去，魂归天际，宁愿其陷身于世俗的土壤不能自拔。

作品有心戏仿旧小说的情趣与笔意，状写苏珊与杨道远"欲仙欲死"的交欢：诸如"得成比目何辞死，愿作鸳鸯不羡仙"，"不仅春风得意梅开二度，有大战几百回合之英勇，有摧枯拉朽攻城略地之势，还想玩一回乘胜追击，还想再一次直捣龙门"①……如是炫"俗"，其实并无媚俗之意，相反，却是对时下小说话语故作风雅之恶俗的矫枉，自然，也可读作对心中幻象自觉非自觉的解构。

是的，叶兆言深知"苏珊"只能是其"梦中的""纸上的"虚构，偏煞费心思使其肉身化，且性感无比，某种意义上未尝不是时逢后现代情境的无奈放达，有意构成某种自嘲、反讽。

如果说，《采红菱》是一曲世俗民歌的"先锋"形式改写，那么，《苏珊的微笑》却是某种诗性意象的通俗情趣注水。在文体的选择上，叶兆言自有一种诗性/世情、先锋/通俗的包容。叶兆言的世俗性，与其说是源自市场，不如说是源自市民，源自市井。其不仅见于形式的通俗化意趣上，更体现为一种立足民间的人生情怀与立场。对人事的世俗同情，对美感的世俗领悟，令小说别具一种泼辣生鲜，自在本色。

前述叶兆言曾将《苏珊的微笑》定位于"现实中的神话"，就此意义而言，亦不妨将其视为世俗神话。

---

① 叶兆言《苏珊的微笑》，江苏文艺出版社2010年版，第227页。

四、叙事的胜利

　　曾经"先锋"的叶兆言恢复了传统小说定义的故事性，将《苏珊的微笑》写成了一个极好看的"故事"。

　　20世纪50年代出现的西方现代主义小说流派，曾明确反对小说"故事性"太重，反对"殚思极虑地编造离奇曲折、引人入胜的故事"，认为"现实并不是以跌宕起伏的故事形式呈现在我们面前，而是平平常常、琐琐碎碎的"。①而80年代中期崛起于中国大陆的"先锋小说"，其创作主张恰承袭了现代主义小说这种拒斥完整清畅的故事的理念。即以叶兆言别具先锋意味的作品为例（如《枣树的故事》《五月的黄昏》），虽不似马原的"叙事圈套"那般神秘诡谲，不似孙甘露的仿梦小说那般破碎迷离，毕竟不乏后设小说的玄机、时空变换的妙趣。

　　"先锋"后的叶兆言此时却貌似归顺了旧小说理念，《苏珊的微笑》有着一种比传统叙事更有过之而无不及的"刻意的设计""过度的布局"。然而，传统小说注重设计却始终遵循应然，《苏珊的微笑》在人物关系设置、情节进展上，却似乎先在地拒斥着一切应然与必然，其间弥散着先锋小说惯有的多重偶然性因子。事件的机缘巧合，人物的奇遇邂逅，使得整部小说处处流露出被安排、被设计的意味与痕迹，从而不仅达成了对先锋小说"去故事性"理念的反拨，亦解构了传统小说崇尚真实性的原则。

　　由于"小三"这一命名已成社会定见，作为创作题材亦已渐

---

① 陈焘宇、何永康编《外国现代派小说概观》，江苏人民出版社1985年版。

次定型为某种类型小说，读者自然形成了一个较为恒定的"期待视野"。虽则对小三的言行、心态的种种发展变化看前知后，了无惊奇，却也轻车熟路，契合其思维与审美惯性。叶兆言触及了这一题材却无意献媚于读者的期待视野。如果说，传统叙事每每利用作者与读者"双方共同理解的成规"的遵守，以达成对"读者观看文本的方式施加控制"这一目的，那么，《苏珊的微笑》则借力打力，经由对类型小说惯用的叙事程式及话语的谐仿与反讽，对读者期待视野的表面迎合而实质突破，使叙事者与隐含读者间平生出创造性张力。

诸如写杨道远宽恕了妻子的偷情后，"接下来，便是夫妻恩爱，相敬如宾，琴瑟和谐"一类叙事[①]，表面迎合"成规"顺水推舟，暗含揶揄、反讽笔调，以颠覆成语套话。值得注意的是，反讽不仅指向具体人物的言行，亦指向书中的"预设读者"。预设读者既是社会成见的载体，又是传统小说趣味的忠实受众。男主人公杨道远的叙事角一定程度上恰与预设读者的视点叠合。杨始终难以排遣对"小三"角色的成见，将情场迎拒视同为官场角逐，猜疑苏珊有备而来，另有所图，"害怕在苏珊的微笑背后，埋伏着一场事先精心设计的骗局，是一场有预谋的敲诈"。作者在针砭杨道远式的世故剔透的同时，毋忘对流行文学（包括热播电视）套路顺笔一噱："杨道远甚至想到了背景复杂的黑社会，而苏珊说不定是黑老大的情人。"令人忍俊不禁。

如果说情理之中是传统小说的写作逻辑，那么意料之外则常

---

① 叶兆言《苏珊的微笑》，江苏文艺出版社2010年版，第65页。

是先锋小说的叙事策略。后者每每借助其对世界对历史的偶然性认知，拆解传统小说的常理逻辑。

与偶然性相对应的则是叙事的云罩雾遮，难以捉摸：杨道远好不容易痛下决心，向苏珊求婚，满以为恰好比恩赐给"女人一条非常贵重的钻石项链"，她定会受宠若惊，殊不知对方不过是报以微微的一笑[①]；又如写苏珊与杨道远妻子的那次见面，杨在旁忐忑不安，按常理情敌相逢，不是口舌相争，便是怒目以对，未料两人"平静得不可思议"，没隔多久便有说有笑，"和谐程度让杨道远感到震惊"[②]；此外，诸如死亡对苏珊那"莫名其妙的诱惑"；"小三"身份的苏珊，何以"那些不纯洁的东西都无法伤害她的可爱"……与其说这只是一种突破类型小说程式、引人入胜的叙事策略，不如说业已延伸为对既有社会成见与固化生活模式的反拨。

是的，作者不再执守"先锋"姿态漠视"意义"，而随时关注"写什么"；同时却又多了一种传统小说鲜有的叙事自觉，十分用心于"怎么写"。小说中，尤为引人注目的是叶兆言那看似传统的笔法下暗蕴着的精微的汉语写作的语感。凭借着这份对语言的有效性或准确性的特殊敏感，凭借着超凡的叙事策略与技巧，方能引领小说从类型化的"小三"故事中夺路而出，辟得新境。

《苏珊的微笑》是小说对现实的胜利，是叙事的胜利。当我们像男主人公那样无力摆脱现实生活的固有模式的羁束，一味对生活对世界作习惯成自然的先验理解时，我们将永远羞于面对"苏珊的微笑"。

[①] 叶兆言《苏珊的微笑》，江苏文艺出版社2010年版，第232页。
[②] 叶兆言《苏珊的微笑》，江苏文艺出版社2010年版，第243页。

生命在民间

——莫言《蛙》剖析

2009年岁末，莫言孕育了近十年的长篇小说《蛙》终于呱呱降生。《蛙》的题材依然植根现实，植根民间，经由对乡土中国一部生育史的纵览、反思，折射六十年历史的风云变幻、腐朽神奇。形式上，莫言又一次花样翻新，将《蛙》分作五部分，前四部分采用书信体小说叙事，第五部分则选取话剧形式，由此衍生出多元繁复的叙事网络：书信体部分带出了写信人、收信人、作家之间的错综对话关系；话剧部分则在一派喜剧、闹剧形式下暗蕴着悲剧性的深层结构；书信体小说与话剧又适成"互文"，在在昭示出文本叙事基调"拟真"与"戏说"间的交错变换。而这一系列形式迷障背后，更剪不断、理还乱的应是国家意志的"历史合理性"与民间伦理中的"生命自在性"这一对矛盾的纠缠、论辩。此外，伴随着新作的出版，莫言在北京、上海等地做了多次演讲与访谈，这些作家自述与作品之间无形中又延展成一种新的互证、互诘的阐释空间。鉴于此，笔者拟悉心探寻上述叙事网络结构间的种种"缝隙"，由是深入拓展，开掘小说的思想蕴藉与形式意味。

一、小说的预设读者

《蛙》在文体上分别由剧作家蝌蚪写给日本作家杉谷义人的诸封长信与一部话剧构成。有别于其他文体的第一人称叙事擅长"独语"，运用书信体小说形式应更适宜于"对话"。然而，若将《蛙》称之为"书信体小说"，每封"书信"与"小说"却都是割裂的，其语体亦截然有别：前者取知识分子话语，略带学生腔，后者主要取民间话语。除却个别段落作者有意透露那"知识分子或其他角色与民间人物交错进行的""多声部的含混的叙事体"未及缝合的针脚处①——如"我母亲生前多次对我们说：你姑姑的手跟别人不一样。常人手有时凉，有时热，有时发僵，有时流汗，但你姑姑的手五冬六夏都一样，是软的，凉的，不是那种松垮的软，是那种……怎么说呢……有文化的哥哥说：是不是像绵里藏针、柔中带刚？母亲道：正是。她的手那凉也不是像冰块一样的凉，是那种……有文化的哥哥又替母亲补充：是内热外凉，像丝绸一样的，宝玉样的凉。母亲道：正是正是"一类话语②，就整体而言，知识分子叙事已如洪炉化雪，不露痕迹地融入了民间叙事中。

---

① 陈思和《莫言近年小说的民间叙述》，收入《中国当代文学关键词十讲》，复旦大学出版社2002年版，第182页。

② 莫言《蛙》，上海文艺出版2009年版。以下引文均引自该书，不再一一注明。

在小说部分中，叙事者径自滔滔不绝，言说间鲜有与收信者的直接思想情感交流。如是，令人不免猜度，莫言之所以采用书信体小说言说的动因与目的。莫言自况："要写姑姑50多年的经历、一生，如果按照编年体写法写得非常漫长，用书信体非常自由，想要这一段就要这一段，可以一会儿是历史，一会儿是现实，一会儿可以到天南，一会儿可以到塞北。"①虽理由并不充分，姑且先存此一说；又有识者认为："每个章节都以主人公蝌蚪(万小跑)和日本友人杉谷义人的通信形成对下面故事情节的某种'预叙'，又能从一个比较超然的现在进行时角度，对这些历史中发生的故事进行审视。"②也大抵言之成理，不失为一家之言；而最引人瞩目的，则是部分批评家所指出的：这是"莫言向诺贝尔文学奖的一种'献媚'策略"③。

众所周知，诺贝尔文学奖得主、日本作家大江健三郎与莫言情同谊深，他曾多次谈及莫言将是中国诺贝尔文学奖最有竞争实力的候选人。

在一次访谈中，莫言提及曾与大江健三郎说起自己的下一部小说，将以现实中担任乡村妇科医生的姑姑为原型，大江健三郎很感兴趣，并特意于2002年春节在莫言的陪同下拜访了姑姑(《蛙》中，莫言存心将蝌蚪致日本作家第一封信的落款时间写作"二○○二年三月二十一日"，恰与大江健三郎的访期衔接呼

---

① 《莫言谈〈蛙〉》，莫言做客新浪读书文坛的访谈实录，http://book.sina.com.cn/author/subject/2009-12-21/1900264449_4.shtml
② 吴义勤《原罪与救赎——读莫言长篇小说〈蛙〉》，《南方文坛》2010年第3期。
③ 《莫言新作〈蛙〉——用文字为生命搭一座神龛》，《新文化报》2009年12月28日。

应，读者应可会意）。姑姑给大江健三郎留下了深深的印象，他在之后的数次演讲、访谈中，时常提到这位姑姑。例如2009年1月在北京与莫言等作家的一次谈话中，大江便如是说："我经常回忆起二〇〇二年春节前往高密访问你老家时的情形，当时，你的姑姑面对我们讲述她一生的经历"，"听说几十年来，她把成千上万的孩子迎到这个世界上来，同时为了计划生育扼杀了更多的小生命。""在一个像今天这样寒冷的冬日夜晚，她骑着自行车越过结了这么厚冰的河流。那天夜晚她要出诊，但是前面有条大河，本来是过不去的，可是在这个非常寒冷的夜晚，对方眼看就要生孩子了，她必须尽快越过那条已经结了冰的大河，便直接骑着自行车冲过了那条结了冰的河流。这个场景让我极为喜欢。那条夜路，那位出诊的女性！听了这一切后，当时我就在想，啊，这个人（手指莫言）一定会写出一部关于这位女性小说吧。"①

恰是"有了跟大江健三郎先生这一段真实的经历"，莫言在写作《蛙》时便萌生了一个预设读者，如其自述："就想是不是可以写给一个日本作家？但是我生怕别人攻击我。因为大江健三郎先生表扬过我很多次，尽管我不断的（地）解释。假如我写给大江健三郎，会招致许许多多讥讽之声、讽刺之声，没有必要。但是我想还是写给一个日本人比较恰当。"随后，莫言又做了一段耐人寻味的分辩："通信的对象本来就是虚构的。""当然你不能说这就是莫言写给大江健三郎的五封信，不是，其实你读完这本书会发现我不是把信写给大江健三郎，我也不是把我的话写给大江健三郎听，我要说给我的读者听，首先说给我的中国读者听，说给我

---

① 铁凝、大江健三郎、莫言《中日作家鼎谈》，《当代作家评论》2009年第5期。

的高密县的父老乡亲听。"①

　　莫言愈是闪烁其词、百般辩解，日本作家杉谷义人背后那个大江健三郎的身影愈是挥之不去。然而，我们并不能据此认同"献媚说"，却不妨对莫言即使招致讥讽、还是坚执"写给一个日本人比较恰当"的动因予以更体贴的探究。

　　《蛙》中所预设的读者——日本作家杉谷义人连同其"原型"大江健三郎，均是所谓的"内行读者"。斯坦利·费希提出的这一读者类型包含了"他具有足够的阅读经验，以至于把文学话语的各种特性——从最局部的技巧（比喻等等）到整个体裁等等——全部内在化了"等禀赋。这位日本作家不仅是一个虽对中国计划生育历史语境隔膜重重，但仍对此深感兴趣的学者，亦是一个与莫言有着同样精深的文学修养的作家；他更是一个始终关注人类普遍命运，尊重生命，具有博大情怀的友人。

　　与莫言相类，他亦集伟大的法官与伟大的罪人于一身。莫言称："给台湾版写了个序，最后一句话就是'他人有罪，我也有罪'。要从这个意义上来讲，你就会对别人宽容。我们对恶魔也会持一种同情的态度，感觉到他们也是不幸的，他们是害人者，他们实际上也是受害者。"②在致杉谷义人信中，又借蝌蚪之口说：日本侵华战争期间，"您父亲在平度城犯下的罪行，没有理由让您承担，但是您承担了，您勇敢地把父辈的罪恶扛在自己的肩上，并愿意以自己的努力来赎父辈的罪"。如此看来，预设日本作家这一

---

① 《莫言谈〈蛙〉》，莫言做客新浪读书文坛的访谈实录，http://book.sina.com.cn/author/subject/2009-12-21/1900264449_4.shtml
② 《莫言谈文学与赎罪》，《东方早报》2009年12月27日。

特定读者，应是为了彰显"他人有罪，我也有罪"故而理应"反省历史、反省自我"这一主题，为了将小说的思想境界提升至与民族共忏悔的高度。

综上所述，与其视莫言专取书信体，并将收信人预设为一位日本作家之举臆测为"诺贝尔文学奖情结"作祟，不如将此读作莫言世界意识的觉醒。

还在新世纪初，莫言写毕《檀香刑》在后记里如是写道："就像猫腔不可能进入辉煌的殿堂与意大利的歌剧、俄罗斯的芭蕾同台演出一样，我的这部小说也不大可能被钟爱西方文艺、特别阳春白雪的读者欣赏。就像猫腔只能在广场上为劳苦大众演出一样，我的这部小说也只能被对民间文化持比较亲和态度的读者阅读。"陈思和先生便不无敏锐地从中看取并激赏莫言撤退至"民间立场"、独取"民间叙述"这一自我定位。尽管彼时莫言的创作谈尚欠自信，陈思和却指出："这些民间因素"终将"吸引了包括西方世界在内的大量读者"①。弹指十年过去，可喜的是，由《蛙》的预设读者，我们不难见出：莫言不仅增添了愈是民族的便愈是世界的艺术自信，更别具一种立足民族民间立场、与世界对话的自觉。

二、由历史书写到文学叙事

访谈中，莫言一再声称："作为一个作家，首先打动我的是姑姑这个人物原型，是她曲折、丰富的人生经历"，"并不是这个历

---

① 陈思和《莫言近年小说的民间叙述》，收入《中国当代文学关键词十讲》，复旦大学出版社2002年版，第173页。

史背景和这个历史事件，而是在这个事件当中所凸现出来的令人难以忘记的性格非常鲜明的人物形象。"①借此化解题材的敏感性。

然而，姑姑的形象虽写得泼辣生鲜，却因交互偏侧于"送子娘娘"与"夺命瘟神"这大善大恶两个极端，而两极间缺乏更其丰饶、复杂的中间形态过渡，并未能脱出20世纪80年代盛行的"性格二重组合原理"。虽则如是塑造也许恰是源于作者喜欢极态的民间审美情趣。

倒是小说中用以衬托人物形象的计划生育这一历史事件，历经六七十年代、新时期伊始、新世纪这三个历史场景，更写得一波三折，意味深长。作者不满足于就事论事，不时有意无意地折射着时代的沧桑变迁：饥饿年代的物质匮乏，"文革"时期的极左政治，新时期的改革开放，直至当下的众声喧哗。

作者并无否定计划生育这一基本国策之心，其针砭的应是"喝毒药不夺瓶！想上吊给根绳"这样的"土政策"，是若"顽抗到底，我们用拖拉机，先把你娘四邻的房子拉倒，然后再把你娘家的房子拉倒。邻居家的一切损失，均由你爹负担"这样的"连环保甲"制，揶揄的应是执政后犹未彻底摆脱的"战争文化心理"，动辄以"运动""斗争"的方式强制推行。恰是此类极端化的举措，引发了对红色年代激进思潮的反思。

为此，生育史固然是主要线索，而作者横生枝节对其他历史事件的审视同样不是闲来之笔。写饥饿年代，聊以食色视角管窥："那两年，公社四十多个村庄，没有一个婴儿出生。原因嘛，自然

---

① 《莫言谈〈蛙〉》，莫言做客新浪读书文坛的访谈实录，http://book.sina.com.cn/author/subject/2009-12-21/1900264449_4.shtml

是饥饿，因为饥饿，女人们没了例假；因为饥饿，男人们成了太监。"或写孩子们争相吃煤，咯咯嘣嘣地啃，咯咯嚓嚓地嚼，从中吃出了松香味，"每个人的脸上都带着兴奋的、神秘的表情"——举重若轻，酸涩中犹能不失黑色幽默意味。写至"文革"时期，作者的笔顿然沉重起来：批斗大会上，被揪斗的姑姑猛然一甩头，女红卫兵手里攥着两络头发，跌落在台子上。血流到姑姑额头上，姑姑发出令人毛骨悚然的尖叫……"这时，只听到湖面上发出一阵怪响，冰层塌裂，许多人，落到了冰水中"——莫言一改泥沙俱下的絮叨，字字千钧地凸现民间话本式语言的力量。

及至当下，计划生育政策陡遭"有钱的罚着生""没钱的偷着生""当官的让'二奶'生"这一新形势的解构，生育一定程度上摆脱了国家意志的规约，却又落入了新的欲望、金钱、市场等权力话语的陷阱。

面对失重的时代，莫言那不无沉重的笔触不知不觉间变得轻盈起来。它一方面感受着历史的不可承受之轻，一方面也传递出一种"人生如戏"的虚浮："文明社会的人，个个都是话剧演员。""人人都在演戏，社会不就是一个大舞台吗？"姑姑与陈鼻的那种类病的疯癫，似乎传染了小说中的每一个人。现实的"戏剧化"（或写作"喜剧化"），使得小说的第四部分里，戏剧性的冲突、戏剧化的场面渐次僭越了小说文体。尽管仍披着书信体小说的外衣，却已然与小说叙事相去甚远。就叙事策略而言，它有效地担当了衔接书信体小说与话剧的纽带作用。

与书信体小说纵贯共和国六十年有别，九幕话剧《蛙》一开始便将时代背景置于世纪之交"当计划生育这个问题本身在社会上出现了非常复杂的混乱的局面"之际。书信体小说之外另辟一部为戏剧，可谓一举多得：不仅反衬出书信的"真实感"，达臻"拟真"效果，且使此后的荒诞剧赖有此前"坚实的现实主义的基础"的铺垫，"怪诞才有力量"。而那些在写实性质的小说中"不便说、没法说的部分"内容，亦能在"那不是现实生活，那是戏"的遁词后尽情"戏"说。

作者插科打诨，奇思妙语迭出，喜剧中却不乏悲剧性内容：如果说那以养牛蛙为幌子，专雇了一群女孩给需要孩子的富贵人生娃娃的"代孕公司"（令人不由得联想起《丰乳肥臀》中的金童牌乳罩公司）的开张尚能让人莞尔，那么，读至"代孕公司"派去杀人灭口的杀手，反诬被杀者"我们这样的社会里，哪有你说的凶杀、暗杀的丑恶现象？一定是去路边店里看录像看多了。脑子里出现了幻觉。把社会主义当成了资本主义"时，便欲笑不忍、欲哭不能了。

诚然，逸不出得意忘形的叙事惯性的作者，每临高潮难免泥沙俱下，如让原东丽玩具厂火灾的毁容者、沦为代孕女后又陡遭骗局的陈眉到公安派出所击鼓鸣冤，呼唤包青天，而警官答以"包龙图今天不在，你先把问题告诉我，我负责将你的问题向包龙图汇报"这一编排，不仅老套，且辞气浮露；但更多的场景，却寓意深刻。如以下对白：

> 刘贵芳　姑姑本来就是伟人！
>
> 女记者（庄严地）　就是这双普普通通的手，将数千名婴儿接到了人间——

姑姑　也是这双普普通通的手，将数千名婴儿送进了地狱！

刘贵芳　姑姑，您是我们东北乡的活菩萨，送子娘娘，娘娘庙里的神像，越看越像您，我看，他们就是按照您的形象塑造的。

姑姑（醉意朦胧）　人民群众是需要一点神话的……

伟人般的口气后，耐人寻味。

诚如作者所言："话剧的部分是前四部分的高潮。"只见脱出羁束后的众生任性滥情，欲望横流，群丑乱舞，弹冠相庆。与其将这幕闹剧归因于西方后现代思潮话语的启示，不如说此处莫言又一次地连通了民间狂欢节文艺这一源泉。在这"东北乡的邪恶节日"里，唯有那身着黑袍，脸蒙黑纱，面孔狰狞可怖，来去无踪的"幽灵"般的陈眉，一人向隅。她是莫言精心塑造的民间复仇女神形象，有意给盛世嘉年华的闹剧，投下一道煞风景的阴影。

三、历史合理性与生命自在性

《蛙》杂糅书信、元小说、话剧于一体，形式主义的迷障设置后，依稀透露出作者立场的吊诡、观点的暧昧。纵观一系列的矛盾，其中最激烈的无疑是国家意志的历史合理性与民间伦理中的生命自在性的碰撞。

如果说，《红高粱家族》中，"红高粱"曾被喻为故乡的生命象征，将天地映成一片血色，那么，在《蛙》里，"蛙"又被视作"咱们高密东北乡的图腾"，使人间尽染生命的绿意。"蛙"与

"娃"同音，还可以读作女娲的"娲"——"女娲造人，蛙是多子的象征"。难怪高密民间泥塑、年画里，都有蛙崇拜的实例。

是的，对生命的膜拜，应是命名为《蛙》的题中之义。值得注意的是，生命的自在状态，在莫言笔下每每被渲染为一股生机勃勃、势不可挡的力量。小说不仅极写姑姑穿越泥泞小路遭遇成千上万只青蛙袭击的惊惧场面，更试图在话剧部分借助临界疯癫状态的姑姑的呓语，进一步地将生命强力的华彩乐章臻于极致："姑姑在不知情的情况下，被他们蒙骗，吃过青蛙肉剁成的丸子"，就像"周文王在不知情的情况下，吃了自己的儿子的肉剁成的丸子"，"姑姑那天回来，感到肚子里上下翻腾"，"一低头，呕出了一些绿色的小东西，那些东西一落到水里就变成了青蛙"……语词背后不仅依稀浮现出昔日鲁迅笔下那个自省未必无意之中不吃了亲人的肉的"狂人"，且平添了新意：生命自由自在，生命生生不息，纵然剁成肉泥吃进肚里，吐出来的依然是活生生的生命。一切庙堂的规范律令终难羁束，理性的逻各斯也将被弃如敝屣。小说中，作者多以这类极具情感宣泄倾向的语言、不无民间神话思维色彩的想象，将民间伦理中生命的自在性观念，表现得如此兴会淋漓。

然而，恰是此类"蝌蚪成群结队""蛙声一片"淋漓而至泛滥的生命喻象自另一向度提醒我们：必须有所节制。倘若不加分辨民间伦理中的精华与糟粕，倘若连同"蒙昧"一起激赏着自然性，将所谓比"人类能干多了"的青蛙繁殖供奉如神，不免陷入人口暴增、人满为患的境地。

为此，我们不难理解，莫言何以化身为二，刚借蝌蚪母亲之口认为"自古到今，生孩子都是天经地义的事"，又与之针锋相对，在蝌蚪给杉谷义人的信中作如是辩解："我不抱怨姑姑，那是历史，历史是只看结果而忽略手段的，在过去的二十多年里，中国人用一种极端的方式终于控制了人口暴增的局面。实事求是地说，这不仅仅是为了中国自身的发展，也是为全人类作出贡献。从这点来说，西方人对中国计划生育的批评，是有失公允的。"

历史学家与文学家总是用不同的目光审视世事。而莫言与其说像一名旨在书写民族秘史的历史学家，不如说更是一位关注生命、关怀人类灵魂的文学家，尤其当计划生育采取"历次运动一样"的方式、趋于极端化时。

诚然，上述蝌蚪给杉谷义人的书信别具历史理性，但这并不妨碍作者在小说中、剧本中仍难以排解人性的拷问与悲悯。那三个死在姑姑手术台上的女性的遗言，尤其是王仁美那一句"姑姑，我好冷……"凸现文学作品中的人性内容，于冷冰冰的历史理性之外，倾心呼唤人性的温暖。

历史合理性与生命自在性的互辩命定是一对二律背反的悖论，因此，我们应能理解《蛙》的众声喧哗，歧义丛生，混沌一片。混沌中，有一点却是清晰可感的，那便是莫言对于高密东北乡这一"民间文化实体"一如既往的珍重，尤其激赏它那勃勃生机：只要有一个小口子，它便迸涌流淌。

结尾，写"小狮子"即便未曾生育，那饱满的乳房，照样能分泌奶水，奶水旺盛，"犹如喷泉"。神话般的寓意下，尽显民间文化信仰的伟力。

千劫如花，百态纷繁

——读金宇澄《繁花》

　　搁笔已久的金宇澄廿年不鸣，一鸣惊人。其长篇小说《繁花》先在《收获》杂志刊出，好评连连；继而于2013年3月交付上海文艺出版社出版[①]，更是一石激起千层浪。套用作者《跋》中用语：对于小说界而言，一股熟悉却又陌生的叙事力量，忽然涌来。

　　识者称："写小说就是写语言。"[②]远有沈从文、老舍，近有汪曾祺、林斤澜以及钟阿城的示范。从《繁华》的语言脉动中，不难搭出似曾相识的脉象，其下共振着古代话本小说、笔记体小说的悠悠长音。比照前辈遗泽，金宇澄的这次"写语言"更让人眼前一亮：俗白浅易的沪语稍加淬炼，再辅之以长于白描的古代白话小说笔调，便一并生成了百媚横生、回味无穷的话语风格，让人惊艳，沪语与古文字竟能如此相得益彰，互为调适。在某种意义上，沪语的精细丰富、古话本文字的大俗近雅一并照亮了老上

---

① 金宇澄《繁花》，上海文艺出版社2013年版。
② 林斤澜《林斤澜文集》卷六，北京师范大学出版社2000年版，第456页。

海处事艺术中那表面声色不露，意气渐平，内底里却暗潮汹涌、风情万种的姿态。譬如写某男与某女饭桌上的暧昧——腰身后面，"一只陌生手，无声滑过来"，"指头细节如何，春江水暖，外人无可知晓。上海方言，初次试探，所谓搭，七搭，八搭，百搭，搭讪，搭腔，还是搭脉"——沪语中的"搭"本来就一语双关、内外兼修，小说援引此词真是形神兼备。

回溯上海这一都市叙事，又可念及张爱玲、王安忆等人的小说营构。沪人沪语，饭桌上的闲谈故事；一生一世，百年上海的念想传奇。张爱玲着墨最细的乃是上海女性，她习惯借女性的视角看男性，看上海，看世界；而王安忆笔下的"典型人物"则多是"跟着隔壁留声机哼唱'四季调'"，抑或"结伴到电影院看费雯丽主演的'乱世佳人'"的"一群王琦瑶"。王琦瑶一生的颠沛流离串连起《长恨歌》的主线，打量沪上最多的亦是王琦瑶般女性化的视角。

《繁花》的人物塑造更为随性，叙事更为纷繁。人生诸相，浮沉不定，聚散无由。浮花浪蕊，背后不乏绵密厚实的俗常底色；无涉史诗，却是更沁人心肺的人间情调。相比张、王叙事中的女性视角、女性意识，小说追随的却是两个上海男人阿宝与沪生的故事，借此铺开两条线索。有人说，"小说从本质上说，是男人的事情"，对此，不同站位自可见仁见智；也有人说，沪上故事最适宜由女作者叙说，缘于两厢里阴柔品性的契合。然而，我们却从《繁花》的上海男人叙事中，读出了别一番沪上情调，一种较之女性化的华丽伤感更其世俗，更其写实，更其困窘压抑（部分缘于男儿有泪不轻弹），因而亦更其令人悲悯的况味。

金宇澄曾在《上海文学》杂志开辟"城市地图"专栏，邀约各路作者尽写上海当下的马路建筑、风物风月。《繁花》中的"城市地图"也别有怀旧情结下萌生的都市质感。全书二十幅插画，一张一张，手绘摩挲，匹配着1960—2000年的时间跨度，且不时标明"凭回忆者口述所画"。"地图"不再是静态的都市空间，而是不断衍生出历史年轮的大树。与之相伴的小说的叙事空间亦如舞台剧，大幕开合之间，布景已然变化，剧中的人物娓娓道出过往与现在的时间交汇，不去理会雕栏玉砌何在，舞榭歌台落幕。譬如写到沪生回忆他的父亲，50年代去一幢别墅隔离审查，每次都蒙窗坐车，绕路远行。两年后释放，方才知道这幢别墅，离开家里住的皋兰路，只有两站。城市图景，是历史记忆的沧桑变迁，更是个体记忆的幻生幻灭。

行文至此，似可领悟，前述选择沪语、"写语言"岂止是作者的形式追求，语言中业已包蕴、传达出特定地域的人情世故、文化精神。金宇澄绝不迷信"理想之国"在乡野，曾说"乡土并不高城市一等"，城市的风景更丰富，"城市一直有炫目的生命力"[1]。沪上这座城市的风景与神韵远只不在高楼大厦，寻常里弄一样于庸常中不失"传奇"。城与人相辅相成，若说海纳百川是这座城市的精魂，那么里弄巷陌中也一样有着某种中西不拒、雅俗共赏、不避世俗乃至化俗为雅的气度禀赋，某种所谓上海人别具的"奇异的智慧"[2]。难得作者放下精英身段，选择沪语，回抱市井世俗，方能发现沪人的日常生活的自在自乐。循此观念望去，百年沧桑，百态纷繁；千帆过尽，千劫如花。或许这正是《繁花》的题旨。

---

[1] 金宇澄《我想做一个位置很低的说书人》，《文学报》2012年11月9日。

[2] 张爱玲《到底是上海人》，《流言》，北京十月文艺出版社2006年版，第48页。

退步原来是向前

——读陈丹青《退步集》

生性怕读以"职业散文家"自居的作品，刻意为文，丽辞巧语，却每每难掩境界逼仄，内蕴空虚。窃以为散文、随笔一类文体应是本业之余兴，即如陈丹青所谓"多余的素材"[1]，信手拈来，随意涂抹，却常能于潇洒无心间开出新境。

新时期以来，时有画家"客串"文坛。先是黄永玉，一部《太阳下的风景》[2]，写尽沈从文及其故乡湘西之诗情画意；继之有陈丹青，《纽约琐记》《音乐笔记》，直至新近出版的《退步集》[3]，画家手眼别出，风格独具。

读《退步集》，依稀可见画家本色。记人说事或依凭白描功底，《骄傲与劫难》《向上海美专致敬》诸篇历数京沪画坛风流人

---

① 陈丹青《多余的素材》，山东画报出版社2003年版。

② 黄永玉《太阳下的风景》，百花文艺出版社1984年版。

③ 陈丹青《纽约琐记》，吉林美术出版社2001年版；《音乐笔记》，上海音乐出版社2002年版；《退步集》，广西师范大学出版社2005年版。

物，每每捕捉住一个局部，一处细节，寥寥几笔稍事勾勒，便能使人物跃然纸上，凸现其人格与艺品。或借助"油画语言"，多以周围的色彩、光影、景象渲染照映，对于画家而言，历史既是时间之旅，亦是感官之旅，往事依稀，其纤敏的感觉印象却历久弥新、鲜活如生：隔着三十余年漫漫人生路回望上海美专"油画才子"群，仍能感觉"阳光透过淮海路梧桐枝叶照亮他们年轻的背影，斑斓耀眼"；追忆陈逸飞谈艺，犹记得那一刻，路过普希金铜像一带，"林荫道中"，"夏日迟暮"。其笔墨看似自由散漫，其实是极工后的写意，遣词造境，饶有画意。

如果说以上寻索透露的尚属画师技艺，那么当书中陈丹青一再在社会学家选择"进步"的地方，意味深长地选择"退步"之际，便已凸现出艺术家的价值取向、艺术家的风神了。作者将"退步"二字拈作书名，未尝不含有对自身人生轨迹的自况、自嘲，但更多的却是出于对时尚"'进步'之说"的反讽、反拨。

有感于时代急剧转型，所谓的"现代性""世界性""进步性"预设，日趋演变为遗弃乃至抹杀自身固有传统的确证力量，陈丹青幡然返身，激流勇退。循着承接今朝与凤昔迢迢千年的文化渊源，循着我们民族从上古到清末的艺术家谱，退入记忆，退入传统，退入历史深处，退入生养之地；退至北京老四合院、上海正宗石库门房子、苏州园林，退至"新城区映照之下更其寒碜的茶肆旧楼"。那是客居海外飞来飞去身心漂泊的游子苦恋的家园。若论"退步"，岂止始自今日，早在作者倚于纽约大都会那仿真的网师园一角似被催眠时，"退"意已生——"人在家国，真是好。只要出太阳，望见京郊的香山与燕山，不由心生感动，脑子里一片空白。去岁带学生怀柔山村画写生，又画到满面苦相的老农夫。那些天，晴午远眺，群山纠纷，中宵起夜，月如钩：这都是远在纽约朝思暮想的景象与时刻呀！"①家山的情景遥接传统山水画意、田园诗境，衍为作者刻骨铭心的"心理景观"。

然而，时代的推土机借了"进步"的名义隆隆前行，随之轰毁的何止是古镇旧院老城区，更有其上千年百年蕴藉的文化遗存。作者怅然若失，或凭吊古镇的衰败与沦亡，或痛陈"行政景观"的霸蛮、煞风景；直至梦游一般地流连于仅存的江南园林，不无痴迷地守护着内中积淀久远的文化样式、文化符号、文化余韵。一如那背时的重庆画家陈安健，孤身一人与老茶馆世世代代朝夕旦暮的日常氤氲相厮守（《地方与画家》）；一如那前清的老兵丁，终身守护自己的记忆（《我们应该向那位大清国老兵丁好好学习》）；一如那九十高龄的乡间无名画师，端坐江南古镇深巷底，一笔一笔向两小姑娘传授芥子园画谱（《山高水长》）；一如那古都居民，在电线掐断之后，犹点着蜡烛，为翌日行将拆毁的胡同彻夜守灵（《城市建设与历史记忆》）……

是的，他是时间的逐客，历史的遗民，民族文化之魂的守望者（但愿不是"守灵人"）。也许不无艺术家的偏至，但切莫因是简单化地责备其对于时代潮流的"反动"。书中他一再声辩："认知传统不是逆向回归，而是借助历史的维度认知自己。"②即如布袋和尚插秧诗云："退步原来是向前。"难得的是，书中多篇文章为对话体，故而我们不仅可以读出一个艺术家的忧思、独白，亦能

① 陈丹青《自序》，《退步集》，广西师范大学出版社2005年版，第2页。
② 陈丹青《山高水长》，《退步集》，广西师范大学出版社2005年版，第36页。

读到艺术家与建筑家、与行政官员的多向度论辩交流。"前瞻与回顾等同，均意味着历史的维度。"①陈丹青如是说。推而广之，创新与怀旧、进步与退步、文化激进主义与文化守成主义、现代主义与历史主义，又何尝不意味着某种历史的维度。在当下趋时趋新之声益趋喧嚣之际，唯有借此必要的张力论辩交响，迎拒会通，方有可能达臻和谐之境。"退"一"步"说，即便缘于此，我们亦应尊重、理解陈丹青的偏执与坚守。

　　文如其人。作者师承前辈"独持偏见，一意孤行"遗训，每以"艺术叛徒"自命。加之平生浪迹四海，无处栖居，身为游子（或写作"文化浪子"），故文字亦如行云流水，率性而行，洸洋恣肆，充满着不羁的野性、野趣。然则缘于"逆流所向"，矫枉过正，笔下难免过于冲动，甚至愤激满溢。苏东坡有一言："吾文如万斛泉源，不择地而出"，"常行于所当行，常止于不可不止"②。《退步集》中亦有类似表述，所谓"进退自主，动静得宜"。自然，此境界须有更其和谐的社会文化氛围助成。就此意义而言，此语不仅可题作对作者文风的奢求，亦可移为对中国社会现代化进程的寄愿。

---

① 　陈丹青《城市建设与历史记忆》，《退步集》，广西师范大学出版社2005年版，第210页。
② 　苏轼《文论》，《三苏文选》，四川人民出版社1983年版，第104页。

"魂游"二十世纪的"象外"

——读木心《哥伦比亚的倒影》

或许是多年海外定居的广阔视野与画家的独特眼光,木心这篇以哥伦比亚大学为背景的散文在同类散文中显得卓然不群:没有惯常的异国大学文化风情的比较,也无意于对国外大学的办学理念献媚,作者在校园里行走遐想,木立感悟,充盈脑中的却是与大学不甚相关的"二十世纪"——这样一个可作宏大叙事的主题。

"二十世纪",这个在文章中出现频率颇高的词,离开此刻也不过六个年头。回顾这一世纪,透过众声喧哗、混沌难辨的种种表象,"现代"与"后现代"的旗帜幽然浮现,两者交会似乎是对这个世纪的精神形态的完美注解。然而这两个具有高度概括性的"共名",在各自诞生的伊始就潜伏着外延不断扩张、内涵相对模糊的隐患,以至当二十世纪的帷幕落下,身处新世纪的我们回溯前看,依旧斩不断先前的精神情结的纠葛,挥之不去相似的情感体认的迷茫。或许怀揣着如是心态,作者原本轻松的精神旅行添上了些许不安宁的声音。

这是怎样的一场精神之旅啊！作者行文看似信手拈来，漫无边际，精神领域里的一草一木、一屋一人，所有意象的背后却都蛰伏着同一情感基调。然而它藏匿得太深，跳跃得太快，以至给人一种抒情主体超然于外，叙写情感几近零度的假象。事实上抒情主体时刻在场，随处可觅踪迹，它看似细碎游离，枝蔓横生，却指向同一个基调——对自身所属的"二十世纪"的怅惘与隐忧如同泼在宣纸上的墨汁，慢慢漾开，洇满全纸，遮掩住了此类散文惯有的轻松与愉悦。

"不知如何是好"，"过去和未来在观念上死去"，"我不思故我不在"①……作者试图捕捉二十世纪精神形态的种种表征。或许这样的描述了无止境，面对二十世纪的辽远迷雾，过多流于感觉的捕捉终只是冰山一角，正如作者对十五世纪、十六世纪的精神形态的勾勒，其中必定包含着未曾亲历从而隔岸观海的主体想象。然而，即便这些细节中难窥各自世纪的精神全貌，一个极为醒目的差别已然从中凸显，精神标尺的恒定明确和游离模糊，这个话语形态的两极，前者为以往世纪，后者为二十世纪，分别做下了注解。

就世界的精神形态而言，恒定明确和游离模糊本身不构成价值判断的优劣，即如那个被喻为欧洲文明史上的黑夜的中世纪，其文化的上层建筑同样有着极为明晰的精神标尺。对此，作者或许深有所悟，他始终没有在理性层面妄下论断，然而他的情感却

---

① 木心《哥伦比亚的倒影》，上海三联书店2020年版，第112页。

透了口风，对二十世纪长筒皮靴的那种拿起又放下，不断回望、难以割舍的举止，似乎呼应着作者潜意识里对以往世纪的"标尺明确"的喜好。这样的喜好不只停留在主观感觉上，文章中一些看似漫不经心的话也暗藏机锋。比如谈及耶稣"他还未及成熟，却是已经知悉'见而信'这种意念是功利主义的"[1]，弦外之音分明是对二十世纪解构信仰的反拨。在"解构"与"削平"种种信仰之前，理论家的头脑里往往植有"见而信""不见则不信"的桎梏。然而信仰之为信仰本身就在于其理论印证的相形见绌。对于经验以外的超验世界，事事为求实证的思维其实是一种精神上的功利主义和画地为牢，因着目光越缩越小地囿于经验世界的自得而逐渐失去解读世界本应有的那份包容和广博。

意味深长的是，木心作为二十世纪的隐忧者，他的漫游姿态却是十足的"二十世纪"。无论是行文中意识流式的跳跃剪切，抑或讲坛上魔幻剧般地与各式先哲交流对答，再或是校园游荡的漫无目的，以及端坐河岸渐渐忘却体温、呼吸乃至一切的血肉之躯，感同身受"我不思故我不在"——这一切似乎都显露着"我"的个体气质与二十世纪精神特征的丝丝契合。然而细看文章内蕴的对二十世纪精神的种种戏谑，不言自明地显示了这是一个"反讽结构"，套用文章开头作者评论哥伦比亚大学的句式："我"的气质与世纪精神的契合"这是不足为凭的表象"，"它的内核"一直在不安分地反拨、疑虑，亟待从其他的精神领域里找到出路。

篇末呈现的哈德逊河内的建筑倒影是一个神奇的象喻，它不

---

[1] 木心《哥伦比亚的倒影》，上海三联书店2020年版，第104页。

只是"历代文化"的倒影，更像是以往世纪投射在二十世纪里的一个挥之不去的幽魅。就深层意义而言，以往世纪的精神、文化不会"随前人生命的消失而消失"，它们将顽固地渗透在二十世纪和未来的世纪里，绵延往复，不断再现，就如同学校中心主楼那摹拟奥林匹斯神庙风的圆柱，如同在校园里邂逅的那个"仿真"式的"文艺复兴人"，如同"我"的这次连通几个世纪、时空交错的精神旅行。渗透在二十世纪里的历代精神元素恰似随风飘浮的水中倒影，在永不停息的现象流的律动中无限地繁衍秘密，试图还原它的"正相"是困难的；却可于水中逐月——捕捉既往时代的"艺术"倒影，以求心映。

是的，大象无形，然而于智者木心而言，适可魂游象外。

"80后"少数民族作家创作论略

一

较之"80后"作家与"80后"创作这一研究被当代文坛的日趋关注，其重要分支"80后"少数民族作家及其小说创作研究，则仍处于学界的边缘位置，未能得到应有的重视。如果说，"80后"汉族青年作者的创作趋向虽亦出现了与以贾平凹、莫言、王安忆、刘震云等为代表的前辈作家所秉承的纯文学传统的某种"断裂"式代沟，并一度引发所谓"无后"的焦虑，但毕竟因其人多势众，风格多元繁复，终究无碍传承大计，那么，"80后"少数民族青年作家的创作却因其原本就势单力薄甚至"一脉单传"，母族文学传统会否后继乏人、衍为绝唱这一问题，似更令人忧心忡忡。

需要指出的是，此处援引学界习用的"80后"作家这一界说并非严格意义上仅限于20世纪80年代生人，缘于其成长有着大致相同的时代背景与精神氛围，70年代末、90年代初出生的部分作者亦未尝不可一并归入"80后"的范畴。

恰是鉴于前述传承忧虑，2010年《民族文学》杂志第4、5、6期连续三期特辟蒙古族、藏族、维吾尔族青年作家专号。其年龄除个别为70年代出生之外，大多是"80后"，体现了该刊意在促成"80后"少数民族作家群体登场的期望；此后，该刊又于2013年5期推出"80后90后作家专号"，亦可谓一次较为集中的代际检阅与亮相。

中国作家协会、中国少数民族作家协会等相关部门更是不遗余力，组织了多次研讨会，对成长中的民族文学新人予以评介。从随后发表的会议综述的标题如"当代民族文学新的活力和希望""蜕变和成长中的青春创作"中均可见出"80后"少数民族作者被视为新生力量、未来的希望所在。恰是因着所属望者殷，所挟持者远，论者作出了如是少数民族青年作家与汉族青年作家的创作"距离有所拉大"这一不失清醒的估价①。自然，其纵向坐标参照的是老舍、沈从文、端木蕻良等老一辈少数民族作家，他们那深沉的民族文化心理、自觉的文体意识、精湛的语言艺术，在中华多民族文学史册上，与汉族巨匠足可齐肩；同时，也包含新时期小说史上张承志、乌热尔图、扎西达娃等中生代作家的创作，其才情与想象力乃至汉语写作的语感较之同时期涌现的汉族作家而言也毫不逊色。

相比于前辈作家，许多"80后"少数民族作家在城市里出

---

① 兴安《少数民族青年作家要有更高的标准和目标》，《文艺报》2011年12月5日，第6版。

生，在城市里成长；即便那些生于乡间的，也少年得志，大都历经各种层次乃至全国性作家班的培养遂脱颖而出。许多少数民族学员来到北京后，都表露出对作家班小环境以及都市大环境的无比兴奋与欣喜，并由此引发了对家乡的贫瘠与落后的痛楚；部分作者甚至就此耽于城市，北漂南流，乐不思蜀。在种种形式的都市教育包括作家班的培训中，有幸的是其深受现代文化与汉语文学的濡染，欠缺的则是边地"精神气候"的熏陶、母语的启示以及母族文化的承传。此外，当下学校的书本教育模式与作家班的某些程式之弊也有可能在少数民族青年作家身上留下一定的羁束与负面影响，以致于恰如识者所指出的，在《民族文学》的蒙古族"80后"专号里，"如果不看作者的蒙古族署名，我会以为是汉族作家'80后'的专号"。大量篇目模糊甚至逃离了自己的民族归属，未能"站在蒙古人的立场和身份写作"[1]。而同为少数民族作家的严秀英亦因此质疑：当青年一代"写作者远离了自己的生活环境，还如何在文学中体现民族性？"[2]

此处便涉及"少数民族写作"这一关键词。其所指理应是由少数民族作者创作的着力表现民族题材、民族文化心理、精神遗脉的作品。在这定义里，族属仅仅表明了作者的种族血缘，而后者则凸现了母族更其内在、更其深沉的精神文化血脉。针对绝大部分"80后"的"地域文化和民族身份的印迹尚沉睡在自我表达

---

[1]　兴安《少数民族青年作家要有更高的标准和目标》，《文艺报》2011年12月5日，第6版。

[2]　文新《当代民族文学新的活力和希望——"蒙古族、藏族、维吾尔族青年作家研讨会暨朵日纳文学奖启动仪式"综述》，《民族文学》2011年第1期。

的情绪里，依然有待母语和更多人生阅历的唤醒"这一现状①；研讨会上及会下批评家们发表了如是寄语："写作就是发现自己未开发的地方，自己的方言，自己的第三世界，自己的沙漠。"②——可谓语重心长。

二

校园叙事与都市叙事原是"80后"汉族青年作家创作的滥觞，孰料"80后"少数民族作家的创作也如出一辙。

在他们的作品中，抒发校园情、憧憬都市梦的题材不胜枚举：如苗族作家杨树直的《遇上白蛇不要逃走》、满族作家湖雨的《同学朋友》、维吾尔族作家阿娜尔古丽的《左岸番茄》、蒙古族作家木琼尔的《窄门》《雏凤清声》、赵吉雅的《片片枫叶情》、金达的《503号宿舍》、苏笑嫣的《那年夏天》……叙事空间大都为校园或都市这一"窄门"框限，少有破门而出，回归边地广袤无垠的大自然之作，以致探勘其文学地理学版图，每每耽于中原地带抑或东南沿海，却鲜见植根少数民族聚居的西部地区，适可谓"春风不度玉门关"。

"80后"少数民族作家的成长轨迹也多是"十八岁出门远行"，告别民族文化风情浓郁的故土，在汉文化占据中心地位的城市度过四年大学生活，都市经验与校园回忆是他们弃之不去的素

---

① 明江《蜕变与成长中的青春创作——评论家谈少数民族青年作家的创作》，《文艺报》2012年7月6日。
② 兴安《少数民族青年作家要有更高的标准和目标》，《文艺报》2011年12月5日。

材。更重要的是，割断了自身民族的风神与脉息，作品便失魂落魄，"汉化"加之学生腔，导致难以在林林总总的都市与校园题材中让人眼前一亮。

藏族作家尼玛潘多的《城市的门》写了一个藏族少女桑吉怀着孩子进城寻找负心汉的故事。[①] 尽管寻觅未果，伤心的女孩却始终珍重腹中的小生命，执意生下他并将他抚养长大，笔法明快淳朴。然而，类似"痴情女子负心汉"母题连同作品所着意凸示的少数民族生命本位意识已然有张承志的代表作《黑骏马》始作先声。后者似乎"可以算一首描写爱情的歌"，却又不尽然，"那些过于激昂和辽远的尾音，那此世难逢的感伤，那古朴的悲剧故事；还有，那深沉而挚切的爱情，都不过是一些依托或框架。而那古歌内在的真正灵魂却要隐蔽得多，复杂得多"[②]。究其魂核，那便是作者悉心将民族精神文化与灵性赖以音乐化的色彩与调子融入了爱情之歌，恰如张承志顿悟的："就是它，世世代代给我们的祖先和我们以铭心的感觉，却又永远不让我们有彻底体味它的可能。"[③] 相形之下，《城市的门》的内涵连同桑吉的形象未免显得有些单薄肤浅，它缺乏《黑骏马》那种旋律，"一种抒发不尽、描写不完，而又简朴不过的滋味，一种独特的灵性"[④]，因其未能像张承志那样更其圆融地连通自古流传至今的民族精神血脉。

蒙古族青年作家木琼尔的《窄门》聚焦主人公凌格四年大学

---

① 尼玛潘多《城市的门》，《民族文学》2010年第5期。
② 张承志《黑骏马》，《十月》1982年第6期。
③ 张承志《黑骏马》，《十月》1982年第6期。
④ 张承志《黑骏马》，《十月》1982年第6期。

毕业在即，纠结于能否留在大都市北京就业的这道"窄门"内①。尽管招聘会人满为患、拥挤不堪乃至"惊心动魄"的场面，大四校园与都市生活的人情冷暖，都被赋予了意在反思的叙事视角或内容，当凌格历尽沧桑终于从千军万马中杀进"窄门"，被某家公司录取后，内心深处仍是感到欣慰的，只不过那份狂喜已经被太多的等待与煎熬消磨得有些不知所措。她能想到未来的种种艰辛，包括"前面还有更窄的门"的预感，却不会放弃对大都市生活的追求与坚持。某种程度上，维吾尔族作家阿娜尔古丽的《左岸番茄》正可谓《窄门》的续篇②，讲述了梅青与米克这对恋人大学毕业进入"窄门"之后在北京的艰难生活。作者意在批判都市种种尔虞我诈的险恶以及扭曲人性的阴暗面，经由一系列戏剧性冲突，让梅青与米克的爱情、事业乃至生命一切都物是人非、香消玉殒。作品中的如是描写——梅青将米克送她的香水"扔到他面前，香水瓶子碎了，好像一个坠楼的人砰的一声落地，然后粉身碎骨，香味到处扩散"——适成上述结局的隐喻。而小说中更其意味深长的意象与象征便是都市里那些"灵魂已经枯萎"者，百无聊赖，在别墅里种起番茄。这一意象恰可引为少数民族青年作家选择题材的警示：与其在都市里不无矫情地种番茄，不如回归故乡，在那片何其广大的天地里尽性种花、种草、种庄稼。

对都市生活的神往乃至熟稔与留恋与对故土的牵念间或在"80后"少数民族作家内心形成一种拉锯。蒙古族女作家苏笑嫣的《那年夏天》的主人公浅袭是个18岁的女孩，恰好与发表此作

---

① 木琼尔《窄门》，《民族文学》2011年第2期。
② 阿娜尔古丽《左岸番茄》，《民族文学》2010年第6期。

时的作者同岁。这个学画画的少女与她的同时代人一样"喜欢新鲜事物，喜欢发现，喜欢喋喋不休"，平时与一起学画的同伴的话题亦自然大都是"谈游戏、谈新闻、谈演唱会、谈这个五彩缤纷的世界"。她坦言："我的内心是不安分的，我对大麦村以外的世界莫名地向往，我渴望有一天能够飞出这个村庄。我不属于这里。"①于是她携着多彩的梦离乡远行，然而"城市喧嚣，车水马龙"，"在一个又一个红绿灯前怅惘"良久后，她的心魂依然飘忽不定，找不到归宿，复又携着梦归来。耐人寻味的是，作者并不奢望故乡能给还乡的"浪子"一个心灵诗意的栖居地，却匪夷所思地在篇末揭示：那个与浅袭互为对照，堪称习画少年楷模，"没有浮躁，没有喧嚣，一直以来内心笃定和从容淡然"②，不为外面那五彩缤纷的世界所动，兀自画着他的黑白素描的少年冗南，原来是个"色盲"。

生于内蒙古兴安盟科尔沁右翼中旗的女作家赵吉雅在其小说《片片枫叶情》中索性将主人公亦秋设置为"土生土长的上海人"③，并在很大程度上借重她的视角与内心独白展开叙述，小说的前五部分也均以上海为背景铺陈，直到最后一部分，叙事空间方从大都市跳转至内蒙古科尔沁大草原。尽管大草原被叙述得如此"馥郁迷人"，女主人公也在此地与一个蒙古族男人终成眷属，个中透露出些许作者难以全然割舍的民族审美意识与故乡情结，但都市言情的百转千回、草原叙事的蜻蜓点水，终究表明了这其实

---

① 苏笑嫣《那年夏天》，《民族文学》2010年第4期。
② 苏笑嫣《那年夏天》，《民族文学》2010年第4期。
③ 赵吉雅《片片枫叶情》，《民族文学》2010年第4期。

仍是一个"地道的上海"故事。

　　有鉴于上述都市叙事或校园叙事多少透露出的那种无根的怅惘，张承志以内蒙古草原为主体空间的小说《黑山羊谣》中的深切感悟适可对症下药。他如是吟唱，"强劲的无影无形的透明风，它剥蚀了打磨了最后卷走了你那份中学生年华。连同教育"，"你的课堂你的学校你承认的教育你尊重的导师在这片草原上"①，呼唤青年一代少数民族知识分子不为学校教育、城市熏陶所羁束，而将民族热土视为更重要的启蒙者。

<h2 style="text-align:center">三</h2>

　　因其寥如晨星，"80后"少数民族青年作家植根于故土、乡村题材的小说创作弥足珍贵。壮族女作家陶丽群纤笔一支，却因着贯通了郁郁勃勃的地气，其小说《漫山遍野的秋天》中的乡土叙事暗自涌动着一种浑朴粗犷、沉沉实实的生命力。移用作品中对男主人公黄天发的描述，作者也是分外"爱土地，沉沉实实地爱"；分外喜欢看粮食"沉甸甸地挂在那里，那就是日子，沉甸甸的日子"②。恰是赖有这种同龄人中极其鲜见的沉实安详的乡土气质，作者连同其笔下人物面对生存的鄙陋、命运的多舛时方能如此难能可贵地忍辱负重，进而赢得"漫山遍野的秋天"的收获。回族作家马金莲的小说《尕师兄》《庄风》《赛麦的院子》《老人与窑》等写的也都是乡村现实、故土情怀，其语言也一样散发出一

---

① 张承志《黑山羊谣》，《收获》1987年第4期。
② 陶丽群《漫山遍野的秋天》，《民族文学》2011年第3期。

种植根于民族本土的特有的泥土气息，一种"地之子"般的皈依之情。如果说前者的语言沉重大气，那么，后者的笔触却细腻入微，借用《庄风》中的文字——"看似清风流水一般平常，但关乎每个人安身立命的细微之处"①。对于生于斯长于斯的民族本土的深爱与忧思，恰是此类题材作品最动人的魅力所在。

较之上述选题习于小中见大，蒙古族作家查黑尔·特木日的《巴拉嘎日河边的故事》则显然属于宏大叙事②。小说通过一群大学生在巴拉嘎日河畔寻觅、挖掘一部湮埋已久的见证了毡包部落荣辱存亡历史的金字史典的故事，凸示其旨在激扬应世世代代守护、传承民族文化遗产这一主题思想。作者不乏史诗追求。

巴赫金曾精当地概括了构成民族"史诗"的三个基本特征：其一，"描写的对象，是一个民族庄严的过去"；其二，"渊源于民间传说（而不是个人的经历和以个人经历为基础的自由的虚构）"；其三，"史诗的世界远离当代"，与作者所置身的时代"横亘着绝对的史诗距离"。③借此看待前辈少数民族作家的作品，以彝族作家李乔的《欢笑的金沙江》、壮族作家陆地的《美丽的南方》、蒙古族作家玛拉沁夫的《茫茫的草原》为代表的长篇小说，无疑都充满了"史诗性"；而稍后崛起于20世纪80年代的张承志、乌热尔图、扎西达娃为代表的中生代作家，其创作也会极其自觉地以民族历史文化的传承者、代言人的庄严口吻发声。即便所置身的不尽然是一个民族的过去时态，也会情不自禁地将其连通母族的

---

① 马金莲《庄风》，《民族文学》2009年第3期。
② 查黑尔·特木日《巴拉嘎日河边的故事》，《民族文学》2010年第4期。
③ ［俄］巴赫金《巴赫金全集》第3卷，河北教育出版社2009年版，第507页。

古歌、史诗。自然，这种史诗性追求是圆融贯通的。以此为标杆，《巴拉嘎日河边的故事》未免有机械图解主题、表征史诗之弊，人物塑造也流于平面化，正邪两极对立，缺乏更其宽阔浑厚的人性与民族性的内蕴。

而在另一些"80后"少数民族作家的乡土叙事中，每每可见当代社会日趋多元的价值观念与新历史主义一并谋杀着史诗性的动机。作者尤为注重个人经历与经验，贴紧当下时代，随意解构、变形着民族原型、民间传说，自觉非自觉地疏离"史诗"。偶或闪现的史诗意识，也因着个人化叙事的漫漶琐碎而趋于碎片化。

曾经作为少数民族作家创作中的核心要素、作为审美观照的重心的民族性元素，时而也降格为一种"风情"，一种叙事站位，与现代性、先锋性、魔幻性平分秋色，成为小说叙事多重质素之一。

更耐人寻味的是，他们已无心也无力开掘并连通民族庄严的历史、伟大的神祇，却每每沉迷于怪力乱神中。于是，作品中巫师仙娘盛行，民族歌者向隅而泣；而那堪称蒙古族精魂的象征的激越高翔的"黑骏马"也终为"流泪的狐狸"喻象所取代。这固然可归因于90年代以降民族地区日趋混沌多元的魔幻现实的投影，也未尝不是民族自信心愈益式微的表征。试读苗族作家句芒云路的《归去来兮》与蒙古族作家陈萨日娜的《流泪的狐狸》[①]。

《归去来兮》里小雅艾的阿爸死于一场司空见惯的采石场事故，断了生计、面临失学的她是如此孤独无助。阿妈寄望巫师仙

---

① 句芒云路《归去来兮》、陈萨日娜《流泪的狐狸》，《民族文学》2013年第5期。

娘驱鬼招魂却徒遭欺骗，最终小雅艾揣着对父亲的怀恋，幸福而迷乱地走向山崖，"她像一朵脱离了母体的蒲公英，被山风温柔地托起来，旋舞着，缓慢地向山下飘去"，如同艾托玛特夫《白轮船》中那个同样凄美诗意地走向死亡的小男孩。《流泪的狐狸》同样借助女孩的视角，叙述主人公阿斯娜的父亲无休无止地残杀着狐狸，终于招致大自然的报应。曾几何时，葫芦斯台淖尔的神灵竟然化身为"充满了哀怨、充满了仇恨"、如鬼似魅的狐狸回视人类，令人无比恐惧、梦魇不已。

值得注意的是，两篇小说不约而同透露出的"无父"乃至"弑父"心理。

《归去来兮》篇末，回荡着巫师苍老的嗓音："你阿爸已把所有属于他的东西全部带走，对往世不再眷恋流连。"而《流泪的狐狸》结尾，女儿眼中的阿爸"全身的血都被吸干了，只剩下干瘪又毫无生气的绿影"。父辈已然魂飞魄散。如果说，这亦可借作"80后"少数民族作家诀别父辈、诀别传统的一个隐喻，那么，藏族作家拉先加在其《影子中的人生》对青年一代"失魂落魄"的审视，则更意味深长！主人公扎西在藏区——"这个星球最高处、离太阳最近的高原"，那永远明朗、纯净、堂堂正正的阳光下原本有影子，而寄居内地都市后，高楼层层的覆盖、"单位"的遮蔽，却使他经常为"遗失了自己的影子"而忧虑——"扎西找不到影子的时候，心里满是悲愁，反复考虑藏族这个名词和自己有什么关系呢？""我是谁？"①很显然，作品中所谓被遮蔽、迷失了"影

---

① 拉先加《影子中的人生》，《民族文学》2010年第5期。

子"应是民族魂魄的象喻。

这迷惘不是扎西一个人的，也是拉先加所属整整一代"80后"少数民族作家们的心声。他们一方面以诀别父辈、诀别传统寓示自身的成长、崛起，一方面却不时深忧着如若民族精魂不能如影随形，终将茕茕孑立。

十年一际。较之前辈作家，大多成长于都市的"80后"少数民族作家无疑拥有更丰富的都市经验与创作源泉，这便使他们有幸极其细腻地表现随着现代化进程的加速，栖身都市而因此产生的思想震荡与精神磨炼。然而，缘于其背离故乡，在身份认同时，他们每每不再以民族历史文化代言人的集体性口吻发声，而惯于立足个体本位言说；至于所属族裔，似乎更多仅仅表明着自己的一种身份，外在的标签效应更大于深层的文化血脉属性。而在题材选择与叙事时空的呈示中，也每每满足于不无狭窄的都市叙事、青春抒怀以及欲望书写。这未尝不可如批评家针砭"80后"汉族作家时一语中的的症候，将此归结为："自恋"。

更令人不得不直面的文学史现象是：汉族作家群中，贾平凹、莫言、王安忆、刘震云、张炜、韩少功、林白、阎连科、苏童、余华、李锐等这样一批五六十年代出生、在80年代初具文学影响的作家，笔耕不辍地创作了三十余年犹宝刀不老，至今仍堪称新世纪小说的"中坚力量"；而点检与其对应的卓有成就的中生代少数民族作家，除阿来外，张承志、乌热尔图、扎西达娃等均已先后停止小说创作。上述文学史现状意味着，如果说，"80后"汉族作家犹有大树荫庇，尚能借历史余暇不无自恋地"撒娇"、享受青春或玩味"玄幻"，那么，"80后"少数民族作家则因着民族文学史上中生代的真空，不得不提前告别青春，告别自恋，自觉传承民族文化血脉，拓宽创作题材与叙事空间，勉力担当民族文学继往开来的重托。

这是中华多民族文学发展的亟需，亦是极其难得的历史机遇，舍此别无选择。

历史·家族·鬼魅

——"80后"作家郑小驴论

郑小驴，1986年生于湖南，与我同为"80后"一代人。曾有媒介冠以"'80后'农民作家"的称号，实质上其小说的意义远非乡村世界可以框定。故此，笔者拟择取其作中历史、家族、鬼魅等三种叙事予以探析，努力凸现其兀立于"80后"作家群中的独特风姿。

一、历史叙事

郑小驴的小说有着明确的历史意识，《1921年的童谣》《一九四五年的长河》《1966年的一盏马灯》——标题中历史时间便赫然醒目。[1]历史的维度撑开了家族的故事的框架。不过作为

---

① 文中所引用郑小驴作品主要出自他的《1921年的童谣》《痒》两部小说选。《1921年的童谣》，中国社会出版社2009年版；《痒》，河南文艺出版社2013年版。其余散见于《十月》《上海文学》《花城》《山花》《芙蓉》等文学期刊，不再一一注明。

"80后"作家，那些年份毕竟十分遥远，因此，在其坚持历史叙事的背后，分明透露出一个虽犹青涩却勉力成熟的青年作家极为难得的担当与胆识。

小驴如此频频回望历史，意在反拨同时代人的消解历史倾向，抑或只是"为了忘却的纪念"？1921、1945、1966……秉笔刻下一道道时间年轮，不经意间作者年轻的额头陡然见出了历史的沧桑皱纹。

历史在他的笔下间或也衍为一个现代寓言，譬如以下文字："那一年的六月，漫山遍野都是那玩意，每棵树上都攀爬了密密麻麻的黑色松毛虫，隔着一里路也能听见它们贪婪的吞噬声，哒哒哒，哒哒哒，一棵树一下就被啃得精光，只剩光秃秃的躯干，一座座的山冈望过去，全是被啃光的骨架，没有一丝的绿色，恐怖死了！"如此寓意未免有些辞气浮露，笔无藏锋，但从另一方面来看，恰见出小驴所以专注于历史叙事、不忽略这个民族每一个重要时间节点的用心即在于以史鉴今。

"如果一个成熟的青年作家，三十而立还在关注着青春校园爱情迷恋等，那他作为一个作家，肯定是个伪命题。"①小驴在《"80后"，路在何方》一文中如是说。他先在地对同代人那些一味局限于都市，局限于校园，沉湎私己生活、自恋自虐的小说有所抵触，径自命名为"小驴"折入乡野，折入历史，折入神话，由此带给他更为开阔的创作视野，助成作品每每从"自我"的小格局拓展到社会的大境界。自然，非亲历的历史叙事利弊兼具：一方面它

---

① 郑小驴《"80后"，路在何方》，《文学报》2011年6月9日。

杜绝了情感过度漫溢而造成的当局者迷，得以凭借旁观者更为清晰、冷静、理性的视角加以观照；另一方面，历史经验的匮乏、直感的阙如却容易让想象无所依傍、玄虚空幻，从而使叙事相应的游谈无根。就此意义而言，挑战与机遇可谓并存。亦因此，"80后"作家鲜有追溯、梳理、反思非亲历历史的勇气。

郑小驴却刻意遁入20年代、40年代、60年代的暗角，用一种既虚构又纪实、既戏说又举重若轻的正视，见证、遥感历史与家族血脉中那勃勃脉跳。或许更值得追问的是，有涉同样的历史时间节点，这位"80后"作家在叙述1921、1945、1966年时，是否能开拓出五六十年代出生的作家们未尝道出的新意？比照五六十年代出生的作家群中，历史叙事已然蔚为大观，而孜孜演绎历史叙事的"80后"作家却只有郑小驴等寥寥几位。饶是如此，我们仍然能从郑小驴的历史叙事中觅得一抹新绿。在此我无意强调，郑小驴的历史叙事较之前辈作家们已具有多少青出于蓝胜于蓝的创意，而是试图在未来时态中，预见、预留作为"80后"作家的他锐意创新的诸种可能。

二、从历史到家族

除了前述小驴好以时间节点为标题这一特征，其作中另一引人注目的现象便是家族人物的成群出现。以家族成员作为小说主人公的篇目计有《弥天》中的祖父、《1966年的一盏马灯》中的父亲、《鬼节》中的母亲与姐姐、《屠夫》中的姑父、《望天宫》中的舅舅等十余篇作品，几乎占据了作者截至目前公开发表的中短篇小说的半数。中短篇小说创作出现如此密集的家族叙事不仅在"80后"中，即便置之于其他年代出生的作家群也不多见。其有涉历史的小说中的人物几乎都是家族谱系的演绎，而且在家族谱系中有着某种内在的精神血缘的贯通与感召。独立成篇的短制却兼有着如同系列小说的内在功效，从而在镜像丛生的复沓交错叠合中彰显了相对完整的历史——家族谱系。

上述家族叙事多以第一人称"我"为叙事者，并且永远是一个少年或青年形象，在文本中有着极为稳定的内在视觉与外在视点。

倘若给小驴的创作安排一个时间进程表，不难看出前后期作者的价值取向有着微妙的变化。正如昔日莫言《红高粱家族》激赏"我爷爷""我奶奶"的英雄豪举，《1921年的童谣》则遐想"我祖父""我祖母"的传奇人生。但后者却未能让笔下人物的精神品格塑造得更其立体、丰满，缺乏血气蒸腾的生命力，未免有些刻意拔高人物的嫌疑。

小驴从家族入手，一度表现出对前辈的幻想与仰视。祖父会很多法术，替人收魂，化孟婆汤，样样在行；祖母这位青花滩唯一识字的女性，最后自杀前的挽联也被渲染得如同杜鹃泣血般的慷慨激昂。而较之祖父祖母们，"我们这些后辈"则"唯唯诺诺地活着，什么都不是"。此类叙事似乎隐隐流露（抑或无意间暗合了）就创作纯文学而言，渐入而立之年的"80后"作家对前辈作家望尘莫及的内心焦灼。那条如梦似幻的《一九四五年的长河》，毕竟难敌沈从文《长河》的摇曳多姿、绵延悠长；而《1921年的童谣》，也难免成了莫言的家族精血退化观念的稚拙描红。"这是一个模糊不清的梦，就像白雾一样在我心中氤氲。我内心的深处，一直渴望自己与我的祖辈一样"，而结果却如同父辈对"80后""一代不如一代"的一贯嘲笑，"我纤弱的身子越来越与我的梦想相去甚远"。它如同"80后"这一代作者群集体尴尬的一个隐喻：笔涉20世纪20至70年代这段非亲历的历史时段，他们只能手捧文坛前辈们的一脉遗泽踽踽前行，感叹"有一天，成长的信号在我脑中呼呼作响时，我知道我完了，我一辈子都无法与祖辈们相比了"。

如果说小驴的前期家族小说那遥向祖辈敬礼的叙事中依稀渗透着"80后"内心深处特有的自卑与压抑，那么同理，其后期家族小说勉力消解崇高的刻意也能从其成长期的逆反心理中见出些许端倪。从《弥天》开始，小驴纵情吹响了家族叙事的新号角，自此长辈们纷纷走下神坛，从"神"到"人"：《屠夫》中曾经是一名"身材健硕""威严得体"的姑父，后来成了"挂着三层松垮的下巴"的卖肉的屠夫，"让我厌恶"；《鬼节》末尾，披头散发的母亲如同骇人的鬼魅，以致"我不得不凝神地想，这是我的母亲，以此来打发掉不断涌来的惧怕"。又如《吾祖》，描写"在新旧政权的交替之际，外曾祖父在风雨飘摇的声音中寿终正寝。他肯定没想到，在短短的一两年时间里，他的子女们将要为他们的出身遭受说不清道不明的罪名，并付出尊严和生命的代价。他已经看不到两个儿子被五花大绑贴上地主恶霸的标签押往刑场枪决，草草地用张破席子卷起来埋在乱葬岗的情景了"……而《叔叔》中叔叔自杀的那天，我与女友正在看一本幽默杂志，忍不住想笑出来，"我甚至想象着他从高楼跳下在空中翻腾时姿态。我相信叔叔肥胖的身体就像一截树桩，笔挺地掉在地上，甚至没能在空中翻腾一下"……如此叙事无疑是对叔叔自杀意义的解构。

曾几何时，"我"对祖辈由崇拜渐次转换为某种犹如面对群鬼时的压抑——"列祖列宗都在家里待着呢。我顿时感到毛骨悚然，四周仿佛都是眼睛和人影儿，他们有的笑眯眯，有的一脸严肃地望着我这位后代儿孙。我如履薄冰，甚至都不敢想一些有悖于常理的事。"这种压迫如同一种"影响的焦虑"，在小驴的叙事中则化作了对传统文学资源的摒弃与再造。《弥天》也因此特意地让食洋不化的老祖宗嫁接了信仰耶稣的精神伟力，绝食而死的骨气与钉死在十字架上的大爱一时混淆得让人莫辨真伪，拨开怪力乱神的浮花浪蕊，恰见出其精神资源的悖错。

在小驴新近发表的小说《吾祖》中，面对祖父去世，"我努力想挤出几滴泪来，可是没有任何的反应。我跪在他的床头，尴尬地陷入周边悲恸的环境中，像个叛徒，在该表现悲伤的时候却无动于衷"。"我"与祖辈的隔膜感开始愈益强烈，这是否意味着其家族叙事业已真正走上叛逆？

有学者将"80后"创作的心路历程概括为"从反叛到皈依""典型的成人礼写作模式"，并指出，对父辈的叛逆到精神的皈依是"80后"作家作品中的惯常主题，内在对应着青春期写作起步直至渐进而立之年的精神成长轨迹。[1]郑小驴的写作轨迹却恰恰与此相反，其家族叙事由对父辈的崇拜与招魂演进为个体精神的独立，是一个从皈依到反叛的逆向过程。为何会出现如此与

---

[1] 季红真《从反叛到皈依——论"80后"写作的成人礼模式》，《文艺争鸣》2010年第15期。

"80后"写作整体精神走向的背离？

我觉得，如果说郑小驴的前期创作刻意将祖辈完美化、英雄化、戏剧化，那么后期则悉心让他们更平民化，生活化，勉力还原他们为"人"。家族观念的转变在某种意义上照应了小驴对前辈作家留下的文学资源的态度：从崇拜、模仿到继承、突破，同样将前辈作家拉下心造的神坛，直至开始营构属于自己的小说世界。尤为可喜的是，伴随着身体的成长，小驴的作品中愈益可见其艺术上日渐成材，精神成人。

他的小说，并非囿于自己年龄层的小情小调、游戏撒娇，并不"以个人个性压倒普遍原则和集体思维"，而是因此有了社会题材的大视野，诸如分配问题、饥荒，穷人为何总是很穷？底层百姓为何只要吃饱穿暖就觉得是最幸福的生活？计划生育给百姓的精神带来什么影响？……这些题材也同样为五六十年代的作家所关注，因此，这种视界的融合就为小驴的小说能够走入不同代际人的视野，预留了空间。

三、鬼·怪·神·巫

郑小驴作品中的鬼、怪、神、巫很少单独作为主人公出现，他们每每充当配角，与现实人物共生于文本中。其叙事亦绝非纯粹地谈神说鬼、言巫道怪，而是经由诗化冥想带出与现实世界虚实相生的重重魅影。鬼魅之外，兼有神与巫的质素，一并混融其间。楚文化自古以来便有鬼怪神巫的传统，小驴的小说却不只是源自湘地民间的冥冥精魂，它更像是不愿长久粘滞于大地，而时或翱翔于彼岸，化身为精神领地中的那个玄幻缥缈却也若有所思的务虚之灵，借由幽冥视域窥探现实之眼未能洞察的盲点。

"80后"作家的小说每每耽于过分拘泥现实的散文笔法，将复制生活当作艺术创造，或者流于过度纯粹的玄幻演绎。譬如郭敬明的《幻城》《爵迹》，其弊病也正如识者一针见血指出的"装神弄鬼、故弄玄虚""缺血、苍白、想象力贫乏""没有真情，只有鬼气"①。也有批评家将此揶揄为是一种"玩弄灵魂的艺术"②。相形之下，小驴的鬼魅叙事却有一种连通现实的地气，鬼魅踪迹皆有其根脉，与现实人心、世情互为映照。

《望天宫》中的张天师"能唱一天一夜的阴阳歌"，"口功、心法、符讳、罡步巫舞"样样精绝；蚩尤畸形的身体、低下的智力自然让人联想到同为湘籍作家的韩少功笔下的丙崽。同为民族文化的毒瘤，不过这个与上古部落酋长同名的怪胎，却又有着巫的所指，被赋予了某种不可测的力量，乃至于结尾突然用手指天，道出符咒般的妄语："蚩尤盘古出世是寅日，盘古出世是仙儿。"

《石门》中的老李犹如直通阴阳两界、为死者招魂的巫师，通过做法让昔日在越战中死去的恋人阿莲在其小黑屋中出现，不由让人想起30年代徐訏的小说《鬼恋》。然而，《石门》却似乎更多了一份亦真亦幻的凄冷、诡谲："我等你很久了，真的见鬼，明明看到他冲到这里的，怎么就不见了？！"

《鬼节》中的鬼魅叙事被赋予了浓墨重笔，意在写计划生育题

---

① 陶东风《青春文学、玄幻文学与盗墓文学——"80后写作"举要》，《中国政法大学学报》2008年第5期。

② 郜元宝《灵魂的玩法——从郭敬明〈爵迹〉谈起》，《文艺争鸣》2010年第11期。

材，却始终将对这场声势浩大的运动的正面聚焦悬置，即便如此，村子里已然人心惶惶，姐姐被骇得动了胎气，早产了一名死婴；母亲精神压力太大，"披头散发"如同厉鬼般地令"我"恐怖；而更多的对计划生育的恐惧，却如同借尸还魂的幽灵，借由"鬼节"游荡于整个村落，创下种种血光之灾。比照莫言的《蛙》的更多刻画计划生育活动的现实场景，《鬼节》更多了几分写意的恐怖，从而增添了此类题材的别一视角与写法。

探究郑小驴鬼魅叙事的缘由，既有对逝去了的一个世纪"造神"现象的反拨，亦有对现代社会压力下个体精神的疏导与排遣。然而我认为最重要的，还是缘于不愿让历史与家族叙事过于被现实束缚的意图，故而着意营构一个与现实世界对应的幽冥世界，借此丰富小说的叙述层次，使小说在虚实之间得以激荡出更多的审美意趣与思想内蕴。倘若仅仅单向度地致力于历史与家族叙述，小驴创作的未来前景也许会逐渐囿于写实主义的藩篱中，画地为牢。就此意义而言，鬼魅叙事恰可视为其历史叙事的空间拓展，家族叙事的镜像映照。

"'80后'这代人总会有些主题没办法回避"

——郑小驴、张劢对话

张　劢　你为何取"小驴"为笔名？是有心借此符号标明自己有志于乡土叙事的创作追求，还是另有原因？它让人联想起西班牙诺奖作家希梅内斯那本著名的散文诗集《小驴之歌》，那头小驴可谓善良而多愁善感的诗人的精神化身，它不仅信步于乡村原野，更努力"走向人类情感的深处"。这抑或亦是你的创作愿景？

郑小驴　关于这个笔名的来由，我已经无数次遭遇这样的提问了，所有人都很好奇。我想我对日本学者上原的回答同样适合你："在中国南方，特别是我所在的湖南省，几乎是见不到驴的。我取这个笔名，当时充满了对驴的想象，有着浪漫的解构。中国很大，地域间的文化差异也各不相同。我更愿意将我的笔名理解为戏谑的精神和不屈不挠倔强的品性，这暗中符合了我的性格。再者，名字只是一个称呼，一个符号，作家最重要的是作品和人格，而非名字本身。在没有想到更好的笔名前，我依旧愿意使用郑小驴这个名字。"

面对汹涌的城市化进程，我想每个人都有一个回不去的故乡。这个变化可能要比鲁迅、沈从文笔下那个回不去的"故乡"情况更加糟糕。每一次回家，我都感到了某种陌生和隔离感，我的故乡以拥有水泥马路、有线电视和公交车为荣，他们认为和城里接轨是过上现代文明生活的一种象征与荣耀。这种同质化在作家们看来，可能恰恰是最糟糕的表现，这意味着之前那与众不同的一面正在消失，变得和外面世界一模一样。对我们这代人来说，故乡的经验在贬值，情感也在贬值。本雅明说一战后我们的经验在贬值，战争和现代文明摧毁了我们的想象力。我想现在的中国，和一战时期的欧洲相比，这种贬值的情况有过之而无不及。总有一天，我们的故乡会变成一种模式，毫无个性可言。我对那些赞扬故土的文章，骨子里一直持着怀疑态度，一半是火焰，一半是海水。

　　张　勐　我把你的小说创作中前后期家族叙事观念的转变，视为一个折射你本人也努力从前辈作家的"影响的焦虑"中挣脱出来的过程。你自己如何看待"80后"作家汲取五六十年代作家创作资源的同时，逐渐摆脱其影响，自我断奶、精神成人这一问题？你觉得作为"80后"作家应该发挥这一代人哪些方面的优势，在纯文学领域有所拓展？

　　郑小驴　前期的写作离不开模仿，毫不讳言，我最初的写作是从模仿中得到灵感的。他们是张炜、韩少功、残雪、余华和加缪。我依然记得大学时期读完《远河远山》《九月寓言》时的激动心情。我至今都未能从"局外人"的阴影中逃离出来，那种灰色的阴郁感像手上的掌纹，我一生都可能不能摆脱。就像书法的临摹，模仿或启发是写作必须经历的过程。每代人都有每代人的成长经验，有他独特的成长记忆和叙事方式，每代人都应该拥有他那代人独有的文学。比方"50后""60后"作家写知青、饥饿、文革、土地，这些都和他们的亲身经验有关，那是属于他们那代人的文学主题。而我们这代人经历的是计划生育、身份的焦虑(大学生入城，第二代农民工)、房价、"国进民退"、公平公正、精神迷失等问题，这是我们这代人的写作主题。当你的写作真正切入了你的生活，解决你内心问题时，我相信那就是脱离前辈们"影响的焦虑"的时候。这种内心问题其实就是我写作的主题和关键所在。人之所以为人，为什么要存在？有哪些社会属性？他活着的意义是什么？社会在变迁，作为个体的我有了哪些变化？2009年开始，我的写作主要面临解答这些问题。那时期创作的长篇《西洲曲》主要写了"80后"这代人对计划生育政策的主观意识和感受。我相信"80后"面对这个问题所处理的方式，和莫言《蛙》的处理方式是不同的。这种不同之处在于代际和身份的差异。作为父辈，他们可能会从一个宏观的角度来分析这个问题，持俯视的视角；而"80后"作为受计划生育影响最深的这代人，童年时期的孤独与恐惧、战栗带来的记忆创伤，可能会伴随漫长的一生。在看这个问题的时候，我们会选择一种更为直接的视角，同时也有更多的在场感。我八九岁的时候，一位堂姐有身孕后悄悄来到我家躲计划生育小组，提心吊胆的几个月后，眼看大功告成之际，她却因躲在地窖里缺氧而流产了，前功尽弃，让她痛不欲生。这件事让我很难忘怀。在我的写作主题中，计划生育给我带来的印象和回忆，是不可能回避的一个题材。我想在叙述这种切身经验时，肯定会和前辈作家有些不同。这种感受力是独一无二的，因为我们是参与者，疼痛只有我们自己知晓。我想这些方面应该是我们这代人拓展的领域，它依然是蛮荒地带。

张　劢　作为"80后"作家，你是如何评价同代作家的创作的？你似乎对80年代以前的非亲历历史题材情有独钟。今后的创作方向若笔涉历史叙事，在亲历历史与非亲历历史之间会更倾向于哪一个？你觉得作为"80后"作家，在非亲历的历史叙事中，能否开出前辈作家未曾道出的新境？

郑小驴　同代作家里有很多优秀的，笛安、王威廉等很多作家我都非常看好。在我的写作中，历史题材大多数是前期的一些作品。历史能拉开想象的空间，可以轻松在里面驰骋，我也能在里面寻找到写作的快感。单纯叙述的角度上来说，我很喜欢这么干。但是之前说了，"80后"这代人总会有些主题你没办法回避，那跟现实和精神价值有关，我想以后即便是写历史题材，也会涉及精神价值。那是我作品的灵魂所在。很多过去式的写作，都会将其贴上"人性"的标签，似乎在表达人性，我现在也深表怀疑。因为这个"人性"和作家内心以及现实都没有发生多少联系，只不过是作家臆想出来的人性而已。

张　劢　我注意到你的小说几乎都是透过第一人称叙事者"我"的视角来观照家族人物，这个"我"始终是一个少年、青年的形象，基本应和着你的成长年龄。如此安排只是一种无意识的结果，抑或是你的叙事的某种内在的自觉？这种自觉有其深层的缘由吗？

郑小驴　我比较喜欢第一人称的叙事风格，那时候深受郁达夫小说影响。应该是一种内在的自觉，就像你说的"作家主体论"，我比较喜欢这样的叙述方式，作品中带着强烈的个人情感与体验，这和罗兰·巴特的"零度叙述"是截然不同的。这点上，我天然地喜欢帕斯捷尔纳克。

张　劲　我在关于你的创作论中将你的历史叙事与家族叙事视为一个写实的框架，而将你的鬼魅叙事视为一个务虚的空间，并将三者的交融视为一个虚实相生的过程。你自己如何看待历史、家族、鬼魅叙事这三者之间的互动关系？

郑小驴　这三者可以代表我三个不同的写作阶段。我理解的家族叙事可能和你的不尽相同。莫言、张炜、陈忠实他们的家族叙事我们这代人已经无需再去表现，这是不可能超越的，即便超越也是一种无意义的行为。人作为社会属性的一部分，作品中不可回避地会出现家人和朋友这些角色。这是小说的一种需要。我没有任何兴趣去表现一个家庭中成员的各种错综复杂的关系，对此我心知肚明自己不擅于此道。我记得方方有个中篇《风景》，写到了一个家族的命运走向，写得非常好。但是"80后"作家已经不可能复制这种"风景"了，因为大多数是独生子女家庭，他们所要面对的是孤独。早期的作品中，我也有意识地将家族和历史两者融合进来，比方在《一九四五年的长河》《1921年的童谣》中。而在2009年后，这种意识已经不复存在，我的写作主题更多的是思考自身精神价值的问题。我在想，和我同龄的那些人，他们在城里打工，难道他们还会回到之前的故乡去吗？他们的根系又在哪里？我的故乡就像沦落风尘的女子，我对她既恨又爱。我恨她的"同流合污"，爱她昔日的"清纯"。我想这些已经在我的小说《少儿不宜》中得到了充分的呈现。

批评的批评

荷戟独彷徨

——全媒时代文学批评的站位

"全媒时代文学批评何为"一题牵涉广阔，笔者无意放言空论，大而化之，宁可选择"80后"批评与"80后"写作、专业批评与网络批评这两个具体问题，作切切实实的思考。自然两个断篇形散神合，所研究的问题背后均隐约可见大众文化这一魅影闪现。

一

在近期召开的新世纪十年文学研讨会上，陈思和曾就"80后"作家的文学状态与以王安忆、莫言、余华等为代表的纯文学传统的承传者间的断层、分裂现象表明，如何"将断裂的文学进行整合"，这将是今天探讨新世纪文学十年时绕不开的问题①。与

---

① 《新世纪十年文学：断裂的美学如何整合？》，《文学报》2010年7月15日。

五六十年代作家群和"80后"作家群的所谓"断裂"相联系的，是同样执着于纯文学价值标尺的我们"80后"批评者与"80后"写作的隔膜与错位。倘若说，前辈批评家与"80后"作家之间的隔膜尚可归结为一种年龄意义上的代沟，那么面对"80后"作家草长莺飞的创作，"80后"批评者之相对"失语"则显然与代际差距无关，而属于或一精神文化意义上的代沟。

"80后"作家大都源于市场，源于大众文化，而"80后"批评者却多诞生自学院。其背景恰透露着大众社会与学府、媒体与文坛之间的疏离。学院批评即便偶涉"80后"作家群的创作，其关注亦仅限于韩寒、郭敬明、张悦然等寥寥几位。研究方法上则每每将个体写作"典型化"，通过分析单一作家的文本来投射整个"80后"创作的精神风貌、审美态势，由此以偏概全而可能造成的研究盲点不言而喻。

韩寒、郭敬明、张悦然无疑是"80后"作家中最展头露脸的，虽不能说其成功的背后都是全媒宣传与市场运作之功，却在相当程度上与后者相辅相生，自觉非自觉地形成了某种共谋。在不断被媒体、市场推波助澜直至峰顶的同时，难免留印了迎合市场、取媚读者的创作心态。虽则韩寒、郭敬明、张悦然之写作模式俨然已成时尚，已成品牌，已成样板，对"80后"写作群体已经形成的误导甚至"克隆"生产、蔚为时潮自不可低估，但批评之职责并不仅仅限于静观，限于默认，而理应能动地介入，辨析疏导。

总览"80后"创作，其实并不纯粹是一个商业化、娱乐化的怪胎，其内涵也并不缺乏文学性的特质，任何本质主义的概括、命名，难免将这一同样多元混血、异质合成的文学潮流的复杂性简单化了。如若我们的批评能消解"典型"，避免只见韩寒、郭敬明、张悦然之树，而不见森林，如若我们的审视范围能拓展至诸如小饭、笛安、许多余、李傻傻乃至更广泛的"80后"写作群体，那么很可能会发现一些因其未随波逐流而不被市场看好的别一种"80后"创作。不无遗憾的是，不仅市场对后者不屑一顾，学院批评也似乎无暇予以更多的关注、扶持。倒是一些发表于博客与论坛上的网络批评发挥了同步及时的作用。

"80后"作家显然是全媒时代的"当代英雄"。作为多种新媒介交错横生的所谓"全媒体"，其内里贯穿着的是现代化、商业化社会的逻辑，西方语境中的机械复制时代、后工业时代、消费主义时代等种种相关表述皆可借作审视其内蕴的理论话语。有识者敏锐地感觉到，当下作家出笼的机制已悄然发生了位移：由传统的"期刊、理论家、文学史"之"三位一体"，衍变为"出版社、媒体记者和读者见面会"之"三位一体"①。而后者恰是全媒时代的衍生物，其整体运营方式、策划构形皆难逃现代媒介、市场架构的程式、策略。排除诸种纷乱无序的机缘巧合，韩寒、郭敬明、张悦然等在"80后"作家群中的脱颖而出，很大程度上便印证了上述机制的魔力。全媒时代的运营机制一方面可将一个平庸者包装成畅销作家，一方面也能遮蔽、埋没一些真正优秀的作家与作品。然而一切存在着的并非尽是合理的，套用在"80后"作家身上，倘若因此为之削尖脑袋，钻头觅缝，练就一身登龙术而忽视

---

① 《新世纪十年文学：断裂的美学如何整合？》，《文学报》2010年7月15日。

创作本身的努力，则无疑丧失了作为一名作家的文学本位及价值目标。

学界不无忧虑：那些绕开纸质载体而直接自网络蹿红的"80后"作家，其作品的文学性是否经得起检验？此一向度的担忧值得细思。然而换一个角度思考，网络毕竟提供了传统纸质媒介之外可供写作、"发表"的新平台，那无需编辑审稿而尽由万千读者检验的新方式，似乎不能说全然是商业取向、市场逻辑。其孕育作家的方式、过程难免泥沙俱下，却不乏大浪淘沙出真金的可能。亦有作家借由网络平台成名后，创作遂转向更其纯粹的文学性探索。可见网络作为新台阶，对于新作家的产生、更迭，自有不容低估的作用。

如是立论并不判定网络万能，亦未默认专业批评的无用武之地。相反，笔者认为：面对"80后"创作，专业批评不应缺位。批评理应担负起对"80后"创作深入底里的批判的功能，当超高人气导致某些新星忘乎所以之际，必要的警醒自不可少，如郜元宝近期对郭敬明小说《爵迹》"玩弄灵魂"、炫耀语言等恶趣味的针砭[1]；但批评不能仅只满足于说"不"，同时还应包含着导引、整合等题中之义。尤其是我们"80后"批评者，与"80后"作家之间虽不无隔膜，却毕竟属"本是同根生"的一代人，彼此成长的时代环境、精神气候，共同拥有的青春情怀，或将预示着"80后"批评与"80后"创作交流对话、良性互动的潜在可能性。

---

[1] 郜元宝《灵魂的玩法——从郭敬明〈爵迹〉谈起》，《文艺争鸣》2010年6期。

二

文学史书写、文学理论研究多与当下文学创作保持着适度距离，隔岸观火式的相对超脱立场，有助于其秉持平正与客观。"秋后算账"，乃至十年、百年后再作回顾总结一类的文学史淘洗、遴选乃是其习用之方法。较之前者，文学评论则更见长于对当下文学创作的热切关注与锐敏感受，必要时不惜与文学创作短兵相接，相拥相搏，以血试血。

值得省思的是，当下以博客与论坛为主要形式的网络批评较之纸质批评似更生动活跃、迅捷及时，"短平快"几乎成了网络批评的通用风格。且网络批评多为个人随性而为，较之纸质学术出版物功利化的目的日渐侵蚀，其动机反而显得更其单纯，更接近于文学评论兴之所至、有感而发的始源。

时有学者强调网络系一"虚拟空间"，网络批评大抵"随意、诙谐、搞笑、游戏"，自有一套话语系统，与纸质批评严正的话语实难沟通。此见归纳抽取网络某一特征固然无错，但进而将其过度放大，一叶障目，甚至借此将网络批评的意义全盘虚无化，却未免失之片面。其实随着网络博客实名制的流行，不少批评家皆以实名开辟自己的博客，直面社会，而不再是昔日的"隐身人"，"虚拟空间"又何尝不能与"现实空间"互渗互化？

网络批评常恨世人新意少，好标新立异，剑走偏锋。有识者便将网络批评的这一精神向度命名为"冒犯"，即偏要对主流意识形态、权威观点、传统理念说"不"；并将其归结为"是长期以来被压抑、被边缘化、被低贱化的'民间批评'的一种顽强体现"①。发表方式的相对自由，为一些深刻犀利的卓见异说打开了窗户，思想的锋芒棱角也经由网络这一特定空间得以保全②。然而对点击率的片面追求，又致使其末流每以哗众取宠、危言耸听、无端挑衅，愤激谩骂（多作"愤青"状）吸引读者眼球。需要辨明的是，这未必尽是网络平台在作祟，一定意义上也含有商业化、媒体化理念的驱使。全媒时代与市场化时代的取向对批评的影响在很大程度上是同步合拍的。例如标举"自由谈"旗号的某刊，其力倡短、平、快的文体以实现批评醒神的实践，以相对自由的采稿方式"表达文坛民意"的宗旨，便与网络批评的旨趣、追求不谋而合。无独有偶，该刊也未能避免哗众取宠乃至"辱骂与恐吓"之流弊。又如"骂派批评"，内力不足，偏一味逞勇斗气，徒见其"无知者无畏"而已。所谓过犹不及！后二例适可证明，与其将上述症候全然推诿于网络环境，不如更多地归咎于批评者自身的学养资质及批评伦理。

既然网络批评的缺陷相当部分不属于网络母体产生的先天畸形，那么，专业批评自然可借助、利用网络批评这一平台与形式。孙郁、李敬泽、朱大可、谢有顺、林贤治、王鸿生、于坚（其诗歌批评不乏慧眼）、何言宏等批评家便以博客形式，拓展了专业文学批评的空间。应强调的是，以上所列举的博客并非电子版论文

---

① 谭德晶《"冒犯"与"躲避"——网络文学批评主体的精神向度分析》，《文艺争鸣》2005年4期。

② 如朱大可在一篇博文中指出："本文原载《南方都市报》。发表时，编辑未经同意删除了两个核心段落，导致文意无法准确表述和传递。此处发布的，是原初的完整版。"

的集成，论文集成"新瓶装旧酒"，仍属静态文本，显然不能称之为网络批评；而上述博客却尽现其全方位的魅力，灵动鲜活，仪态万千：或网上答问，或奇文共析，或新书推荐，或理论申辩。博主发表文学批评的同时，犹不乏文化批判，透露出专业意识之外的现实关注与社会情怀。博文篇幅长短不限，尤以短评如电光石火，令人眼前一亮。

时有学人倡导、实践"文学图志学"，如陈平原、夏晓虹编《触摸历史：五四人物与现代中国》、杨义编《中国新文学图志》等著述，以图显形，触摸历史；而博客则凭借网络技术，将图文互启互阐的表现力扩展到极致。朱大可、于坚的博客尤为引人注目，业已超越插图点缀、作形象地印证说明的功用，选图前卫、震撼、诡谲、神异，图像与批评文字间形成了极具张力的思维与想象空间。

最具特色的，还数紧随批评文字后的跟帖、回帖。以李敬泽博客为例，其博文发表后，随之引发的讨论煞是可观，《庄之蝶论》后跟帖327篇，《浩然：最后的"农民"》后跟帖487篇。网友嬉笑怒骂，众声喧哗："不喜欢贾平凹，说不出的一种霉朽气加三仙姑，神神道道。看不出他的真诚。""阿来也写性，很直接很赤裸，但很美很诗意，因为其背景是早年的雪域早年的大自然。贾平凹写性，背景是平俗焦躁的人群与城市，于是很难有洁净的美感。但没有洁净感的杂乱的性生活，难道不是中国的现实吗？""这是我看过的最好的一篇写浩然的文章，它让我感到温暖。""我不能读这样的文章。——内在的压抑与对未来的强烈渴盼，太强烈了。问题还不在于此，在于文笔如此细腻、如此恰到好处的贴切，把对方与自己，把自然与环境与人心，把我的、我们的某种怯懦的私心胆大，以一种随意的淡淡的轻描的语气，舒心地表述到一种人性冲突与矛盾下的自然。问题是，比'艳阳天'还艳阳天的意境——那是笔者想要——要让我去领会的吗？"所以着意援引，一则可让网盲者一窥网评识见之尖锐纤敏，语言之生鲜泼辣，二则彰显网络如何令读者反映批评所期待的作品或评论"转换成读者心智舞台上的活动"这一构想如愿以偿。

网络批评不仅可参照专业批评的形式，更须借鉴专业批评的文学旨趣与批评伦理。网络体之"短平快"等特征，虽说脱胎于网络浏览不适宜于长篇阔论、宏大叙事之环境，得益于点击率的驱使等动因，但并非横空出世，前无先驱，旁无来者。且不说鲁迅一代好以短制任意而谈、无所顾忌之语丝遗风，刘西渭洗练如诗之印象批评，即以今人为例，郜元宝的"小批判"与李敬泽的"纸现场"[①]，便堪为网络批评学习。《纸现场》一书的命名，适已证明，纸质载体并无碍成为一种"即时批评"。此外，黄子平、许子东、王德威、黄锦树等批评家亦写有大量千字左右的文学短评或读书小札，起因未尝不是缘于港台或域外市场经济更其完备、大众文化更其繁盛、生活节奏更其快捷的氛围。然而，其出淤泥而不染，执着于启迪思想、引领趣味、文短意长、通俗不媚俗之追求，足以为网络批评师法。

同理，专业批评不仅应借助网络批评的平台与技术，拓展自身的空间，更应借镜网络批评的民间姿态与受众意识。如是立论

---

① 郜元宝《小批判集》，复旦大学出版社2008年版；李敬泽《纸现场》，人民文学出版社2000年版。

并不意味着唆使专业批评从其坚守的文学性本位退却、移位，而期盼其摈弃傲慢与偏见，警惕因过度专业化可能导致的画地自限，包容更其多元的价值取向。网络批评之长恰可成为一种反照、一种启示。其短小精悍、感悟贴切、众声喧哗、反馈迅捷等特征，或可救正专业批评之大而无当、凌空蹈虚、自说自话、反应迟钝等流弊。

临了，回到文首。分则两衰，合则共生，故批评与其听任雅正与通俗、纸媒与网络、精英文化与大众文化乃至文学与社会间之"断裂"，不如勉力于"整合"，善作调理。

文学史论的另一面相

——以三部讲堂实录型著述为视点

论及大学教师的职志，陈平原如是说："'学问'十分重要，但'教学'同样举足轻重。"① 后者的建树无疑须回到讲堂这一现场方能衡量。故此，陈平原在回顾半个多世纪前老北大的文学教学时，深为当年"五彩缤纷的'文学课堂'"、教授风神缘于无实录最终"消失在历史深处"而扼腕长叹。②

前车之鉴，当三联书店有志于向社会开放大学讲堂，"精选一批有特色的选修课、专题与有影响的演讲，据现场录音整理成书，辑为'三联讲坛'文库，尝试把那些精彩的课堂，转化为纸上的学苑风景"③，使那些无缘身临其境的莘莘学子也能借助阅读，亲炙名师教泽时，陈平原遂率先响应，跻身"三联讲坛"。

---

① 陈平原《作为学科的文学史》，北京大学出版社2011年版，第74页。
② 陈平原《作为学科的文学史》，北京大学出版社2011年版，第73页。
③ 《"三联讲坛"缘起》，陈平原《从文人之文到学者之文——明清散文研究》，生活·读书·新知三联书店2004年版，第1页。

无独有偶，三联书店之后，广西师范大学出版社、团结出版社亦相继推出《大学名师讲课实录》《名牌大学名师讲堂》等系列丛书。

近年来又有上海三联"理想国"跃跃欲试，例如其今年六月推出的《许子东现代文学课》。上述文学讲堂实录的出版，不仅有助于满足人们对大学里名师究竟如何教读经典作家、作品的好奇心，而且得以一窥一部部较之纯粹的文学论著更有声有色有温度的中国文学史论。

恰是出于上述价值取向，笔者拟由课程设计、述学语言的探析切入，最终辐射、捕捉学者风神。目的在于强调：学苑中自有生命，有气度，有情怀，有境界，尤其是那些经典课堂，绝非仅凭技术层面的小技便能胜出。

一、许子东《现代文学课》：学术名家的迎、拒

此书源于2016年起许子东为香港岭南大学中文系本科生开设中国现代文学的讲堂实录。

框架设计上，由于讲授时间从一学年压缩到了一学期，加之许子东一贯注重"从文本的原点出发"的文学理念使然，有意无意间，这门《现代文学课》采用了以作家作品"为主体构成的感性文学史"的范型[①]。现代文学史的主要演进发展流向虽也有所涉及，但每每化繁为简，最终衬托大家，即"鲁郭茅巴老曹"，以及

---

① 陈思和《前言》，《中国当代文学史教程》，复旦大学出版社1999年版，第6页。

郁达夫、丁玲、沈从文、张爱玲等足以撑起文学史的举足轻重的作家。

陈晓明指出，较之其他的中国现代文学史，许子东现代文学课的一个突出特点在于它有故事①。此处所谓的"有故事"说，典出郜元宝。在《没有"文学故事"的文学史——怎样讲述中国现代文学史》一文中，郜元宝一针见血地指出："许多现代文学史著作都依靠'大事件'做历史讲述的时间坐标，避免更具文学性的'细节'(特别是作家传记)，这几乎成为现代文学史的潜规则。结果文学史现象的产生完全成为社会大背景、大事件的逻辑推导，缺少个体生命的偶然性和神秘性，最终也缺少文学性。"有鉴于此，郜元宝独辟蹊径地提出了"把文学史当'文学故事'讲"的设想，力图"在通行的'大而全'的总结账和流水账式文学史讲述之外有所创新"②。

笔者认为，郜元宝倡导的"把文学史当'文学故事'讲"，绝非哗众取宠地炫耀文学轶事，炮制文学演义；更截然有别于将宝贵的教学时间耗费于介绍小说情节梗概之类的肤浅。它所注重并悉心打捞、凸示的，乃是与文学史、与创作个体生命密切相关的"细节"与"场景"。据此界说衡之，许子东"在故事中展开文学史的情境"的尝试，与上述郜元宝"有文学故事的文学史"的设想似有异曲同工处。许子东从人物、故事、氛围切入讲授的方式，重现了"现代文学的现场"。

---

① 康佳、许子东《〈现代文学课〉：文学是不怕老的，只有好坏，没有新旧》，凤凰网2018年6月19日。
② 郜元宝《没有"文学故事"的文学史——怎样讲述中国现代文学史》，《南方文坛》2008年第7期。

许著中不仅有"故事"，且有"今事"。作为中国现当代文学思潮发生、发展的亲历者与推动者，许子东在课堂上每每说来感同身受，如数家珍：

> 几年前，我在香港九龙的寓所招待一些朋友，有黄子平、阎连科、刘剑梅、甘阳、陈平原等。甘阳现在提倡"通三统"。陈平原主张建构统合儒家传统与"五四"新传统的"通二统"。眼看我们一些从二十世纪八十年代开始"从文"的同行，现在也分化了，但有一点，大学老师自觉操心民族文化方向，恐怕也还是"五四"精神的遗传。①

恰是缘于讲授者"有我之境"的定位，感染了受众。

许子东现代文学课的另一个特点是述学语言的生动风趣。众所周知，许子东的成名著《郁达夫新论》标新立异②，才气逼人，令80年代犹在复苏期的学界曾为之一激灵；加之师长所描述的彼时他那"潇洒倜傥"的形象③，使我辈后学闻之，不禁"遥想公瑾当年""羽扇纶巾，谈笑间"诸多学术难题迎刃而解之雄姿。其论文如《郁达夫：浪漫派？感伤主义？零余者？私小说作家？》《现代主义与中国新时期文学》诸作也识见新颖，语言灵动多妙趣，体现了述学注重"感觉理性化"与"理论感觉化"双重同构的旨趣④。

---

① 许子东《许子东现代文学课》，上海三联书店2018年版，第57页。
② 许子东《郁达夫新论》，浙江文艺出版社1984年版。
③ 参阅陈思和《夜对星空思富仁》，《在辰星与大地之间》，上海三联书店2019年版，第46页。
④ 许子东《文学批评与"我"》，《文汇报》1986年6月1日。

移居香港后，许子东出镜《锵锵三人行》，舌战《圆桌派》，有意无意间，身为学术名家的他时或却被传媒异化得俨若"学术明星"。对此，许子东并未沾沾自喜于"运交华盖"。相反，他也"觉得'明星化'是一个值得警惕的方向"[1]，声称不能为了传媒而异化自身的立场，并对明星化时有抵拒。

述学语言方面，为了追求"浅入深出"的效果，许子东不避口语化，其中不乏出彩处，如称：

> 胡适和陈独秀，这两个新文学的开端的人，他们在一百年前的今天用两篇文章启动了现代中国文化政治的巨大变革，其中一个是一八七九年出生，一个是一八九一年出生，也就是说，一个是七〇后，一个是九〇后。我们这门课要讨论的作家，包括后来的鲁迅、茅盾、郁达夫这些人，都是八〇后和九〇后。[2]

用今语"80后""90后"命名旧时历史人物的代际，不仅生动风趣地尽现"五四"少年中国的青春气象，而且一下子拉近乃至叠合起跨越世纪的两个大时代，让人顿生"一切历史都是当代史"的感悟，消除了受众"隔岸观火"的隔膜。

自然，述学语言的口语化，绝不能流于口水化。作为文学教学的特定语言，它必须不失文学色彩，不失美感。然而，许子东在独抒己见抑或转达其他批评家的观点时，却偶有浅入浅出之嫌。试读他归纳沈从文《边城》悲剧形成原因之用语：

---

[1]　Olivia《许子东与他的"现代文学课"》，《北京青年报》2018年9月4日。
[2]　许子东《许子东现代文学课》，上海三联书店2018年版，第23页。

整个《边城》没有一个坏人，却讲了一件坏透了的事。

　　船总顺顺虽然有钱，但人很好，大佬、二佬也是很好的年轻人……可事情其实坏透了。老头死了，外孙女嫁不出去了，追求她的两个男人，一个死了，一个走了；他们的父亲也不开心，这件感情的纠纷，导致与此相关的每一个人都不快乐。这就是"众多好人合起来做了一件坏事"。①

　　究其渊源，这一见解脱胎自李健吾。李健吾在20世纪30年代曾如是说："作者的人物虽说全部良善，本身却含有悲剧的成分。唯其良善，我们才更易于感到悲哀的分量。这种悲哀，不仅仅由于情节的演进，而是自来带在人物的气质里的。自然越是平静，'自然人'越显得悲哀：一个更大的命运影罩住他们的生存。"②两相对照，李健吾鉴于文学叙事的微妙性而以心会心地捕捉到的这种微妙、神秘，在许子东的讲授中却有些简单化了；而流贯全篇的那种时隐时显的悲剧意识或谓淡淡的哀愁，也被名为"坏事"。由此恰可印证，如何协调口语化与书面化、通俗与高雅、直白与曲笔之间的张力关系之重要性。

　　许子东向以才思机敏、识见新颖见长，但个别观点似有可商榷处。例如论及沈从文跻身新月派的原因时，许子东如此推测："当时偏右的文坛作家，如胡适、徐志摩、闻一多、梁实秋等多是诗人、散文、政论家，没有一个小说家。诗歌是新月派写得最好，

---

① 许子东《许子东现代文学课》，上海三联书店2018年版，第367页。
② 李健吾《〈边城〉——沈从文先生作》，《李健吾文学评论选》，宁夏人民出版社1983年版，第54至55页。

但这批人除了写诗就是搞理论，包括顾颉刚、罗家伦这些胡适的弟子，多做考古或其他研究，就是没有人写小说。写小说的作家大部分左倾"，"小说界唯一明显的例外，就是沈从文。所以，胡适这一派可能有意识地要把沈从文拉到他们的阵营"。①

而真实的原因其实在沈从文自己的文章中早有披露："第一次送我到学校去的，就是北大主持者胡适之先生。""这个大胆的尝试，也可说是适之先生尝试的第二集，因为不特影响到我此后的工作，更重要的还是影响我对工作的态度，以及这个态度推广到国内相熟或陌生师友同道方面去时，慢慢所引起的作用。这个作用便是'自由主义'在文学运动中的健康发展，及其成就。"②从中可以见出，所谓新月派欲集齐诗人、散文家、小说家加盟的动因尚有待考证，而"自由主义"的站位、态度，才是沈从文与新月的默契之处。

以上论述或有词锋失度处，未能更加体贴地忖度许子东讲堂实录生成的香港文化语境。

二、陈平原《从文人之文到学者之文》：大家的兼修文、学

《许子东现代文学课》提及：整个课程共12节，"其中第四节我请北京大学的陈平原教授代课"③，讲周氏兄弟与20世纪20年代中国现代散文的发展。不无遗憾的是，因关涉知识产权等因素，

---

① 许子东《许子东现代文学课》，上海三联书店2018年版，第353页。
② 沈从文《从现实学习》，《沈从文全集》第13卷，北岳文艺出版社2009年版，第394页。
③ 许子东《许子东现代文学课》，上海三联书店2018年版，第3页。

成书时陈平原的讲授部分仅见"第四讲周氏兄弟与20年代的美文"之存目。

2018年初陈平原发表于《中国现代文学研究丛刊》的题为《"思乡的蛊惑"与"生活之艺术"——周氏兄弟与现代中国散文》一文，应该就是讲课的内容。文中，还留有开列延伸阅读的参考篇目之痕迹。文章大体也属于"把文学史当'文学故事'讲"这一类型。自然，立场一向平正、述学严谨、最厌恶哗众取宠的作者，绝不屑于停留于卖弄掌故的层次，如谈及周氏兄弟失和之原因，作者仅点到为止，称："有逸事的作家，既幸运，又不幸。因为很容易勾起读者探究的兴趣，但又往往偏离主题，误入歧途。历史论述的精妙之处，在于分寸感的掌握。无关宏旨或实在说不清的，可暂时搁置。关于此事的追究到此为止。"①接下来，只探讨事件的影响。

然而，因不知以文章的形式正式发表时，陈平原对原讲稿有无修改润饰，究竟何等程度保留了岭南讲学的语气，故难能将此文本引为《许子东现代文学课》的参照。为了弥补这一缺憾，笔者拟以陈平原在北大为中国现当代文学研究生所开设的明清散文研究课堂实录、成书时题为《从文人之文到学者之文：明清散文研究》内容为范本，与许著对读。如此设计更多是由于成书的文学讲堂实录不多，并非有意附和许著"南岭北燕"说。倒是这样一结构，多少能折射出些许香港视角或谓香港语境与京派学苑志趣之异同。

---

① 陈平原《"思乡的蛊惑"与"生活之艺术"——周氏兄弟与现代中国散文》，《中国现代文学研究丛刊》2018年第1期。

如果说，作为以专家学者为拟想读者的专深的文学史，陈平原为《二十世纪中国小说史》所建构的理论框架为"注重进程，消解大家"①，那么《明清散文研究》的教学设计则可谓水落石出，凸现名家。所谓"水落"，盖指文学史流变过程的有意隐去或淡化。

"开场白"即开宗明义：本课程拟从明清散文诸家入手，"步步为营，抽丝剥茧，将自家对明清散文的感觉、体味与判断渗透其中。"而非以先入为主。所以如此，乃是有感于当代中国文学教育的流弊，学生好凌空蹈虚，"重理论阐发而轻个人体会，重历史描述而轻文本分析"。②有别于前述许子东现代文学课虽采用了以作家作品"为主体构成的感性文学史"的范型，但仍存"以后有机会扩展成一部相对完整的中国现代文学史"之希望③，多少还保留了一缕文学史情结；陈平原之反拨西学东渐的派生物——"文学史"迷信，可谓反思经年，用力甚勤。尤其是面对明清古典散文这一具体研究对象，更是自觉汲取沉潜把玩、含英咀华式的中国古典批评文体。

如是界定并非认为陈平原的述学方式纯粹囿于传统，作为学贯中西、连通古今的当世学术大家，陈平原的思想、学养、教育背景无疑亦接续了西学与"五四"新文化的血脉，如同其在开场白中自况的，选择明清散文为讲授对象这一取向中，"不可避免地

① 陈平原《二十世纪中国小说史卷后语》，《陈平原小说史论集》中卷，河北人民出版社1997年版，第916页。
② 陈平原《从文人之文到学者之文——明清散文研究》，生活·读书·新知三联书店2004年版，第2页。
③ 许子东《许子东现代文学课》，上海三联书店2018年版，第4页。

打上了五四新文化人的印记"①。

虽则陈平原无意在现当代文学专业的论述框架中，将课程上成"中国现当代文学中的明清散文"，如是并不见得有益于现当代文学研究生这一特定受众跨越学科边界，更不屑于在课间刻意穿插几处借古喻今的"妙语"，以博取浅薄的兴奋与笑声，而是五百年全史隐然在胸，在对古人的观照与往圣的对话中，令古今自然而然沟通，相映成趣："那些晚明文人的感觉与表达方式，与今人血脉相通"②；而李贽之推崇秦始皇，或者"以孔子之是非为不足据"说在当时"可谓惊世骇俗"，于今却俨然"常识"，"那是因为经过了'五四'新文化人的观念转化"③。恰是陈平原对历史内在联系的悉心点拨，避免了研究对象的孤立性。

陈平原的风格最具大家风度。所谓"大家"，既非时令学人那般热衷于"重大课题"、重大话题，好作宏大叙事，反之，陈平原每习于"小题大做"；也不是缘于口气之大，而是指其学养、眼界、气度，所谓海纳百川，有容乃大。

述学语言上，与陈平原寻求的述学文体一致，他"不主张'以文代学'，却非常欣赏'学中有文'。仔细说来，便是不喜欢以夸夸其谈的文学笔调瞒天过海"，"但同样讨厌或干巴枯瘦、或枝

① 陈平原《从文人之文到学者之文——明清散文研究》，生活·读书·新知三联书店2004年版，第1页。
② 陈平原《从文人之文到学者之文——明清散文研究》，生活·读书·新知三联书店2004年版，第3页。
③ 陈平原《从文人之文到学者之文——明清散文研究》，生活·读书·新知三联书店2004年版，第6页。

蔓横生、或生造词语、或故作深沉的论学文字"①。以此"兼长文、学"的文体考量"如今的学者为文，多大有可议"，大都呆板枯燥，毫无"韵味与气势"②。甚至研究文学的文章亦买椟还珠，丢失了"文学性"这一通灵宝玉。值得注意的是，此类学术八股文于今俨然已成"规范"，大有以众虐独之势。在此背景下，陈平原的追求自有其突破文体藩篱之示范意义。

陈平原讲散文，述学语言也别有一种散文体的从容、洒脱、自如，适如闲庭信步，处处风景。且兼容文言的古雅、精练与白话文的平实、清明。

因是随堂录音，较完整地保留了讲课时的口头语与神态。信手拈来，如第一讲刚开讲便频频出现了"依我的眼光""我不太相信""我承认"之类的语汇③。足见作为研究型课堂，个人见解表达得比专著更充分，更具主体色彩。但无论是"我注六经"，抑或"六经注我"，陈平原都不屑于以颠倒时论耸人耳目，而尽显其一贯的理性通达、气象中和阔大之风神。

三、洪子诚《问题与方法》：智者的并存信、疑

此书据洪子诚在北大讲课的录音整理而成，课程原名为"当代文学史问题"。如果说，许子东现代文学课的受众为本科生，陈

---

① 陈平原《作为"文章"的"著述"》，《掬水集》，百花文艺出版社2001年版，第69至70页。

② 陈平原《书生意气》，汉语大词典出版社1996年版，第232页。

③ 陈平原《从文人之文到学者之文——明清散文研究》，生活·读书·新知三联书店2004年版，第3页。

平原明清散文研究课的受众为研究生，那么，洪子诚的授课对象既有研究生、进修教师与访问学者，又有本科生，故而不得不兼顾各个层次的接受者，例如在现象的说明性解说上多用些时间；加之在"学术"之余，无意抹去讲稿的痕迹，一定程度上，致使其如同著者的另一本著作《中国当代文学史》之定位，"介乎教材和个人专著之间"①。

较之许著、陈著，此讲稿更具"文学史"意识。确切地说，是深究编写《中国当代文学史》时遇到的文学史问题，涉及当代文学史研究的历史与现状，基本观念、立场与描述方法等问题。

耐人寻味的是，前述曾写出最具典范意义的文学史——《二十世纪中国小说史》的陈平原，却不断地对世人的"文学史"神话进行质疑；无独有偶，洪子诚在完成《中国当代文学史》以确证当代文学自有其独特的作为"文学史"之意义，当代文学能够写史之后，脑子里仍"充满了问题和困惑"②。

此课程恰可谓对既有当代文学史叙事（包括自己的文学史力作）的反思。体现于课堂上，便出现了一系列问句：他深究历史叙述（包括文学史叙事）的真实性；追问文学史中发生的事件是否尽然有其因果关联——所谓"客观规律"；甚至立足文学本文，质疑"文学史有那么重要吗？"③

---

① 洪子诚《问题与方法：中国当代文学史研究讲稿》，生活·读书·新知三联书店2004年版，第1页。
② 洪子诚《问题与方法：中国当代文学史研究讲稿》，生活·读书·新知三联书店2004年版，第57页。
③ 洪子诚《问题与方法：中国当代文学史研究讲稿》，生活·读书·新知三联书店2004年版，第18页。

　　洪子诚认为："理论虽然会起到非常重要的启发作用，但是自身的经历、体验有时更重要。这种经验会渗透在血液中"，"加深对原来的信仰的质疑"。①恰是赖有时时以自身含情带血的体验滋润思想，消解理论硬质，令其免于僵化；赖有对文学、艺术极为纤敏的审美感觉与感悟力，使《问题与方法》中的诸多"问题"别具思想的鲜活魅力。

　　如果说，《中国当代文学史》旨在建构，努力完成当代文学的学科化、体系化，那么，一定意义上，《问题与方法》却含有解构的意味，它在传统文学史毋庸置疑处存疑，在既成系统中撬开豁口，准确地说，应写作"活口"，引而不发，为受众"留下通往学术前沿的道口"。

　　恰如识者指出的，洪子诚"这种不曾到达而四处突围的处境，反而彰显了这一代文学史研究者及其研究固有的特征：它已达到的境界，遭遇的困境和历史的局限，为了突破困境所付出的艰难努力，但更重要的或许是他们在学术探索中精神上经历的痛苦和蜕变"②。

　　兼及述学语言，较之名嘴式的口若悬河，滔滔不绝，洪子诚在讲台上却每每喁喁自语，欲言又止，透露出些许回旋于"信"与"疑"之两极的纠结。这情景不由令人联想起周作人为刘半农《扬鞭集》作序时对刘的批评："一切作品都像是一个玻璃球，晶莹透澈得太厉害了，没有一点儿朦胧，因此也似乎缺少了一种余

---

① 　洪子诚《问题与方法：中国当代文学史研究讲稿》，生活·读书·新知三联书店2004年版，第21页。
② 　刘黎琼《出入文学史写作的内与外——浅论洪子诚的当代文学史著述》，《当代作家评论》2005年第5期。

香与回味。"①言外之意，周氏主张为文不宜太通顺、太滑，而犹需一些必要的"涩"。洪子诚讲学时那种思想的纠结恰恰成全了他，使其语言隐含一种淡淡的感伤，一种智慧的苦涩。虽说这困惑与纠结不只是洪子诚一个人的，它复沓回旋于一代知识分子的当代文学史叙事中，但因着洪子诚独有的温润气质，因着他的低调、节制，抑扬之间愈发使之超越了"那种狭窄的忧郁"②，浩茫而又深沉。

以上以许子东、陈平原、洪子诚的三部著述为视点，对讲堂实录型文学史论细加考察。已然出版的这一类型的文学史论还有孙绍振的《文学性讲演录》、王先霈的《文学文本细读讲演录》、王一川的《文学理论讲演录》、樊星的《当代文学新视野讲演录》、吴炫的《新时期文学热点作品讲演录》等著，对此文体作概观时由点及面，想必更有助于避免"只见树木，不见森林"之局限。

作为一种述学范式或谓文体，讲堂实录确有其区别于书斋著述的特征。其一可归纳为：言文合一。广西师范大学出版社《大学名师讲课实录》丛书的策划者曾将"学问的口语化"视为这一范式的显著特点，称道其是"'讲课实录'的生命力所在"。策划人基于"对一个大学问家来说，他的书斋写作与课堂讲授可能往往有着不同的风格，其间差别恐怕还不以道里计"这一不尽准确的判断，竟然寄愿以此"学问的口语化"形式，取代学术著作

---

① 杨扬编《周作人批评文集》，珠海出版社1998年版，第223页。
② 洪子诚《问题与方法：中国当代文学史研究讲稿》，生活・读书・新知三联书店2004年版，第123页。

"经常是严峻的、冰冷的"书面语言。[①]对此"声音中心主义"的倾向,笔者难能苟同。诚然,"下笔"未必尽"有神",要警惕书面语了无生气的僵化;而同理,"出口"亦未必皆"成章",应力戒讲堂照本宣科式的机械。

笔者认为,文学讲堂中,无论是口语抑或书面语(即德里达所谓的声音语言与书面语言),究其本质均应是一种述学语言,一种文学语言,不应二元对立地将其割裂,一味褒扬口语,贬损书面语。

讲堂实录型文体中"声音"的凸现,口语化色彩的渗入,其功能应在于启示、激活既有书斋写作语言的生气与活力。真正的大家,其书斋写作与课堂讲授的风格不可能迥然有别。而陈平原兼容文言、白话文及至口语之长的实例,恰恰颇具说服力地体现了讲堂实录型文体"言文合一"特征的魅力所在。

讲堂实录型文体的特征之二为营造现场感。王一川在其《文学理论讲演录》后记中指出:"我特别注意在讲课过程中分析诗歌、小说、电影等文艺个案"时的"那种现场效应"[②]。洪子诚也希望不要将书稿"弄成正襟危坐的'学术'样",而尽量"保留讲课的那种情景"[③]。恰是这种作者悉心保留、营造的逼真的现场感,令读者恍惚身临其境。

此处需要厘清的是,正如洪子诚所透露的:绝对的照录,绝

---

① 赵明节《塑造学术的亲切面孔——就〈大学名师讲课实录〉答客问》,《博览群书》2005年第9期。
② 王一川《文学理论讲演录》,广西师范大学出版社2004年版,第364页。
③ 洪子诚《问题与方法:中国当代文学史研究讲稿》,生活·读书·新知三联书店2004年版,第3页。

对的"'真实'并不可能"①，也无必要，毕竟会有某些口误或冗言赘语需删改。所谓"营造"，盖指其既借助录音、录像等高保真工具，又辅之以"仿真"的手段，在对录音内容看似任其琐碎其实不无巧妙的修订，对体式看似任其本然其实匠心别具的把控中，达臻近乎有闻必录实则超越原生态录音之境界。

讲堂实录型文体的特征之三为即兴发挥与随机互动。有别于书斋写作的读者所处潜在的状态，部分著述者甚至身披伪"学院派"华衮，蛰居斗室，面壁苦思，凌空蹈虚，完全忽略拟想读者的存在；讲堂中直面受众、直接交流、及时反馈的氛围显然更有利于教学相长。教师或沉醉于将文学理论付诸实践，师生课堂问答、共赏艺术那种自然而又令人感奋的互动情景；或珍视这一体式内蕴的"思想草稿""学术草稿"性质，每每在即兴发挥中迸发出逸出既定理论预设的思想火苗与学术灼见。就此意义而言，不少讲堂实录型文学史论著其实是讲授者与受众共同创造的成果。

有意思的是，恰恰因着课堂实录这一文体的规定性，保留了书斋专书中难得一见的"闲文与穿插""语丝和花絮"，方才使平常锋芒不露的陈平原见其真性情，坦言"当代中国的许多著名作家，实在太没学问"，"但是，另一方面，学者们写不出像样的好文章，却没有成为攻击的目标"。剑含双刃，不仅直指著名作家的"不学"，更毫不留情地解剖如今的专业文学研究者包括"许多名头很响的学者""不文"。②

---

① 洪子诚《问题与方法：中国当代文学史研究讲稿》，生活·读书·新知三联书店2004年版，第3页。
② 陈平原《从文人之文到学者之文——明清散文研究》，生活·读书·新知三联书店2004年版，第119页。

也恰恰因着是课堂实录，保留了那些讲述的语气、即兴的发挥，使助成洪子诚那浩茫而又深沉的忧郁气质的诸种影响源渐次浮出水面。在探讨90年代以后思想界以俄苏文学与思想文化为参照，反思当代作家以及知识分子精神、人格的局限时，洪子诚不仅透露了契诃夫的作品、巴乌斯托夫斯基的《金蔷薇》曾对自己的影响，而且将视野拓展至俄罗斯白银时代。神游自得，甚至由文学、哲学领域延伸至俄苏音乐，如谈及深受拉赫玛尼诺夫的第二交响曲感动：那种"忧郁、哀伤和高贵、辉煌的结合，真是奇妙极了"，"哀伤也不过分，有一种神性的宽阔"[①]……

以上与其说是在"跑野马""开无轨电车"，不如说恰恰印证了课堂实录型文学史论的形散神不散。因为秉持实录精神的作者与策划者深知："删夷枝叶的人，决定得不到花果。"[②]

---

① 　洪子诚《问题与方法：中国当代文学史研究讲稿》，生活·读书·新知三联书店2004年版，第123页。
② 　鲁迅《"这也是生活"……》，《鲁迅全集》第6卷，人民文学出版社1981年版，第601页。

穿透"尘埃"见灵境

——与李建军《评〈尘埃落定〉》商榷

　　近读李建军《时代及其文学的敌人》，其中《像蝴蝶一样飞舞的绣花碎片——评〈尘埃落定〉》一文（以下简称《评〈尘埃落定〉》）引起了笔者的关注①。文章就阿来小说的叙述者、语言、主题建构、审美意识等予以质疑性批评；此前，李建军便在专著《小说修辞研究》中②，将《尘埃落定》作为小说修辞病象的典型个案进行过剖析。上述著述之优长在于体现了李建军别出手眼、直言不讳的批评风格以及剔骨抉心、校字如仇的文本细读功力，对小说中的芜杂粗疏，多有言之凿凿的针砭；不足则在于因着他固有的对"现代"意味或"后现代"意味的实验性小说的偏见，加之对小说的少数民族文化属性与语境的漠视，导致他的批评词锋失度，甚至曲解、误判。

---

① 李建军《像蝴蝶一样飞舞的绣花碎片——评〈尘埃落定〉》，收入《时代及其文学的敌人》，中国工人出版社2004年版。

② 李建军《小说修辞研究》，中国人民大学出版社2003年版。

在《小说修辞研究》一书中，著者的理论触角曾不无敏锐地触及了布斯《小说修辞学》的如下局限：无视小说修辞所受小说精神、作家拥有的精神资源以及民族性格、民族习惯诸种因素的影响与制约。遗憾的是，及至李建军将其修辞理论运用于《尘埃落定》这一个案中时，却一如他所批评的布斯，小说的民族精神、作者阿来的藏民族性格、文化心理以及其所拥有所依托的藏民族精神文化资源，全然忽略不计。

鉴于《评〈尘埃落定〉》的上述盲点，以下笔者与李建军的商榷，将着力拓展批评的文化视域。不仅悉心卫护小说叙事方式的多样化，更刻意执守民族文化形态的多元性。二者在日趋"一体化"的时代弥足珍贵。

一、关于"不可靠叙述者"与"傻子"

按《评〈尘埃落定〉》一文的界说，"不可靠叙述者"应"指那些在智力、道德、人格上存在严重问题和缺陷的叙述者"，具体到《尘埃落定》中，便是那个"心智尚处于童蒙状态"的傻子少爷；这样的叙述者只能以"无序或有序的方式，叙述自己破碎、凌乱的内在心象"，而李建军则期望："小说家巧妙地利用不可靠叙述者传达出来的信息，最终要像利用可靠叙述者传达出来的信息一样妥实、可靠。"[1]

这一观点具有一定的代表性，就在《尘埃落定》出版不久，

---

[1] 李建军《时代及其文学的敌人》，中国工人出版社2004年版，第126页。

便有论者提出过如是观点。①自然，在《评〈尘埃落定〉》中，那一点到为止的见解业已得到更其周密、更其充分的阐发。

很明显，在李建军的小说修辞观念中，"不可靠叙述者"毕竟身份暧昧，低人一等，故而，反复强调其应向"可靠叙述者"看齐，实现从不可靠到可靠的"转化"。所以独尊"可靠叙述者"，缘于他过分迷信人的认知的确切性理念，高估了"可靠叙述者传达出来的信息"的真实可靠性。

君特·格拉斯的别一说法或许可以启示我们逆向度思考："作者在任何情况下都是'不可靠的目击者（叙述者）'。"这里，有个概念亟待廓清："不可靠"不等于"无价值""无意义"。它透露的是一种有限认识对无限世界的力不从心，蕴含着某种自我质疑的深刻与让读者参与的开放性。"一言堂"因此被转换成了多声部的语境，杂语喧哗。如同李建军所指出的，出现了不少犹疑叙述与悔言修辞，人物"会莫名其妙地对同一件事件，表达完全不同的态度和看法"②。因为对于阿来而言，唯其多向度质疑、纠正、否定、辩难，方有可能接近对象世界。

在那多维的时空里，既有社会历史的跨越式发展，也有恍若隔世的时差；既有文化错位的荒诞，也有世事巨变的无常；既有佛教式的可辨的因果链，又有"不可知"的神秘、超验……阿来若有所悟，却难以理喻，唯恐客观、理性地呈示损害了对象世界本有的神奇瑰丽、浑涵幽深。因而他宁取某种诗性化的叙事方式。追根溯源，这一方式似可联系到阿来所属少数民族那源远流长、

---

① 参见殷实《退出写作》结尾部分，《当代作家评论》1998年第4期。
② 李建军《时代及其文学的敌人》，中国工人出版社2004年版，第145页。

至今未曾泯灭的"诗性智慧"。

梅列金斯基把维科所谓的"诗性智慧"诠释为"因理性的匮乏而产生的感情之冲动和想象之丰富","未从主体抽绎属性和形式、以'细节'替代本质，即叙事性"①。如果说藏族先民以感性与幻象为依凭的诗性智慧的生发是因着彼时科学理性的匮乏，那么阿来用一个傻子作为叙述者，借此展开童蒙般天真、自由的诗性想象，则是由于意识到了既有理性的局限，从而试图超越先在世界观念，向那无穷丰富的诗性灵境升腾。

就此意义而言，阿来的类诗性智慧亦可读解为一种反拨：多以"可以随意放置的细节完整"的碎片般的意境，来解构既有世界观、宇宙观以及一切理性模式的系统划一，连带李建军一类批评家所崇奉的"'稳固'的认知判断""可靠的主题把握""稳定的意义建构"。

《评〈尘埃落定〉》一文耗费了不少心思探究麦其家的二少爷"到底傻还是不傻"这个问题。然而终为阿来亦真亦幻、虚空掩映的笔墨所惑，因傻子自况"土司醉酒后有了我，所以我只好心甘情愿当一个傻子"，而确认"傻子"真傻，转而质疑作者所赋予他的"聪明"不真实、不可信。（其实这不足为凭，谁说醉酒后有的孩子便一定是傻子，而非借此装傻？）

这便使我联想起鲁迅笔下的那个"狂人"。长时期以来，批评界喋喋不休地质疑其何以既疯狂又先知先觉，恰恰在于忘忽了这是一个既写实又写意、象征化了的人物。

---

① ［俄］梅列金斯基《神话的诗学》，商务印书馆1990年版，第9页。

"傻"的形态特征在于虚实莫辨，真假不分，混淆现实与想象或幻觉的界限。阿来有意给麦其家的二少爷（亦是小说的叙述者）设置智障，使其少"理性"，无机心，不入世。离人世远了，却离自然近了，离天地近了，唯其如此，方能冥契万有，与之通感。一如小说结尾所称的"上天叫我看见，叫我听见，叫我置身其中，又叫我超然物外。上天是为了这个目的，才让我看起来像个傻子的"。《评〈尘埃落定〉》中有一识见入木三分：阿来"是一个能心照神交地对天地万物进行观察和体味的人"[①]。"心照神交"四个字说得何其好！遗憾的是李建军未及深掘，便为一些景物描写之类的修辞手法分散了注意力。

我意《尘埃落定》之难能可贵，不仅在于小说修辞学意义上的善用通感，更在于一种哲学、文化人类学意义上的"通灵"。那是阿来所属边地民族所特有的与天地鸿蒙、自然万物息息相通的灵性。

二、关于小说的语言

阿来称："从童年起，一个藏族人就注定要在两种语言之间流浪。从小学，到中学，再到更高等的学校，我们学习汉语，使用汉语，回到日常生活中，又依然用藏语交流，表达我们看到的一切，和这一切所引起的全部感受。"[②]又说："把藏语对话变成汉语，汉语对话必然隐含藏语的思维方式。"这一双语学习背景透露了

---

① 李建军《时代及其文学的敌人》，中国工人出版社2004年版，第125页。
② 阿来《穿行于异质文化之间》，《中国文化报》2001年5月10日。

《尘埃落定》中作者何以能令其汉语写作复归某种汉藏语言文化杂糅混合的语境。小说中无论是思维感觉的方式、组接的句法，还是语言的质感、神采等，都感染了藏民族独异的情调；加之作者对非母语的汉语的本真语义异常敏感，笔下汉语因此绽放出某种异质的新鲜与芬芳。

不仅如此，阿来还"从藏族民间口耳传承的神话、部族传说、家庭传说、人物故事和寓言中吸收营养"，丰富汉语写作的想象力；并极有悟性地将神话、童话、民间传说形式与实验性叙述语体融通嫁接，从中体悟如何在某种类平面的关系中把握时间，呈示空间，使语言富有超常的表现力，富有很新鲜很有穿透力的美感。

对于阿来小说的语言，《评〈尘埃落定〉》却提出了尖锐的批评，认为"缺乏概括力，缺乏准确性，缺乏必要的朴素、自然与质实"。然而，认真读毕其罗列的语言病象后，却发现大都是误判。如李建军举"我们是在中午的太阳下面还要靠东一点的地方"一句为例，印证小说语言"晦涩难懂"，质问："'我们'到底在哪儿呢？不知道。"[①] 其实，只要不断章取义，这一问题并不费解。小说中称：

> 有谚语说：汉族皇帝在早晨的太阳下面，达赖喇嘛在下午的太阳下面。
>
> 我们是在中午的太阳下面还要靠东一点的地方。这个位置

---

① 李建军《时代及其文学的敌人》，中国工人出版社2004年版，第132页。

是有决定意义的。它决定了我们和东边的汉族皇帝发生更多的联系，而不是和我们自己的宗教领袖达赖喇嘛。地理因素决定了我们的政治关系。[1]

虽是诗性话语，却具体可感地言明了其时空定位，亦形象鲜明地表达了麦其家族的政治立场定位。

又如李建军举"塔娜也笑了，说：'漂亮是看得见的，就像世界上有了聪明人，被别人看成傻子的人看不到前途一样'"一句为例，印证小说"逻辑不通"，指出"'就像'前边和后边的两个句子必须具有联属性和可参比性"，"塔娜说的这两句话之间，根本就没有'就像'的联属关系，就像林冲和林黛玉没有血缘关系一样，就像张飞和张曼玉不是生活在一个时代一样"[2]。得意之际，尤其应注意不在漫衍中忘形。此处失却了批评家必要的小心求证的耐心，试读上下文，喻意自见。前此麦其家的大少爷调侃塔娜：世界上有了漂亮的女人，丑陋的女人就看不到前途，遂引出塔娜如是还击。"世界上有了聪明人，被别人看成傻子的人看不到前途"一句恰与"漂亮的女人一出现，别人连名字都没有了"这一陈述构成"联属性和可参比性"。

此外，"虽然我鼻子里又满是女人身子的撩人的气息，但我还是要说，虽然要我立即从要说的事情本身说起是困难的"等句亦并无语病，李建军借此指责小说"语法不通"诚属苛评。

《评〈尘埃落定〉》还批评阿来"过多地用那些人们常见的毫

---

① 阿来《尘埃落定》，人民文学出版社2000年版，第18页。
② 李建军《时代及其文学的敌人》，中国工人出版社2004年版，第133页。

无新意的俗语套话来形容描写对象"，如喜欢写女人之美丽，却"缺乏创造性，未能利用新鲜、朴素、节制的语言，形成耐人寻味的修辞效果"[①]。对此，笔者亦不能苟同。

诚然，在汉民族的母语中，"美丽"一类的词汇由于千万次地滥用，其本义已被遮蔽，已负载着无数先在的积淀之累，沦作"毫无新意的俗语套话"；然而，在阿来所属民族的语境中，"美丽"一词却新鲜如初，那是他在形而下状态中的真切感知，他应是在词根的含义上运用这个词的。先在的汉文化斑斑锈迹业已擦净，像一把发光的小刀，直刺本心。"美丽无比的塔娜，她使我伤心了。"阿来如是说，那么单纯，那么有穿透力！就这样，在一种阿来式的天真言说中，诸如"美丽"一类的汉语重现了它原初的本真面目。

三、关于作者的美意识

如果说上述李建军的语言隔膜是因着他无视小说汉藏语言、文化混融的语境，那么以下审美误判则缘于其忽略了阿来所属边地民族与自然极其紧密的生命联系。

《评〈尘埃落定〉》对小说中的性爱描写多有指责，尤其不能容忍麦其家的二少爷"有一种将女人想象成动物或牲口的病态倾向"。诸如"我"干事时"把她想象成一匹马，带着我直到天边"；"'我'还从一个'连她叫什么都没有问过'的姑娘身上，闻到了

---

① 李建军《时代及其文学的敌人》，中国工人出版社2004年版，第136页。

'小母马的气味'"①……

借助民族学、文化人类学的既有研究我们不难发现，叙述者所属边地民族与自然有着密不可分、交互感应的联系。特定的自然环境与生存环境不仅成为启发其独异的生命意识的导师，而且是其奇丽的美意识（包括性审美意识）的本源。作为一个游牧与农耕生产方式并存的民族，他们与马有着如此源远流长的因缘，如此割舍不断的关系，因马而生的感动与憧憬就此积淀为本民族特有的美意识。往往感应于马一类的更接近自然、合乎自然的动物，而激发了人性中沉潜已久的野性活力，领悟了如何与生命力勃发的自然相通相契。因此，马不仅常与笔下人物的生活（包括情爱）发生关联，有时亦会衍为人物的追慕与想象——"塔娜是个很好的骑手。上马一样轻捷地翻到我身上"，"我听见自己发出了一匹烈马的声音"②……在此类叙述中，阿来还每每与之呼应，有声有色有味地让那"牧场上的青草味道和细细花香包围起"生命的欢悦。

阿来尽情写那生命力烈马一样的奔放飞腾，根本不理会可能招致的李建军一类批评家的道德批判，诸如"反文明""野蛮"云云③。不理会未必就没有道德的思考。阿来曾明言，此类"描写是为反映某种文化特征服务的"。在其所标示、所依托的边地文明背景中，上述描写应是某种更自然、更强健的人性的展示，恰恰反照出别一类型"文明"因过熟而生的种种"病态"。走笔至此，又

---

① 李建军《时代及其文学的敌人》，中国工人出版社2004年版，第140页。
② 阿来《尘埃落定》，人民文学出版社2000年版，第335页。
③ 李建军《时代及其文学的敌人》，中国工人出版社2004年版，第141页。

一次凸现了作者与批评家之"隔"。

《尘埃落定》中自有一种与现实主义反映论理念、规范汉语标准以及汉儒审美意识抵牾的质素。若欲穿透"尘埃",直抵灵境,需要批评家具有更其开放的理论视野、更其丰沛的感性、更其包容的胸襟,最要紧的是应放下波普尔所谓的"先入之见的框架",一切从文本出发。惟其如此,方有可能变批评为对话,变隔膜为沟通。然而,李建军却不无固执地捍卫其"理论预设"。诚然,他是一个对19世纪俄罗斯小说传统满怀尊重甚至敬畏的批评家,但却缺乏对20世纪"现代"意味的实验性小说同样必要的同情的理解。他手执"超文化"的"普通语言"标准、语法规范校字如仇,却不知作家(尤其是用汉语写作的少数民族作家)的语言天分每每在那"越规的笔致"中生发。"理性精神""常识"令其清醒、自信,颇有力度地洞穿诸多文学本相与精神病象,却亦因此使他忘忽了仅凭"理性""常识"难以心领神会阿来笔下那种神秘无序的诗性灵境所蕴含的文化意义与审美意义。

西哲有言,智慧就是知道自己无知。这应是《尘埃落定》的题中之义。就此意义联想开去,作为批评者的我们自然可以放胆为文,直言批评。但首先应心存经验世界、艺术世界无限可能而认知相对有限的自知之明。

南方的守望

——读张燕玲《批评的本色》

　　读毕张燕玲近期出版的批评文集《批评的本色》，油然而生的是对作者悉心守望的广西精神原乡、倾情呈现的"南方文坛"那一片独好的风景的遥感与憧憬。

　　作者主编《南方文坛》《南方批评书系》《南方论丛》，评论《南方的果实》《这方水土》《广西双桅船》《文学桂军与当下中国文学》，在书里书外，"南方"一词可谓念兹在兹、倍加珍视：无论是在对都安作家群、环北部湾作家群、玉林作家群的命名定义中，还是在对作家作品的批评时，都勉力捕捉源自原乡的"根性的东西"。

　　她激赏都安作家群是一种"根性的写作"，"充满了对都安各民族和土地的敬畏"；感谓玉林作家群（又称"鬼门关作家群"）由"这片鬼魅出没、灵魂穿行、巫气十足的灵地"赋得创作灵气，阐说他们如何从重生幻化之"鬼门关"出发，以各自极具个性化的言说，觅到直抵世界本相的"最偏僻而又最富有生命力的独特路径和独特形式"。她赞谈黄佩华孜孜表现一个"乡土南方"的努力，体贴"他在家族、乡土、文体之间寻找自己艺术世界的"那份用心；又不无锐敏地透视着"'广西三剑客'的现代和后现代叙述中涌动的本土经验"，在他们对苦难以及荒芜生命冷峻阴郁的刻画中，发现所折射出的那缕缕"强烈而迷离""神奇而魅惑"的"南方的阳光以及阳光背后的阴影"。即便是林白连同她前期小说中那些个衣裙飘飘、灵魂飞扬的女人形象，张燕玲亦及时地看到了自《万物花开》始，其"双脚已经着陆"，沾着桂东南浓密而温湿的地气水雾，令"曾被她忽略过的芸芸众生全部如花盛开"……

不知不觉，便在这有形无形、复沓呈现、重合叠映的地缘文化视景间，"南方"已悄然凝练成了一个诗哲符号。

就此蕴藉而言，文集中的"广西""南方"之于张燕玲，已然不只是地理学意义上的故乡，而是文化学意义上与中原、中心遥相辩诘呼应的边城，是一片诗意精神的栖居处，一座想象的本邦，一片神奇而魅惑的文学"灵地"。当中原文化语境日渐浮躁不安，精神净土、文学净土纷纷塌陷；当全球化、市场化、体制化以及后现代消费文化思潮裹挟而来之际；在南方写作，立足"南方文坛"批评，便隐隐生出了一番仪式性、象征性的意义。

作为"意象"的南方，它的界域自是弹性的，较之广西地理版图更其丰饶深广。它无心画地为牢，相反，每每着意打破"封闭的'地方性'"。文集中，不时可见作者延展至广东、海南、四川、云南等南方文学谱系的思考。执守"根性的批评"，张燕玲或直面正视四川作家贺享雍"那份对乡土荒原化和野生化的深切忧虑"；或赞叹楚地作家韩少功二十年后再次发表《山南水北》，"把自己的身心匍匐故乡，继续寻觅绚丽的楚文化"之根。即便论及广东新移民诗歌时，张燕玲那根性的批评依然别具概括力：她揭示迁入南方的"新移民"诗人，笔下"大多是足下的生存与远方的故乡"，触探其"携带着自己的'故乡'，在路上，在异乡"的独异生命情境。

我们渐次会意，张燕玲笔下的"南方"意味着一种文化姿态与价值向度的调适，一种独立品格与浪漫心性精神的标举，一种"甘于寂寞和不甘于寂寞"、立足边缘与不甘于边缘之两极的拥抱，一种以退为进、以守为攻的策略。如果说，以位居中心的某些刊物为依托、为表征的文化权力话语每借"国家级""权威"一类标签傲人，那么，张燕玲守望的"南方"则多以更其纯粹的文学信念、特立独行的批评个性自重。因着信息化时代资讯、资源的互通共享，文化中心与边缘的位置未必不会发生互换、位移。一如《南方文坛》虽自甘边缘，不知不觉间业已蔚然立于批评前沿。

诚如张燕玲所说，"地处偏僻，然而对于作为寂寞者事业的文学未必不是幸事，因为一种偏僻的眼光和偏僻的表达就是一种孤绝和个性"①。"南方"偏于中心，却离自然近了，离文学近了。难以辨明，究竟是倾心寂寞者、孤独者的文学事业选择了"南方"边地，抑或是这片"灵魂穿行、巫气十足"的文学灵地挽留住了被放逐的文学。相类的边缘化处境使"南方"与文学（纯文学）交互指涉，双向同构得如此默契，以至于我们读解"南方"的寓意时，实在无法剥离已融入其深层的文学蕴藉。

---

① 张燕玲《批评的本色》，广西师范大学出版社2009年版，第162页。

同是心灵漂泊者，相逢何必曾相识，"南方"成了挚爱文学的作家、批评家们的共同精神家园。"文学使我们有了家乡，文学使来自四面八方的我们成了亲人"。——张燕玲如是说时，眼睛不觉湿润了；笔者读到此处亦动了情。不忍读林白以血肉躯体不无孤绝地拼死进行着"一个人的战争"；东西极写底层幽冥处的"荒芜的灵魂"；鬼子诉说"被雨淋湿的河"的彻骨悲凉；更有李约热的《李壮回家》，主人公无家可归，竟然对着他极度厌恶、逼其成婚的镇长家空荡荡的房子大喊："杨美，我爱你啊！"结局透出难耐的寒意……在张燕玲的批评文字里，分明能体验到批评家那份感同身受的"疼痛"，那种因沉浸得如此深透而与作者、人物灵魂共振般地战栗，于是便不难理解她发出"文学需要取暖需要慰藉"这一呼唤的动因。即便在评《李壮回家》时，她亦刻意从叙事视角中寻觅出：李壮毕竟还有瞎眼的哥哥"那只痛惜的眼睛抚摸他的创伤"，勉力打捞着"人间最后的一抹暖意"。这也许在业已"不信"的"80后""90后"一代看来似乎多此一举：批评家因难耐寒意，试图以一线亮色、一抹暖笔衬之，殊不知反衬出人物那寒上加寒的境遇。故无论是慰己慰人，这见解多少都带有点一厢情愿。然而，从中适可见出批评家"因着绝望，所以希望"的不屈意志与良苦用心。

是的，对于张燕玲而言，批评从来不是冷血的评判，不是催人昏昏欲睡、机械的理论演绎；批评首先意味着"一种批评之心与文本之心的交流"。以心度心，以血试血。不只如此，它还应努力"给一部作品、一本书、一个句子、一种思想带来生命；它把火点燃，观察青草的生长，聆听风的声音，在微风中接住海面的泡沫，再把它揉碎，它增加存在的符号，而不是去评判；它召唤这些存在的符号，把它们从沉睡中唤醒。"①于是，批评家的主体能动性，不仅驱动了张燕玲及其所主持的《南方文坛》对中国新生代作家、批评家的成长的催生，亦助成了她对"南方"先在的文学灵性、诗性智慧、浪漫气质的激活。

曾几何时，在诸多文学史著述中，"文学"渐次已沦为任"理论""批评"随意驱使、随意打扮的婢女；在某些文化研究者的视阈里，"文学"亦仅存文献资料价值，可用以注释社会文化命题。我们不时耳闻因爱生恨的文学批评家宣告与文学"离婚"，不时能目睹作家因"触电"而逐渐疏离文学品质。至于"纯文学"精神旗帜，更是未及张扬便陡遭多重质疑与夹击。

张燕玲虽不屑标语口号式地直接卷入论辩，却以其更坚实的言行，抒发着对文学始终不渝的一片纯情，与一切非"文学"的思潮潜在地形成了回应。她如是说："文学是一种精神活动，它是语言，是审美，是快乐和趣味，是关于人的可能性"②；"文学绝对有自己独立的原则和评价标准"；"文学批评就是对于'文学'的批评"；应"把自己深切的艺术感觉放在批评的首位，避开非文学因素"③……上述引文中显而易见，张燕玲及其"南方"坚守的是纯文学的立场。

如同张燕玲意中的"南方"从不求避世、遗世独立，她的"文学性本位"亦绝无意疏离与社会、政治、市场的关系。她只是

---

① 张燕玲《批评的本色》，广西师范大学出版社2009年版，第79页。
② 张燕玲《批评的本色》，广西师范大学出版社2009年版，第72页。
③ 张燕玲《批评的本色》，广西师范大学出版社2009年版，第34页。

珍重、坚守文学之所以成为文学的由其内在艺术组织构成的"文学性"本质；并深信，恰是这种"文学性"，才有可能真正折射出具有社会意义的真实之境。

为此，她甚至多次为某些广西小说家涉足影视编剧扼腕叹息，唯恐世俗的满足损伤了"作为心灵艺术的文学"那不可替代的魅力。恰是文集中相类的痴处，相类的矫枉过正，难能可贵地凸现出张燕玲对文学的脉脉深情。借用她评林白的笔意：她似乎天生对于文字性能具有特殊敏感，"对文学坚执一根筋"，命定成为与文学心照神交的守望者。

张燕玲的批评是"根性"的批评，"文学"的批评。其所成正果亦属于"南方的果实"、乡愁的果实、"艺术的果实"。叶慈诗曰"花叶千万／而根唯一"。与其魅惑于批评文集的果实累累、花叶纷繁一时难以归纳抽象，不如凝神观照其单纯至极地始终深植于"南方"精神原乡之本根、深植于文学之本根而感动不已。

小说家词典中的"怎么写"

——从王安忆的《故事和讲故事》说起

综览当下文学评论界，伴随着文化批评、社会—历史批评等外部研究的东山再起，囿于小说自身的"怎么写"话题却有渐次淡出批评家视野之势。反观小说家虽时有涉及"怎么写"的创作自述、新作访谈，却终究流于具体琐碎，枝蔓芜杂。借此背景阅读王安忆新近出版的《故事与讲故事》一书①，四辑看似跳跃有间的标题，其下却分明有着内在的承续：作者着力倡明小说观念，解析经典叙事，集中阐释、佐证、建构了小说家词典中的"怎么写"，其分量与意义自不待言。

称王安忆为"小说家"，并非忽略其作家兼教授的"两栖"身份。自从王安忆应聘为复旦大学教授以来，授课育人，著书立说，其行为早已逸出了"小说家"身份的社会定位。然而就其本人而言，似乎更愿意自称为"小说家"。大学课堂讲义汇集出版，冠名

---

① 王安忆《故事和讲故事》，复旦大学出版社2011年版。

为《小说家的十三堂课》[1]，或许因其体察文学观念、研究动向时刻怀揣着小说家的精微敏慧、细致通达，在学界蔚为大观的评论家宏大话语场中犹不忘坚守小说家的站位，故特意标明一种别样的视角与立场。

小说家词典中的"怎么写"，三十年来隐然有其领悟、演进的脉络。王安忆在20世纪80年代末论及"小说的物质部分""故事不是什么""什么是故事"时，有别于凸显小说创作重在个人经验、灵感、思想的彼时主流观念，即悉心强调除却"思想"，更看重小说另有"物质"的部分，或谓形式，需要"逻辑"的贯穿始终，尤其是长篇小说更需要有"故事与故事之间，经验与经验之间，逻辑的联络与推动"[2]。这一小说观念渐次在其创作中得以实践。如果说，创作伊始，《雨，沙沙沙》时期的王安忆尚专注于"写什么"，专注于倾诉积压已久的思想情感，而无暇顾及结构布局等物质部分，那么至写作长篇小说《纪实与虚构》时，便显然已开始自觉于"怎么写"，重视小说的物质化了。从小说的命名过程即初露端倪。王安忆称，"最早想叫它为'上海故事'"，但鉴于上海是个真实的城市，"容易使人堕入具体化的陷阱"[3]，故而舍弃；反复斟酌，最终以《纪实与虚构》命名，借此名正言顺地开始了超越"个人经验"的虚实相生的叙事。尽管因此遭致识者针砭小说的刻意"物质化"似有"过分压抑特殊性和个人性"之嫌，但不"过正"又何以"矫枉"？

---

① 王安忆《小说家的十三堂课》，上海文艺出版社2005年版。
② 王安忆《故事和讲故事》，复旦大学出版社2011年版，第7页。
③ 王安忆《纪实与虚构·序》，人民文学出版社1993年版。

书中自承："我做的是藏匿，将故事限制在固定空间和时间的视角里进行讲述，某部分情节便不得不隐身于未知中，留下揣测的余地。"①论的是小说情节，却未尝不可放大为王安忆关于其小说创作的整体性构想。时下小说题材与视角丰富芜杂，她却依然流连于如此这般的画地自限：《长恨歌》《富萍》《天香》，众多小说皆围绕上海场域、女性视角，复沓回旋。因此诟其视野不够廓大的评论却未免忽略了上海、女性仅是其呈现在外的时空向度、主体视角，背后自有着更为开阔的生命体察与社会关怀。

小说家词典中的"怎么写"似无涉热奈特、华莱士·马丁、里蒙·凯南、托多罗夫等西方叙事理论家的名字及论断，却善于将叙事理论化为内在的洞察与体悟。较之理论家，小说家常慧眼别具，令人眼前一亮，如称："鲁迅的小说是好小说，但我不以为它们是短篇小说，我以为它们是中篇小说甚至长篇小说的筋骨。"②因短篇之谓短篇，并非单纯据其篇幅短小而定，它应"具有一种特殊的结构"；鉴于对短篇小说的如是独到理解，王安忆坦言"我更适合写中长篇"。以《长恨歌》为例，但见作者漫笔泼洒，句式冗长，文字绵密，娓娓道来，因其深味："小说说到底就是赘言"，尤其是长篇，它要说出了许多本来没有的话，太过精确何以连通生活、延伸生活？联系王安忆的课间叙说，"在赘言中，我们相识，相知，相互依赖。"——是人生观念、小说美学？抑或可视为小说家不时将小说与生活互喻？当叙事理论、小说修辞学移为

---

① 王安忆《论长道短》，收入张新颖、金理编《王安忆研究资料》，天津人民出版社2009年版，第184页。
② 王安忆《故事和讲故事》，复旦大学出版社2011年版，第41页。

小说家的切身感悟、体验，尤显得鲜活灵动，切肤可感。

书中特辟"经典"编。有别于新锐理论家但凡举例言必称西方名著之局限，作者虽也援引《约翰·克利斯朵夫》《百年孤独》等经典佐证自己的观点，但又分外关注《红楼梦》《水浒》等中国古典小说之"怎么写"。如针砭《水浒》一类的章回小说，许多故事只是在一条水平线上并列，而缺乏内在的因果联系，故未能造成一个更其强有力的递进形势；又如专举五代梁吴均的《阳羡书生》为例，激赏其"'中国盒子'式的一个套一个"的叙事结构，印证中国古典小说之叙事不乏与域外先锋小说异曲同工的精妙。以中外经典创作为借鉴，王安忆洞穿了经典的"神灵之火"有时很可能是一种没有火种、难以传递的燃烧，与其守株等待神秘主义式的了悟，不如寄望于汲取经典中那些能"以物质化的形式固定下来"的经验并引为借镜。后者更为切实可行。

大智若愚，天性聪慧的王安忆偏不甚相信突如其来的灵感冲动，不刻意追求"独特"尖新，而宁愿依凭那平平实实的近乎物质化的手工劳作。不知不觉间，一写三十年，集起来"一堆真岁月"，一堆真问题，一堆真作品。文坛不乏灵感如涌者，却每每在一次性夺目喷发后便难以为继；难得王安忆因其领会"常"与"奇"之辩证，而能持之以恒。

回顾三十年小说创作历程，自序中，王安忆再次昭告其屡屡念及的小说创作"四不"原则："不要特殊环境特殊人物"，"不要材料太多"，"不要语言的风格化"，"不要独特性"①。然则在对

---

① 王安忆《故事和讲故事》，复旦大学出版社2011年版，第1至2页。

流行小说观念的抵牾中时或横生吊诡：不要语言风格化的王安忆
却在调和絮叨与精确，平衡世俗与优雅，兼容平实与新奇的周折
中，形成了自家不无独特的语言风格。也许，"四不"原则只是
"四要"的反拨纠偏，而优秀小说家则恰能悟得如何在"四不"与
"四要"的张力间把控"怎么写"的动态平衡。

作家作品的"生态研究"

——关于朱伟《作家笔记及其他》

　　时下评论，或专注于作品本体，有意漠视作者，所谓你吃蛋不必在意它产自哪只鸡；或瞩目作家，但视阈仍有限，捕捉住的每每是作家的"生平"，而非"生态"。朱伟的《作家笔记及其他》却悉心连通了作品与作者，让作家笔记里既有作品感悟也有作家素描，在二者的间隙中还投入了"有充分的闲暇深究"作品的评论家自己。移用朱伟自序中的说法，这是一种"作家的作品生态研究"①。

　　一篇篇文章细细品过，但觉生命气息萦绕其中，挥之不去。这些生命有的来自作家生活，有的源于作家作品，交相辉映。而朱伟的情感恰似一股时断时续的溪流，汩汩流淌其间，温润着彼此的间隔与裂痕。作家、评论者、作品，三者共同凝聚成一个情趣盎然的生态系统。

---

① 朱伟《作家笔记及其他》，江苏人民出版社2006年版，第1页。

这个自成气候的"生态系统"盈溢着绚丽的色彩与音响。刘索拉、史铁生、张承志的作品在朱伟丰富而敏锐的艺术感觉中纷纷化作有声有色的音乐与绘画,并不时呈现出彼此的会通交感:读史铁生的《我的遥远的清平湾》,但觉信天游的悠扬旋律在秋色凝滞的画面中浮动;读张承志的《晚潮》《黄泥小屋》,若见梵高的色彩渗入了日本歌手冈林信康的旋律;而刘索拉的《你别无选择》,则似焦躁的架子鼓的节奏在色彩触目的抽象画中击打。

音乐、绘画与文字,朱伟悉心连通着三种艺术形式内在的气韵。回望人类文明史,席勒的诗歌曾经拨动了贝多芬头脑中的乐弦,毕加索的某些绘画也分明有着革命诗的影子,大量的艺术杰作,的确是在音乐、绘画、文字的彼此渗透影响中诞生、繁衍。朱伟的作家作品论亦然,穿着文字的外衣,内核流淌着色彩与旋律,甚至融入了电影的元素、语言。他的作品分析尽管也有理性的抽象与提炼,但更多的是一种电影式的复现:把对作品的总体感觉在脑海中显影为声画并置的"影像",再用文字传达于外。

然而如是概括终究还是看浅了此书,"作家的作品生态研究"有着更多的意义。它是一次实验性的开拓,也是一次方向性的选择。一直以来,读解作品存在着两大方向,哲理性地穿透或是诗化地感悟。前者偏重理性思辨,后者偏重感觉体验。近年来,重思辨轻感悟,看重对文学作品内在理念的提炼而忽视对作品丰富意蕴的体悟的解读方式渐次流行起来。在此时潮的影响下,文学作品或被降格为印证某某理论的案例,或被化约为某种概念。于是,作品丧失了各自的生命与灵性,在随意的肢解、拼凑中让人难辨其面;纵然可辨,也已成为一具具枯干的标本,静止且木讷地伫立着。或许正是出于对此类时潮的反拨，朱伟的作品评论中偶见理性思辨的影子，大量的则是对作品多角度的扫描、全方位的诗化感悟。

他极力捕捉每一部作品中的特定意象，这些意象有的是作品本身明示的，有的则是凭借良好的艺术感觉萃取的。在解读中也每每将目光从作品内蕴的思想上移开，而更多地扫视作品的意境、情调、结构与语言，或许，在朱伟心中后者绝不仅仅是作品的"形式"，而应该上升到"内容"的高度去把握。正如他评论史铁生的《礼拜日》时如是说，"其中的真正价值其实并不在这些思想的火花"；换一种表达，作品思想之外的其他部分比如那潜隐于思考背后的"丰富的语流"也同样意味深长①——这是朱伟贯穿始终的解读心态。阅读朱伟的评论，走入这样的生态系统，作品似被魔法赋予了新的生命，它们纷纷跳出纸页，如鱼得水般地灵动腾跃，与摒除感悟的纯理性解读所造成的那种"标本馆"式的感觉全然不同。

一直在思索朱伟的"作家的作品生态研究"之着重点落在哪里，是作家、作品还是评论者；也一直在试图破译"生态系统"的构建密码，窥探出三者在组接中的内在的逻辑联系。然而，读罢全书，似乎觉得作者并没有过多地去搭建，一些部分朱伟穿针引线，让作家的生活性情与作品内涵彼此印证、发人深省；更多的部分却是用了类似电影中的蒙太奇剪切手法，"因为《棋王》，我结识了阿城"，前面是《棋王》的作品评述，后面是阿城的个性

---

① 朱伟《作家笔记及其他》，江苏人民出版社2006年版，第1页。

写照，作者不露声色地将二者置于一炉，却对其中的内在联系不著一字。或许朱伟深知作家生活、性情与他们的作品之间横亘着一条神秘的河，当人类的智慧尚只能停留在河边眺望时，一切试图穿越河流抵达彼岸的行径都将有失严谨且极易误入歧途。

西哲有言："发现'新大陆'的瞬间意味着幸福与苦难相涌而至。"那么，发现这个由作家、作品与评论者共同组成的"生态系统"，似乎也意味着欣喜与忧虑相伴而生。倘若放任想象的翅膀，让它在这个尚未完全开垦的处女地任意驰骋，一切的推论都可能浮现。因此，面对三者的内在联系，此书收紧想象的做法既是谨慎，也体现了一种高明。

小说·文学批评·文学性

——复旦 "80后" 学人笔谈述评

近期，复旦大学的四位 "80后" 学子在《文艺报》上发表了一组笔谈，就小说的文学性本位、文学史先行的批评观念可能导致对作品的文学性之损伤等一系列问题进行了多向度的探讨辨析。

刘涛的《关于小说的位置》一文首先将目光凝注于1902年这一时间节点。对于中国小说而言，1902年的确是一个极其重要的分水岭。在此之前，小说不过是不登大雅之堂的 "小道" 文类，而正如文章所言，是梁启超发表于1902年的《论小说与群治之关系》《新中国未来记》等作的力倡，让 "小说一跃而起，从小说变为了大说"，自此小说开始 "事关重大，事关'新民'大任，事关国家、天下"[①]。置身当下的我们，不难窥见当年梁启超的用心良苦，作为一个更多的场合是以思想家、社会活动家身份现身的梁启超，无意关注乃至放大小说的 "文学性"，其从 "小说" 到 "大

---

① 刘涛《关于小说的位置》，《文艺报》2010年3月12日。

说"的勉力扩张，背后是挥之不去的文学"实用论"的价值取向。具体而言，之所以将小说变成了历史，"如此只为了启蒙和宣传"。

弹指百年，时至当下，小说的地位再次发生了嬗变。按刘文的说法："大说"在某种程度上，重又回归"小说"，只是较之百年以前，此"小说"有了新的意义。1902年前，小说尽管"小"，却同样囿于文以载道的实用论之中。而由莫言的《生死疲劳》等作所表征的"小说"，却全然是属于作家自身的"故事"，就此意义而言，从"小说"到"大说"再到"小说"，跨越百年，并非走着循环往复的历史轮回之路，而是在否定之否定的螺旋型上升中迈进了一大步。小说真正回到了小说本身，回到了小说的文学性本位。

在此立场上，或许我们就能理解刘涛对小说的日趋"边缘化"置之泰然的心态。在某种程度上，边缘化的小说恰是一种"健康"的小说。因为在市场消费与大众文化主导的当下，"文学性"本位难以成为主流；反之，倒是那些成为主流的小说更值得批评家警惕，它们往往僭越了小说本身，僭越了文学性本位，而陷入了商业取向、取媚读者及至大众意识形态的牢笼。

如果说刘涛的相关文章借史的回顾昭示了小说执守文学性本位的重要性，那么，张昭兵的文章则承接了文学性这一话题，并在"书写"与"写书"的辩证中，陈述了其对当下文学性语言的被悬置之忧虑。张文称："我们已然从'书写'的时代抽身而去，远远地打量着这个'写书'的时代。"①从"书写"到"写书"恰是

---

① 张昭兵《防止汉语语言的被悬置》，《文艺报》2010年3月15日。

一个文学性话语的流失过程，"写书的时代"让我们关注作家而不再关注作品本身，"写书的时代"让我们养成了"漫不经心的扫阅"习惯，"写书的时代"让批评家与作家形同陌路，因为昔日读者、批评家虔诚信奉的"文学""语言"已然远去。

在此，有必要对"文学性"这一关键词作一番溯源逐本。俄国形式主义文论家雅各布森曾将"文学性"概括为"文学之为文学的那种特性"，一种由"文学的形象性、情感性、审美性和符号性"共同构筑的实存。曾几何时，当代文学屡屡被批评家宣告与之"离婚"，被思想史、学术史肢解得支离破碎，被文化研究的学者们弃若敝屣。而在另一层面，大众影视、流行音乐等感官愉悦极具优势的媒介则不断冲击着文学的审美功能，作家创作的商业化倾向也愈加排挤了"文学性"本身，"文学性"本位越来越成为时代的稀罕物。为此，我们重申文学性本位似乎有着重要的意义：它并非意在竭力剥离文学与社会、政治、市场的一切关系，最终抽象出一个纯粹单质的文学本体；而是试图留住雅各布森语境中"文学之为文学"的这种"实存"，让它成为文学的主心骨，并作为未来文学走向的理想物发扬开去。这种纯文学立场并非囿于封闭心态，意在与社会、政治、市场等一切外在于"文学性"的事物划清界限，而是一种平等、对话、包容的敞开心态。文学创作始终与社会、政治、市场的维度相辅相生，只是它的主体始终驻扎着一个无涉功利、单纯的文学灵魂。

对当下的批评状况，史元明一针见血指出："批评在走向主体化、学术化的过程中越来越繁盛，而批评家和作家之间的对话传统却逐渐萎缩。""文学史先行批评，虽然没有直接预设具体的答案，但是其答案的标准已经蕴藏在传统的文学史叙事秩序之中。这必然会损害文学创作的丰富性和随机性。"①"文学史批评"恰是将文学作品的丰腴削足适履地纳入文学史的框架，而不是用批评家的灵魂去拥抱作品的灵魂，从而最大程度地敞开文学的"文学性"，真正地守护这一时代欠缺的批评的"文学性"。

曾几何时，当代文学的价值臧否在专业作家与学者的立场上也渐次变得模糊不清了。有学者认为"文学经典"的选择与确立必定是多样性的，因此更重要的是追问"谁的经典？""维护着何种经典？"亦有研究者认为"好"与"不好"的直观判断本身就是个人的"主观偏见和道德诉求"，而非一个专业研究者的客观态度。言下之意，似乎文学价值评判的普适性原则已然伴随着多元社会文化的降临而灰飞烟灭。纵观被西方理论话语一网打尽的当代批评主流，在论文"规范化""理论化"此起彼伏的呼声中，也往往将鲜活丰润的文学生命，肢解为零碎琐杂充当理论注脚的例证，鲜有批评家将文学视如有灵魂的生命体。

据此，申欣欣认为："如今，作家业已成为专业写作者的代名词，而优秀作家的写作更是呈现出专业化的水平。作家成为了专业的写作者，作家又创作出了专业的作品，这些看似都对文学深入人心大有裨益的条件恰恰造成了文学与'人'的距离。"②我觉得，事实上，申在此试图反拨的并非真正意义上的具有专业水平的作家，而是顶着专业的名号在刻意"专业化""职业化"的迷

① 史元明《警惕批评中的理论先行》，《文艺报》2010年3月12日。
② 申欣欣《专业的作家与作家的专业——当代作家的职业化问题》，《文艺报》2010年3月。

径中疏离了社会与人的自身体验，乃至失魂落魄的那么一些作家。如同前述某些批评家刻意"学院派"，被经院式、规范化的规约阉割了文学批评应具的灵气与悟性，更与李健吾所谓的批评是一场"批评家与作家灵魂的奇遇"之境界渐行渐远。

事实上，小说、文学性与专业立场这三者理应是一脉相通的，即便在当下都处于边缘的位置上，但仍努力表征着世纪之交"文学时代已然远去"之际文学创作与文学批评共同的坚守①。化用昔日鲁迅的话语意象，后文学时代如果想要获得文学的重生，就必须苦苦肩住时空的"黑暗的闸门"。至于能否就此通往宽阔光明的境界，这或许恰是这四位青年学子的困惑与发问。

---

① 黄子平《小序》，《远去的文学时代》，复旦大学出版社2012年版，第1页。

作为"80后"批评家的金理之意义

　　在对近些年渐露头角的"80后"批评家的学源、学养作整体性考察时，与其捕风捉影，杜撰他们与前辈批评家的"代差""代沟"，不如潜心考掘其间学术薪火相传的谱系。

　　由云南人民出版社推出的《"80后"批评家文丛》之策划者周明全，曾细数文丛中首批亮相的一些作者的学源：金理、刘涛师从陈思和，杨庆祥、黄平师从程光炜，何同彬师从丁帆，徐刚师从张颐武，傅逸尘师从朱向前……①未必纯属巧合，上述"80后"批评家的师承大都是五六十年代出生的学者，形成了引人瞩目的"隔代亲"现象。其中，金理更可谓深得其师嫡传：少年老成，未及中年便沉潜，有着同代学人中极其难得的持重品格。

　　陈思和老师在为《"80后"批评家文丛》作序时曾如是设问："'80'后批评家，大多数来自学院，受过专业教育"，"也有很多

---

① 　周明全《顽强而生的"80后"批评家》，《滇池》2013年第10期。

批评家毕业后依然服务于学院，那么，是不是他们的批评，都是学院派批评了呢？"①答案显然并不尽然。世风浮嚣，清者自清，浊者自浊；但内中无疑不乏不随波逐流、执着守望文脉的学院派批评家。而金理恰是以其思想的独立、立场的平正、学理的通达、风格的儒雅，最能代表"80后"批评家中"学院派"的风范与追求。

试读他立足于现代文学视野，对"现代名教"予以思考与批判的系列文章。其领域兼及文学史与思想史。不仅运用史学手段，详考"名教"的历史流变，同时借鉴陈寅恪等史家的独到方法，以诗（文学）证史，以史释诗，史诗互阐，直至史蕴诗心。诸如从鲁迅的《伤逝》、茅盾的《虹》、张天翼的《出走以后》中，读出半生不熟的"'新名词'的启蒙作用及其纠缠着的困境"；从郁达夫的《血泪》里，发现其所揭示的"名教世界背后的私欲驱动，'主义的斗将'们操'名'之柄以牟利、愚人"……②思辨甚深，论据翔实生动，文字简古雅致，显示了学院批评不畏学术长旅之艰难寂寞、执着攻坚的定力。

较之现代名教批判的简古，金理的当代文学批评则别具青年批评家的华彩：初生牛犊的胆气，新颖的判断，敏锐的问题意识，乃至"短、平、快"的节奏与态势（尤其在主持一些批评专栏之际），每每令人一激灵。

---

① 陈思和《"80后"批评家文丛·总序》，金理《一眼集》，云南人民出版社2013年版，第2页。
② 金理《"名教"的现代重构、讨论方法及其批判意义》，《现代记忆与实感经验——现代中国文学散论集》，台北秀威资讯科技股份有限公司2014年版，第143页。

然而，细察本根，"文学本位""文学史视野""知识分子主体意识"仍可谓其一以贯之的三个关键词，包括其读解"80后"文学之际。

　　20世纪80年代的"文化热"消停不久，20世纪90年代及至新世纪的"文化研究"（或谓社会—文化研究）又一度盛行，沪上自是重镇。其"越界旅行"，倾力考察社会的研究导向以及呼应海外显学的声势每每让一些"80后"批评家们为之动心。金理却独有自己的一份警惕，唯恐奢谈文化，导致文学的自明性、文学研究的自明性、文学研究者身份的自明性一并失落。因此金理很少做纯粹的文化研究，而只是将其作为可供参照、开阔眼界的背景，借用金理自己的话说："跨出藩篱，回返自身。"——立足点仍在文学，"文学本位"才是其安身立命之本。在其从事批评的方法中，文本细读总占据着相当比例。"文学本位"应是一种对文学具有无可替代的优势质素的信念，它并不拒斥现实关怀，也未忘直面人生，但那必须是"文学"的。金理曾援引洪子诚的话，强调"以文学'直觉'方式感知、发现世界的独特力量"[1]，可视为其自身文学本位的外化视野延展。

　　而"文学史视野"则让金理得以在多重坐标参照、源流脉动中准确把握作家、作品的意义与价值。在前述撰写博士论文现代名教批判期间，他需要对不无浩瀚的近现代思想史、哲学史中的观念流变广作梳理、详加论证；博士后这两年又有幸步入历史学领域学习，历史研究对材料的重视，对材料考证的细致入微，乃

---

[1]　洪子诚《我们为何犹豫不决》，《南方文坛》2002年第4期。

至离开材料无法言说，更在一定程度上加深了其文学研究的"史"的意识。对于金理而言，"文学史视野"不仅意味着单向度的中国现当代文学"史"的贯通，同时也是一个多向度、多维度的"史"的叠合。例如他对余华《十八岁出门远行》的重读，恰可谓史论结合，中西融汇。他一方面将十八岁的"我"置于"出走"与"行路"这两大现代文学经典主题之下予以史的定位，借此连通先行者静女士、梅行素、觉慧、蒋纯祖、孙少平等一代代青年人相似的人生追求履痕；另一方面则着力于主人公"内在自我"的诞生、顿悟、成长、变形、脱嵌、安放之思想史、精神文化史维度的考辨，横向对接、遥感查尔斯·泰勒、荣格、巴赫金、卢梭、竹内好、柄谷行人、以赛亚·伯林等诸多西方理论资源中的相关思考。多有批评家赞赏其文学史根基扎实，矫正了当代文学批评似乎无需功底，只需凭藉思想火花与才情灵感即兴迸发之偏颇。纵览金理的批评，大量的注释可谓旁征博引的直观性标志，尽管在一定程度上，这有可能会造成自身言说淹没于他人话语的汪洋中之弊，但金理自身并非无所警觉，他力图六经注我，在旁征博引中凸显自己的识见。

金理的当代文学批评不失冷静却绝不冷漠，每每凸示着一个有情的主体，具有较强的批评者的自我意识，或可将其具体化，称之为"知识分子主体意识"。其师陈思和经由贾植芳先生继承了"五四"以来以鲁迅为代表的现代型中国知识分子的别一种风骨；而金理又从陈老师那里传承了那一脉精血，尤为看重并强调批评者内在的价值情怀应当是一个具有独立人格、自由精神，能以笔为旗、勇于批判、有所担当的知识分子主体。这一主体能不时戳穿纸上"幻城"种种精巧的伪饰、奇瑰的幻境之为虚妄，却绝不因此甘于沉沦或虚无；虽洞察知识分子在当下时代的精神困境，亦绝不因此犬儒与逍遥。即便身处逆境，他也依旧能毅然决然地进行鲁迅式的反抗绝望，而"走"与"在路上"这两个明显烙有现代中国知识分子主体印记的精神意象则不断回旋于他的批评语境中。此处所谓的"在路上"含义，有别于西方"垮掉的一代"的灵魂人物杰克·凯鲁亚克的"On The Road"意象。它是金理由郑小驴的创作宣言中拈出并引申发挥的理念①，取其深知文学之旅路漫漫其修远，唯有"在路上"探索不止之意。在《时代冲突和困顿深处》一文中，金理作为批评主体直面着执拗地拒绝固守本位、固守土地、"类似'过客'永无止境地行走"的孙少平失败却并不颓丧，反而激发出于无路可走处作绝望的反抗、继续"走"的诉求，称："行文至此该结束了，但思考依然无法停息，恰如孙少平的'过客'姿态，'迎着清冷的晨风，在静悄悄的街道'重新上路"②；而在读解阎连科的《风雅颂》时，金理又从结尾处杨科形单影只地出发，"孤孤独独地走"的描述中，提炼出"荒原跋涉"这一"已然成为中国知识分子的恒常处境"的喻象，并在文末援引陈思和老师《犬耕集》中关于知识分子自我修行的话语，呼告："知识分子真正的文化传统应该从我们自己做起，要做出一个开端。"③唯其赖有"知识分子主体意识"充实、镇定，才不至于在此

---

① 金理《历史中诞生——1980年代以来中国当代小说中的青年构形》，复旦大学出版社2013年版，第198页。

② 金理《在时代冲突和困顿深处——回望孙少平》，《文学评论》2012年第5期。

③ 金理《荒原跋涉中的自省：论〈风雅颂〉》，收入《青春梦与文学记忆》，北京大学出版社2014年版，第308页。

扰攘之世扶东倒西，彷徨无地，失重乃至"失心"。

金理自况，在其所从事的当代文学批评中，最吸引他的地方，是那种"同时代性"。而陈世骧的如下话语，应最能见出他心目中同时代文学批评与创作的理想关联："他真是同感的走入作者的境界以内，深爱着作者的主题和用意，如共同追求一个理想的伴侣，为他计划如何是更好的途程，如何更丰足完美地达到目的……"①上述表白不仅道出其一度专心致志于中国当代小说中的青春主题文学探索的部分原因，还透露了吸引他不畏困难、不计功利，进入"80后"文学研究的动力。

金理尤为神往陈思和与王安忆式同代批评家与作家之间彼此对话、相辅相成的佳境。如果说，"50后"批评家陈思和与其同代作家王安忆、莫言等的互动可以"举重若轻"一词状写其从容不迫、应对自如，那么，以金理为代表的"80后"批评家却难免"举轻若重"的尴尬：金理依托的是学院与经典，而所谓的"80后"文学则更多地依托市场与媒体，故而学院派的守正、学理审视的严谨每每遭遇"80后"创作随机性、游戏性、轻浮性的错位。然而，面对知其不可为而为之的金理的认真、严肃、持重，我们又怎么忍心取笑这种"高射炮打蚊子"式的难堪，相反，肃然起敬。唯其视担当起"80后"文学研究的使命义不容辞，唯其"举轻若重"的态势，方见出金理作为"80后"批评家之独特意义：不无轻浮的"80后"文学缘于有了以金理为代表的批评家们的介入，适可安魂。

---

① 转引自金理《同时代的见证·后记》，北岳文艺出版社2015年版，第301页。

学院派的金理出手不凡，首先从学理上质疑"'80'后文学"这个概念是否具备充分的正当性。他慧眼别具，发现了那其实是"一个被命名、被描述、被代言的群体"，其华丽出场的背后暗藏着市场包装与媒体炒作这类推手。对此所谓的"'80'后文学"，金理从来不吝批判性审视，指出：郭敬明等笔下的青年形象，每每安住于不无封闭、狭窄的自我空间，"以持守纯真的自恋姿态来暗享'豁免权'；同时又在早已熟稔成人社会游戏规则的前提下，将成长过程'压缩'，一出场就'定型'"。他们认定"社会结构已经闭合，万难改变"，于是"心平气和，选择'幸福感'"。这一脉文学"达观而犬儒"，究其实质很明显"受制于消费主义的意识形态"①。

　　金理不无清醒地意识到：上述"进入公众视野的这一批人，只是'80后'中的一部分"，但却因传媒造势以及学界盲视等因素遂致以偏概全。为此，有必要对其正名与重构。循着金理的指点与提示，我们不难发现，除了韩寒、郭敬明那么一些已然暴得盛名的作家以外，还有更其广泛的"80后"写作群体，诸如1982年出生于上海的小饭，他曾获得《上海文学》"全国文学新人大赛"短篇小说奖，出版了《我的秃头老师》《中环线》《爱情与其他发明》等多部长篇小说；又如1982年出生于宁夏西海固的马金莲，曾在《十月》《花城》《民族文学》等刊物发表《长河》《马兰花开》等多部小说，其长篇曾获得"五个一工程"奖。后者被识者称为"另一种'80后'"的代表②。此外，还有甫跃辉、郑小驴、毕亮，还有笛安、许多余、张怡薇……金理不仅邀其同道杨庆祥

---

① 金理《郑小驴论》，《同时代的见证》，北岳文艺出版社2015年版，第63至64页。
② 王干《80后作家的分化与渐熟》，《光明日报》2014年9月22日，第13版。

等在《名作欣赏》《创作与评论》等刊特辟专栏，组织"80后"批评家"把更多的关注投向这些在文化环境与市场逼迫下坚持严肃的创作态度，追求一定艺术深度和原创性，并贡献出独特的审美经验的年轻写作者"①；同时还悉心对甫跃辉、郑小驴、毕亮等"80后"作家予以专论。值得注意的是，这些作家论并非仅仅停留于对作家个体特殊性的捕捉，而是由此小中见大，每每辐射到对"80后"文学的重构、对所谓"断裂的文学"与传统文学的连通与整合这些整体性、全局性、建设性的大思考中。

他从甫跃辉、郑小驴等的小说中悉心读出了被所谓的"80后"文学那不无玄幻迷离的光环遮蔽了的乡村、传统、苦难、底层人生。他说："其实传统不传统跟年龄无关，'80后'甫跃辉就是传统作家。"甫跃辉等在"80后"文学中的重要价值与意义便是"接续上被同辈人扯断的传统。反叛然后回归"。他从甫跃辉的小说《初岁》中主人公兰建成杀猪的心理纠结中读出了别一种残酷的成长，读出了这"甚至意味着杀死'对象化的自我'"，进而将其"理解为告别儿童向成年转化过程中经受考验的寓言和仪式"②。借用金理的笔意，这寓言和仪式也是一代"80后"的。它将郭敬明式的世故少年、轻松成长、玄幻青春尽然捅破，见出何其鲜血淋漓的人生。至此，我们读懂了何谓"传统"作家、"传统"文学，其应指超越"小时代"的自闭与自恋，而"以更沉稳的心态关怀人类社会及人性经验的全部复杂性"。

金理勉为其难，纵向借"青年构形"这一文学史命题，将

---

① 金理、杨庆祥《"80后·新青年"专栏 开栏语》，《名作欣赏》2013年第2期。
② 金理《"80后"传统作家甫跃辉》，《西湖》2011年第12期。

思考贯穿晚清小说中的革命少年、鸳鸯蝴蝶派笔下的才子佳人、"五四"新文学中的"青春崇拜",50年代至70年代小说中的"社会主义新人"与知青群体,以及新时期之还更其多元共生的青年谱系的流变,直至连通对"80后"文学中青年形象的审视与重塑;横向则借镜异域"80后"创作,将"80后"文学的发展,引入"对于人的命运、对于终极关怀的思考十分常见"的世界文学大格局。既着眼追踪、发掘、阐释"因为历史经验、感知结构、知识趣味与文化修养的更新"自然会在"80后"文学创作中呈现出的某些"新变",又不过度迷信代际标签,人为制造出一个"具有'断裂'意味的'80'后概念"[①]。因为,归根结底,"80后"文学毕竟首先是"文学",它理应向"传统"文学、世界文学之经典看齐;进而才有可能产生出史家所谓的"后世莫能继焉者"之独特标识。这一目标何其任重道远!对此,不失清醒的"80后"作家(如郑小驴)已然觉察自身"一眼望不到尽头"的局限性视野;而身为同时代人的金理也深知自己虽是一个批评家,却也并不拥有丝毫的后知之明。

已然进入国内批评家方阵的金理,本无须借"80后"这一多少含有些许照顾含义的垫脚石抬举。自觉在批评家之前缀以"80后"对于他而言,与其说是"桂冠",不如说意味着一种使命、一种负重。既然他时刻毋忘身为"80后"批评家的责任,便只能与同代作家一起结伴前行,所谓"寂寞时高歌一曲解乏,同时也彼此负责而严肃地检点、提醒曾经走过的弯路与脚下的坎坷,不断

---

① 金理《异域的借镜:多重视野中的"80后"文学》,收入《同时代的见证》,北岳文艺出版社2015年版,第39页。

试错、不断总结经验，共同计划更好的途程……"[1]

　　行笔至此，难能不心生感动，笔者愿与金理以及其他"80后"批评家与作家们共勉："一起'在路上'"求索，一起在看似无路处走出我们的"路"来。

---

[1]　金理《历史中诞生——1980年代以来中国当代小说中的青年构形》，复旦大学出版社2013年版，第198页。

后 记

本书所收，大致出自笔者近十余年发表的研究中国近代、现当代文学的论文或评论。

题作《批评的尖尖角》，自有小荷才露、雏鹰初啼的喻意，也未尝不包含着保持批评敏锐的触角，令其不失锋芒之自励。犹记得读博前，我的研习尚停留于品评作品的阶段，注重文本细读，却欠缺整体观照、系统论述的能力，而导师陈思和先生基于文学史理论范畴对中国现当代文学的大处着眼、深层思辨、宏观建树，他的著述的发凡起例、引领学界风气，无疑成了我师法的榜样。虽限于才力的不足，常有望尘莫及之感，但毕竟弥补了一些系统思辨上的局限。

仰慕思和老师等前辈学者的学源与学养，我有心先从近代文学与当代文学两个方向拓进，以期扩展自身的知识结构，然后再回到中国现当代文学及中外文学关系研究领域，愿视野、境界能因此一新。本书大致体现了笔者的这一构想。

　　因同时正应约编一本中外文学比较的集子，在选择本书篇目时，除《论"五四"作家对霍普特曼〈沉钟〉的创造性误读——以鲁迅、沉钟社为中心》等两篇论文外，其余已发表的比较文学的文章均未收入，而这些论文又大都属于现代文学与域外文学之比较范畴，如是，本书中现代时段的研究文字似有欠充实。其实，近三年来，我已相继写出《论"五四"作家对霍普特曼〈沉钟〉的创造性误读——以鲁迅、沉钟社为中心》《普罗野性的呼唤——鲁迅、胡风、路翎与杰克·伦敦创作的共鸣》《契合与错位：法朗士〈泰绮思〉对京派、海派作家的影响》等论文，有心者在我即将出版、发表的著述中，应能注意到我回归中国现当代文学研究主体、主题、本位后，又将其置于世界文学格局中去考察、探索的用心与轨迹。

　　集中文字曾相继发表在《文学评论》《文艺研究》《中国现代文学研究丛刊》《中国比较文学》《文艺争鸣》《南方文坛》《东岳论丛》《当代电影》《民族文学研究》等报刊上，其中有多篇论文为《中国文学年鉴》《新华文摘》《人大复印资料》选摘、复印，谨向各家报刊与编辑表达谢意。

　　谢谢浙江大学出版社与宋旭华君、周烨楠女士为书稿出版的尽心。

　　临了，特别感谢思和老师于百忙中赐序，他提出的学贯中西、连通古今的治学整体观念与境界，我虽不能至，当勉力行之。

2023 年 8 月 20 日